W0035415

bup
BERLIN UNIVERSITY PRESS

Mariam Kühsel-Hussaini
Gott im Reiskorm

Roman

Berlin University Press

Mariam Kühsel-Hussaini
Gott im Reiskorn
Roman

Erste Auflage im September 2010
© Berlin University Press 2010
Alle Rechte vorbehalten

Abbildungen
© Mariam Kühsel-Hussaini
Ausstattung und Umschlag
Groothuis, Lohfert, Consorten | glcons.de
Satz und Herstellung
Bernd Krüger, Berlin
Schrift
Borgis Joanna MT
Druck
Beltz DruckPartner, Hemsbach
ISBN 978-3-940432-88-9

Meiner Familie und ihrem Afghanistan

... und meinem Mann, Thorsten Kühsel.

Die Kapitelüberschriften sind dem Gedichtband meines Vaters, Sayed Rafat Hussaini,

Die Frau, die Regen verkaufte

entnommen.

... aber man warte nur bis auf die Enkel und Enkelkinder,
wenn man Zeit hat zu warten;
sie bringen das Innere ihrer Großväter an die Sonne.

Friedrich Nietzsche

VORWORT

Hinein – in die Kreuzung der Welten! Hinein in unsere tiefsten Erzählungen, hinein in jene zwei so majestätischen Metaphern Orient und Okzident.

Aber ist es nicht Kenntnis, die uns hierbei fehlt, Kenntnis um ihre Voraussetzungen und Bedingungen? Das Fragen nach der Beständigkeit einer Welt, nach der Gefahr ihres Gehaltes, nimmt sie poetische oder vernichtende oder gar ironische Gestalt an?

Dem Zwischenweltlichen, jenem zarten Punkt und übermütigen Gebilde, das die beiden Gezeiten voneinander scheidet, soll dieses Buch in seiner Darstellung gewidmet sein. Gemäß diesem Notwendigkeitsruf sei es mir erlaubt, über die Grenzen hinwegzuschreiben und die Zucht des Wortes einmal so recht zu sprengen.

Gestattet mir, der Tochter beider Epen, diese Geschichte in Feierlichkeit ebenso anzustimmen wie denn auch in der ganzen Bestürzung einer Unverschonten, die das Unglück des Vaters und des Großvaters in nacherzählendem Sinne und in der ganzen schauderhaft-schönen und immer auch ein wenig beklommenen Begegnung des Morgenlandes mit dem Abendland zur Antwort führt.

Ort des Geschehens ist ein inzwischen längst entlaufenes, verschwommenes Kabul, mythisch und von nur kurzweiliger Anmut, in der sich Überlieferung nebst Gegenwart einfindet, eh diese, vom Krieg zerschlagen, in ihrem innersten Sinn letztlich nur noch nach dem *Gedächtnis* jenes bunten Momentes verlangen kann, dessen Farben mittlerweile unauffindbar und dessen Atem vielleicht schon vergeudet ist.

Die Begegnung, die *Reibung* der Welten zeigt sich dabei oft nur in ihrem mimischen Verhalten, verweilt in nur bloßen Worten, die mit gegenseitigem Verständnis zu bekleiden nur jene große Irrfahrt unserer Welten bedeutet.

Raum um Raum möge sich daher die Möglichkeit von einer Unmöglichkeit der Verständigung eröffnen.

ERSTES BILD

Begegnung

Märchen haben deinen Verstand versteinert

Er kannte die Zerstörung, die ein Traum in uns anzurichten vermag. Kannte die ihm so vertraute Wut des Schlafes, er hatte sie oft schon in seinem Leben erproben sollen, darum war es ihm unmöglich, im Traume nicht auch an diesen zu glauben, nichts schien ihm in einem solchen Augenblick wahrhaftiger als das Träumen selbst, und die Demut vor den unbewussten Ereignissen, die sich dann in ihm verzeichneten, war groß. Der Traum übte eine seltsame Macht über ihn aus. Manch einer vermochte ihn zu zersetzen und ihn tagelang an dem Wundgeschauten, dem inneren, schwarzen Blick zu quälen. Er war von solch einer Furcht, von solch einer Versehrtheit durch die Plagen mancher Nacht, dass er, je mehr er über dies nachdachte, auch umso bedrängter schien, denn der Fall seiner Träume in eine düstere Kälte wurde ihm zu einem inneren Feind und bemaß sich sogar zu einem inneren Verlangen, ein Verlangen, von dessen emporglühenden Ausmaßen keiner seiner Menschen etwas wusste oder ahnte, auch wenn er doch zunehmend an dieser verborgenen Not litt.

Und dennoch ist nicht *Zweifel* die Beschreibung seiner Innerlichkeit, eine andere Bestürzung der Seele und der Gedanken muss es gewesen sein. Ein eher einfaches, ein unverbrauchtes Gefühl. Mehr eine Ahnung, ein Nerv, ein Getriebe womöglich ...

Er schloss die unverwandten Augen wieder.

Der frühmorgendliche Nachthimmel hing noch zerrissen in seinem trüben Blau. Die Berge um Kabul herum starr und widerständig.

Ja … Da'ud Hussaini *kannte* die Zerstörung, die ein Traum anzurichten vermag.

*

Als er das Fenster öffnete, flutete die kühle und perlige Heiterkeit dieses Morgens in das Zimmer. Die schwere Reife der Birnen erinnerte an mesopotamische Fruchtbarkeiten, und die Platanen, die schlank und unbarmherzig schön waren, flüsterten.

Er wusch sich drei Mal das Gesicht, fuhr sich mit der nassen Hand durch das kurze Haar und hinterließ eine Spur darin, die silbern im Frühlicht glitzerte. Dann schenkte er sich Wasser ein, setzte sich und verfiel den Gedanken. Im Haus nur Geräusche, noch keine Stimmen. Er war allein mit sich, saß lange Zeit so da, blätterte nur ab und an in einem Gedichtband.

Unerwartet fiel ihm da die Photographie *Zahir Shahs* aus einer der Seiten zu, er hatte sie vor wenigen Tagen vom Sohn des Königs erwünscht und noch nicht recht Gelegenheit gefunden, sie zu den anderen Aufnahmen in das Album zu legen, in dem sich auch Bilder der Familie befanden.

Der König posierte auf einem cognacfarbenen englischen Clubsessel, die Beine übereinandergeschlagen, den Blick unverbindlich liebenswert in eine Zeitschrift gerichtet. Da'ud betrachtete das Bild lange, immer wieder bekennend, dass es doch ein ungewöhnlicher Traum war, dem er vergangene Nacht nicht zu entweichen wusste.

Darin befand er sich in einem Zug, der in einer für den Menschen nicht zu berechnenden Geschwindigkeit in einen ortlosen Rachen raste, und es waren viel mehr noch die Farben um ihn herum, die ihn beängstigten und zugleich schaurig entzückten, in ihrer eigenwilligen Schönheit, in ihrer unaufhörlichen leuchtenden Dringlichkeit, einem sehr *fremden* Leuchten.

Er selbst war ein Reisender dieses Zuges und saß in einem Abteil mit einigen Mädchen, es waren jedoch vielleicht auch Jungen oder beides, jedenfalls waren sie androgyn hübsch, die hübscheste von ihnen allen, eine schmale und sehr weiße Figur, erhob sich immer wieder von ihrem samtenen dunkelroten Sitz, und zugleich spürte er im Traum selbst, wie ihm schwindelte und es hinter den geschlossenen Augen zu dunkeln begann, immer wenn sich das Wesen erhob.

Es schaukelte wie ein wunderschöner Baum in dem Abteil, einige Male beugte es sich tief über ihn herab, und da verlor er dann die Besinnung und fiel in seinem Platz zusammen. Der Traum aber hielt an in seiner bizarren Verschwommenheit und der Zug fuhr vorbei an gleißenden Formen, die in ihren grell brennenden und wie angehaltenen Zeiten ihn an nichts zu erinnern schienen, ja sie waren ihm so eigenartig, dass er vor Angst bebte und alles an ihm erzitterte und er sich wünschte zu erblinden, um jene weiße Gestalt in ihren wie vom Sturm gebogenen Bewegungen nicht länger ertragen zu müssen.

Ihm war, er träume von einem bunten Martyrium, und darüber führte er sich zu Bewusstsein, dass der Zug immer schneller wurde, in eine richtungslose Richtung glitt, und dass jene große Gestalt, von der er einfach nicht erahnen konnte, ob es ein weibliches oder männliches Wesen sei, sich nun vor ihn stellte und zu schmelzen begann. Die Haut, die sehr gespannt und fest war, legte sich wie sterbendes Plastik in grobe Falten, die großen Augen zogen sich auseinander und rissen die Augäpfel auf, deren warme durchsichtige Flüssigkeit sich dann in den sich windenden Falten des Gesichtes verlor. Der Mund blieb die ganze Zeit hindurch geschlossen und zerfiel anschließend in schimmernden Staub, der sich in der stickigen und raumlosen Luft des Abteiles versprühte.

Die haltlos verspielten Hände fielen als Knochen von den Armen ab und schwirrten eine Zeit lang um das Wesen herum, wie Vogelschwärme. Und sein Leib drohte zu zerspringen, drohte zu verschwinden!

In diese schrecklich phantastische Dauer des Traumes blieb Da'ud gebannt, da er sich nochmals und immer wieder zusammenrufen wollte, was er an Bildern gesehen. Und dieser so vergeistigte und dem Schönen so gehorsame Kabuler war von solch einer Vergeblichkeit, was die Rast der Innerlichkeit betraf, dass ihn ein allzu gewalttätiger Traum wahrlich für viele Tage in sich einzuschließen wusste.

Vor allen Dingen aber war es ein Gedanke, der sich da stets noch vor alle anderen schob, nämlich die fremde Farbigkeit jenes Traumes, da war ein *Grün* und ein *Blau* gewesen, die ihm so gänzlich, so tief und menschlich fremd waren. Woher nur, woher sollten diese Stimmungen kommen und was sollten sie verbergen oder gar ankündigen?

*

Wind zog vorüber. Die Granatäpfel schlugen wie rote Glocken leicht aneinander.

In diesem Augenblick ging die Türe auf und ein Junge betrat mit traurigen Blicken das Zimmer, es war Rafat, der jüngste Sohn, zwischen dessen Händen es raschelte, und als er vor den Vater trat, sah dieser den Kopf einer Taube daraus hervorschauen, eine der Dutzenden, die die Familie seit langem züchtete.

Das Gefieder, welches von einem trüben bleichen Blau war, verstand es, den Blick immer wieder auch zu täuschen und in ein mattes und erschöpftes Grau überzufedern. Der Sohn schaute unentwegt und untröstlich auf das Tier herab, mit Augen, deren Innerstes irgendeine Abwesenheit bekundete – jene kindlich ernste, von Tausenden süßen Nöten heimgesuchte Ferne des Blickes. Übrigens erstaunte es nicht wenig, dass das helle Rehbraun seines Haares zwar ein deckender Ton war, jedoch in undenkbare Zwischenlichter verloren gehen konnte ...

Der Vater erkundigte sich einige Male nach dem Tier und betrachtete es lange Zeit. Er war ernstlich besorgt, ob der Junge das Tier vielleicht nicht schon zu sehr ins Herz geschlossen habe, denn ganz sichtlich war das Tier erkrankt. Und dann und wann strich ein flüchtiges Dahin über seine Züge, dergestalt, dass es für zwei oder drei Sekunden einmal aufleuchtete, gerührt, von einer Art innerem Erinnern.

Er dachte an jenes Gedicht, in dem eine Taube von solch absonderlichem Federspiel war, dass niemand ihre Pracht verstand und man der Unerklärlichkeit wegen in Misstrauen fiel:

Wie ein Verbot

rauschen deine Federn ...

Der Junge aber geriet in eigene schweifende Dichterei. Heftig und leuchtend und in frischen, neuen Kinderworten legte er Geständnisse der Schönheit über den Vogel ab und blickte den Vater in einer solch ausgebildeten Anmut der Entschlossenheit und des Vorwurfes an, dass man hätte glauben wollen, er trüge in unschuldig fataler Gleichzeitigkeit alle Lebensalter in sich.

Dies sei der Lauf der Dinge, niemand könne sich dem Lebensgesetz der Sterblichkeit entziehen, und der Vater beendete schließlich bestimmend das Gespräch, als er dem Jungen, welcher hierauf schwor das Tier irgendwo zu verstecken, damit der Tod es nicht fände, entgegnete: »Allah *sucht* nicht.«

Tauben waren in dieser Familie seit vielen Jahren zu einer wunderbaren Feierlichkeit geworden.

Auf dem Dach des Anwesens, in einer Ecke, die bereits das Nachbarhaus berührte, befand sich ein ziemlich großer Taubenschlag, fast wie ein weiteres kleines rechteckiges Gebäude, das sogar Fenster besaß. Hier sammelten sich die Vögel und hielten sich im Grunde auch nur an diesem einen Ort auf, sie waren heimisch und verwöhnt und aus einem unbestimmten Grund heraus auch immer zugleich von einer erhabenen Faulheit, wodurch sie sich von allen anderen Tauben der Umgebung unterschieden. Dieses Jahr war die Hitze sehr stark und einige von ihnen wurden darüber krank. Sie aßen nicht mehr, zogen sich zurück. Für ein solches Kind, wie Rafat es war, konnte dies ohne Weiteres einen unwiederbringlichen Verlust auslösen, denn solche Geschöpfe, deren Seele mit bereits wenigen Jahren so dringlich ist, für solche kann der Schwingenschlag einer Taube *alles* bedeuten.

Lange blickte er auf das Tier.

In seiner burschenhaften Gewalt umfasste er mit seinen kleinen Händen das arme Tier, das in seiner Verletztheit der Anmutung ganz und gar einer gekränkten Frau ähnelte. Er küsste dem Vater die Hand, rannte aus dem Zimmer hinaus, auf die Straße zu, und in eilender Geschwindigkeit kindlicher Gewohnheit wusste er ganz genau, wohin er wollte. Jenes Rasen, in dem kein Zögern, kein Warten – nur Sturm und Herz.

Er rannte vorbei an den flach gedächerten Häusern der Nachbarn, an jenen Dächern, von denen der Regen manchmal zu keiner Seite hin abfallen konnte, weil die traditionelle Symmetrie der Archaik des Bauens es nicht gestatten wollte. An diesen ziegeligen, alten Häusern waren die Fenster klein und die Türen wie Tore. Gassen fielen verrätselt ineinander. Und trotz der beständigen und enthaltsam herrschenden Kargheit und Trockenheit fand man hier in *Baghe Nawab*, in *Nawabs Garten*, dichte, blassgrün gefärbte Prächtigkeit.

Rafat überquerte eine große Straße, gelangte so zum Vorplatz des kubisch zementenen Behsad-Kinos mit seinem Blechdach und seiner klaren Fassade, an der zwei etwa menschengroße Glaskästen des jeweils laufenden und angekündigten indischen Filmes angebracht waren, große Plakate, um die herum sich kleinere Aufnahmen verschiedener Filmszenen sammelten.

Er setzte sich auf eine Bank des angrenzenden Gartens Mirsa Nahim Khan, das Tier immer noch zwischen den traurigen Fingern, hielt es wie das kostbarste Spielzeug.

Aus einiger Entfernung vernahm er den frei fliegenden Ruf eines Muezzin, der zittrig und ungenau erklang und lediglich aus seiner mahnenden Stimmung heraus konturiert erschien. Viele Moscheen der Umgebung *Baghe Nawabs* besaßen keine Lautsprecher, aber manch ein Minarett streckte sich weit nach oben und gab der Kehle immer wieder Gelegenheit durchzubrechen.

Ein Flügel der Taube hing bereits schlaff an seinem Handgelenk herunter. Der Kopf löste sich vom Halt des Körpers und es war, als sei sie darüber in ihrem grauen Federton noch blauer geworden, als hätte der Tod ihr eine Farbe verliehen, die das Leben selbst ihr immer versagte.

Eh schließlich zwischen den verspielten Kinderfingern ein Blaugewordenes … Gestorbenes …

Später, als sich der Junge an diese Stunde erinnerte, vermochte er nicht mehr genau zu bestimmen, wie lange er noch so dagesessen hatte. Es sind jene Zeiten, die sich zwischen das Bewusstsein schieben, scharf und gläsern und doch nur vermutend.

*

Zur selben Zeit durchschnitt der Vater eine mittelgroße, violette Feige und klappte sie auf wie die Flügeldeckel eines Buches. Unreif und ungenießbar waren die beiden Hälften in ihrem Innern.»Merkwürdig. In diesem späten Sommer noch eine Frucht zu finden, die so wenig gereift ist.« Er sagte das in einem tadelnden Tonfall, der die Natur beschuldigte, Allahs Zeiten zu trotzen.

Aber in dem Spiel seiner Stimme und seines Gesichtes lud alles zum Träumen, lud alles zum Tanzen, lud alles zum Leuchten ein ...

Der Spiegel zerspringt

Nicht ein einziges Mal hatte Jakob Benta auch nur mit dem Gedanken zu spielen gewagt, Europa zu verlassen, um in einer anderen Welt und Zeit zu leben, obschon seine europäische Seele der inneren Aufgeklärtheit ihn durchaus für die Schlichtheit der unmittelbaren Reize eines fremden Ortes, seiner Menschen und besonders ihrer Trachten begeistern ließ. Und weshalb sollte er auch, schließlich verlässt ein Europäer Europa nicht, höchstens um in einer Stadt, wie New York es ist, ein betäubendes und magisches Exil zu betreten.

Tatsächlich war es nicht bloß die Sorge, sich in einer anderen Stadt, in einem fremden Lande aufhalten zu müssen, er bewegte sich zu alledem auch noch in einer ihm bislang eher gegensätzlichen Welt, dem *Orient*.

Die vor wenigen Tagen bei ihm in Berlin eingetroffene Nachricht vom Unfalltod des Freundes hatte ihn hierher nach Kabul gerufen, wo die Hitze über den Dächern lag und die Anstrengungen und vielen kleinen Ungewissheiten, die ihn während der Reise so unangenehm begleitet hatten, bereits mit dem Eintreffen sein Gemüt betrübten, sodass ihm jegliche Berührung mit dieser *anderen Welt* von vornherein mühselig und im Grunde auch nicht sonderlich notwendig erschien.

Allein es ging um mehr.

Um *Europa* ging es, um den Verlust eines *Europäers*, den

er im verstorbenen Freunde sah, und um die klare Verbundenheit und Zugehörigkeit zu jener Welt, die Europa ist. War aber Jakob ein Spaziergänger der Wirklichkeit? Oder war er vielmehr und sozusagen ein entzückendes Opfer all seiner europäischen Prachtgedanken, sich diesen unbezahlbaren Sätzen der Anvertrauung an des Menschen Selbsterkenntnis und an die europäischen Anlagen zur Vernunft etwa in unzerstörbarer Bindung zu verpflichten, wie es die Aufgabe eines jeden Europäers sei?

Jedenfalls bereitete ihm nicht nur das trockene und warme afghanische Klima, sondern besonders die Verwirrung und Fragerei seiner Innerlichkeit darüber Kummer, wie es nur dazu gekommen war, dass jener Freund und Europäer hier verstarb, denn das konnte sich Jakob durch nichts erklären. Der Tod als Abschluss des Lebens, wenn auch im Falle des Freundes viel zu früh eingetreten, muss er nicht dennoch und unbedingt immer dort stattfinden, wo der Sterbende tiefe Bezogenheit zu seinem Leben nehmen kann, sofern sich dies eben einrichten lässt?

Wie also kam dieses Rätsel zustande, warum hatte der Freund Europa verlassen und aufgegeben, ja wie nur hatte er Europa aufgeben können? Um aber diese Verwirrung und Zerschmetterung seines Innern einzuholen, bedarf es einer kleinen Beschreibung dessen, was da einst vorgefallen war und somit die beiden Freunde voneinander geschieden hatte.

Nach gemeinsamer Jugend in einem Internat in Süddeutschland, nach unzähligen Augenblicken sanftester Erkenntnis und ähnlicher Lebensauffassung – beide stammten aus wohlhabenden und anspruchsschönen Familien, wenngleich Jakobs Verhältnisse um einiges *liebender* noch waren –, so ähnelten beide einander in der Selbstverständlichkeit der Möglichkeiten und in der freien Ausübung all ihrer Wünsche. Sogar beider Äußeres verhielt sich oft wie eines nur, zumindest in der fragilen und jünglingshaft verstörenden Anmutung einer solchen, wie man sie etwa von den Knaben Caravaggios kennt. Um es also einmalig und genau zu benennen: Sie besaßen dieselbe elegante Phantasie der Seele.

Während ihrer gemeinsamen Grand Tour durch Italien aber geschah es, dass Jakob in unzubändigendes Schwärmen verfiel, mehrfach überreizt von der Schönheit italienischer Malerei, Baukunst und Landschaft, in die wildesten Zustände seiner Seele geriet und sich voll Verzückung immer tiefer in diese Bewunderung hineinsteigerte. Was nun aber seine Wollust der Augen war, die festliche Hoheit dieser alten Kultur, wurde zu des Freundes Not, weil dieser dem allzu hoffnungsvollen und kämpferischen Genuss Jakobs letztlich nur Zerbrechlichkeit entgegnen konnte.

Dort also, im heiligsten und dem Glanz der Kunst wegen thronvollsten Ort Europas, in Italien selbst, offenbarte sich dieser eine ewige Moment der Unterscheidung, der notwendig gewesen war, um einander zu verlassen. Denn immer verlorener und einsamer schwand des Freundes Gegenwärtigkeit und Kraft, wohingegen Jakobs rücksichtsloser Kunstanspruch alle Weiten zu überrennen schien.

Jakob, zugleich geprägt von verachtender Naivität, hatte zumindest immer des Freundes stille Treue gegen-

über *seinem Europa* vorausgesetzt. Niemals hätte er sich vorstellen können, dass jener, der zuerst die absolute Voll-
kommenheit der Vollendung der Kunst bereisen musste,
um seine Schwäche zu erklären, hier nun das *Fremde*
suchte. Das war ein ganz und gar absurdes Bild, ein Gedanke, den er unterdrückte.

Nun aber war dies alles eine Art *Wirklichkeit* und Jakob
war gekommen – vor allem wohl der Form halber, denn
man hatte ihn sonderbarerweise als Einzigen benachrich-
tigt, und trotz allem, trotz seines aus seinen Augen so be-
rechtigen Ärgers über den Freund, empfand er eine ei-
genartige Mischung aus Mitgefühl, Sorge und Neugier
um das Leben dieses Entlaufenen.

Als er schwitzend und ohnehin verärgert aus dem
Taxi stieg, war über ihm ein blauer und grenzenloser
Himmel aufgespannt, von demselben kristallinischen Ton
seiner Augen.

Soeben erst hatte Jakob auf seinen eigenen Wunsch
hin die kleine Kabuler Wohnung des Verstorbenen begangen und war voll Wut wieder hinausgestürmt, als
er da lediglich zwei winzige leere Zimmer vorfand, in
denen kein Buch, keine Vase, kein einziges Gemälde irgendeines europäischen Landstriches zu finden war! Nur
einige Kleidungsstücke, Schuhe, ein Schallplattenspieler
mit Bachkantaten und ein kleines grünes Büchlein mit le-
derner Schnalle auf dem Tisch liegend. Mehr Beweise und
Erklärungen für den Rückzug des Freundes in den Orient
gab es da nicht.

Und so, in diesem verzweifelten und bleichen Zorn,
stand er wie losgelöst von allem Örtlichen einzeln und

verloren herum. In der einen Hand einen schmalen Koffer, der aufgrund seines mageren Inhaltes die Absicht verriet, dass dieser Reisende nicht lange bleiben wolle, vom anderen Arm hing ein langer Mantel herab, schließlich hatte er Berlin im Unwetter verlassen.

Es war Mittag in Kabul, in *Nawabs Garten*, diesem alten Teil der Stadt, wo ehemals Könige mit ihren Angehörigen lebten, ehe das idyllische Residieren sich in einen anderen Bereich verschob, wie es ohnehin einem Lande eigen ist, in dem der gesellschaftlich pulsierende Punkt wie ein unsichtbarer Magnet immerfort zu wandern scheint.

Nun besaß Jakob Benta sozusagen die angeborene Leichtigkeit, sich in anderen Städten flanierend, ohne Eile, in betrachtender Genauigkeit und heiterer Eleganz zu bewegen, diese Stadt aber war nicht nur eine andere, sie war nicht bloß fremd – sie war ihm schlicht *ungesehen*. Es bedurfte folglich nicht nur seiner ganzen Aufmerksamkeit, einer Aufmerksamkeit, die in Anstrengung überging, sondern vor allen Dingen hatte er jetzt die ganze Akrobatik der Geduld nötig, etwas, wovon er bislang nie Gebrauch zu machen gezwungen war, bewegte er sich doch freilich in seinem Europa.

Um ihn herum – zumindest war es das, was er auf den ersten Blick erkennen konnte – führten Straßen absehbar und doch unergründlich fort und schlängelten sich wirr, ohne jedoch labyrinthisch anzumuten, durch die offene, sattgrüne und wie aufgeschnittene Landschaft.

Europa von oben betrachtet, das war jenes ihm vertraute Mosaik. Hier aber war das Land wie aufgeklappt, als kehre sich eine untere Welt über die eigentlich Sichtbare, als schlüge eine ständige Märchenstunde über den atmenden Wiesen. Den Blick entließ er in verständnisloser Beobachtung, Hemmnis verbot ihm, sich für diese Fremde zu begeistern, dennoch aber – und dies geschah in verführerischer Widersprüchlichkeit – ließ sich ein stilles Begehren, irgendein Flüstern nicht verleugnen …

Das Tal saftig, die Berge trocken. Jakob stieß einen freudlosen Seufzer aus, teils Unbehagen, teils Müdigkeit, teils tiefes Bereuen. Kaum erst einen halben Tag war er hier und schon waren die Schuhe vollständig eingestaubt, auch Hose und Strümpfe, bis hoch zum Knie.

Warum bin ich hier ausgestiegen, fragte er sich. Er wusste es nicht mehr, hatte es vergessen.

Hatte er es überhaupt gewusst?

Die Sonne brannte. Er nahm die Brille vom Gesicht und rieb sich die Augen, der Staub hatte sich darin eingefunden und es juckte ganz fürchterlich. Hier und da ein Mensch, Männer in Trachten, helle leuchtende Stoffe, die die Leiber darunter abzeichneten. Eine Frau im Schleier, ein pistaziengrüner *Tschaderi*. Sie lief hastiger als die Männer, fast so, als sei ihr das Schlendern nicht gestattet.

Die Hitze stieg ihm hoch ins Gesicht und wieder hinab bis in die Zehen, eine Art Feuer durchrauschte ihn, ihm war verschwommen vor den Augen und alles schob sich ihm in der Kehle zusammen, zu einem schmerzhaften Bündel der Ungeduld und der Verstimmung.

Ganz bei sich, wie Jakob Benta es überhaupt immer war, etwas, das ihm nie verloren gehen konnte, sich ihm weder entwöhnen noch sich selbst verlernen würde, war ebendieser ständige Eigenbezug, das Zweifeln an so vielem und erst recht an einer solchen Reise, *hierher*.

Wofür nur war er gekommen, wofür hatte er diese sinnlose Anstrengung auf sich genommen?

Und warum schämte er sich für den Toten, warum empfand er plötzlich Hass und zugleich den Drang nach einer Wiedergutmachung dieses großen Fehlers, den ein anderer begangen? Dafür also war er angereist. Hierfür war er gekommen. Um den toten Europäer unterhalb dieser riesigen und nicht enden wollenden Gipfel zu begraben.

Bin ich ein Engel …?

Das Herz schlug ihm immer schneller, weil da zum ersten Mal in seinem Leben etwas auf eine Weise verborgen lag, die er nicht unmittelbar zu durchschauen wusste. Was war geschehen in Italien, in jenem Moment, da sich der Moment für nur eine Seele der beiden entschied, aber für wessen? Es schnürte sich sein Herz zu, als bräche es ihm ganz langsam dahin. Und es war bloße Verständnislosigkeit, die aus seinen Blicken sprach, und dieser Ausdruck kannte keine Gerechtigkeit mehr, nur noch Verurteilung.

Nein … sein Schauspiel fand in Europa statt. Und seine Seele konnte durch nichts als durch Europa erhoben und beleuchtet sein, durch nichts als durch Europa gehen und schließlich immer nur aus Europa hervortreten.

Eine noch nie dagewesene Übelkeit stieg in ihm auf, er fühlte sich vergiftet und er erzitterte. Der Kopf kreiste, die Augen verliefen sich in ein Irgendwo. Ein Wagen fuhr von weitem auf ihn zu. Das Geräusch der Reifen dröhnte

dumpf in ihm hervor. Schweißperlen glitzerten wie ein
Firmament über seiner jungen Stirn. Plötzlich war alles
in ihm dunkel. Die Haut erschien ihm angesichts der gegen sie stemmenden Gefühle ein einziges Transparent –
wann würde sie reißen? Zerspringen? Er war so betroffen
von dieser Unzugehörigkeit, von dieser Ferne und allen
ihren Missetaten an seinem *einzigen großen Bild*, und weil er
eben kein Talent zur Krankheit besaß, war ihm all das so
gründlich anzusehen.

Der Wagen hielt vor ihm. Jakobs Blick verschwamm
immer mehr, aber er konnte einen Mann darin erkennen,
einen Afghanen mit einer sehr hohen Kappe auf dem
Kopf, er redete wohl auf ihn ein, aber Jakob vernahm nur
hohle Laute, fühlte sich so voller Last und ihm schwindelte. Er beugte sich zum Fahrer herab, um zu sprechen,
aber als er den Mund öffnete, schloss sich ihm sein Blick
und er stürzte ganz plötzlich und nicht einmal heftig,
sondern geradezu in sanfter Enttäuschung, stürzte mit
den gespreizt geröteten Fingern seiner europäischen Un-
versehrtheit, stürzte ohne Verständnis, stürzte ohne Kraft
für all das – dahin.

In der Manteltasche das schmale grüne Büchlein mit
dem ledernen Verschluss.

Erst als der Wagen wieder für längere Zeit fuhr, vermochte Jakob die Augen eine Zeit lang offen zu halten, eh
sie ihm wieder herabfielen wie Vorhänge. Immer wieder
weggleitend, verlor er seinen Blick und verlor er sich in
einer urbanen Landschaft.

Die Stadt in ihrer gewaltigen Schnitzerei, wie sie unvorhergesehen aus der Wüste brach, groß und schwer-

mütig in ihren sandigen Tönen und Klängen und überall im Bündnis mit der Poesie, umwitterte ihn in der Gefahr der Verschiebung, der Ausdruckslosigkeit, der Sprachlosigkeit, denn wie sollte er hier nur seine Verstörtheit erklären können, wo er nicht einmal fähig war, das Gesicht des Freundes in aller Vollständigkeit und Einzelheit zu erinnern? Und hatte jener Verstorbene denn nicht immer gewusst, dass Jakobs einzige Gestalt und einzig zu ertragende Form Europa war und nur Europa?

Noch hatte der Verlorene ja nicht bemerkt, dass er mit dieser ihm nur allzu wenig schmeichelnden Ankunft, ja bereits diesem ganzen, diesem gesprengten, diesem wirbelnd bunten und anmaßenden Wundergeheimnis jener *anderen Welt* ausgesetzt war.

Der Tag entwich, blaue Himmel lösten sich auf. Bald würde man *Abend* sagen und dann *Nacht* ...

Nur mit Mühe konnte Jakob erkennen, dass der Wagen abbog, leicht erhöht anfuhr und vor einer Mauer hielt, hinter der Platanen leise wippten.

Wenn du nicht bist

Mit matten Augen starrte Jakob am nächsten Morgen lang gegen die Zimmerdecke, weder wusste er, wo er sich befand, noch, wie er wohl hergekommen war. Woran er sich jedoch genau erinnerte, das waren die Ereignisse, die unerhörten Geschehnisse, die in seinem Herzen zu einem hohen Berg der Ärgernis gefroren.

Die Vorhänge des kleinen Zimmers waren noch zugezogen. Er fühlte, dass er weinen wollte, aber er konnte es nicht, denn dafür war er noch zu sehr gekränkt. In seinem Kopf drückten ihm schwere Vergeblichkeiten das doch eigentlich so Leichte zusammen, pressten das doch stets so Fliegende zu einem nervlich sehr anstrengenden Hindernis, das er kaum zu überwältigen wusste.

Hätte sich doch nur nicht ständig das Gefühl der Preisgabe seines Europas in ihm erhoben, jener große Vorwurf an den Verstorbenen, den er nun in der ganzen Maßlosigkeit seiner Seele verachtete. Und Jakob Benta war darin von solch einer Ausweglosigkeit, dass es ihn schier seine ganze Kraft kostete. In seiner Überzeugung, in seiner so geraden und filigranen Ausrichtung gen Abendland gab es keinen Platz für andere Sterne. Diese Seele hatte sich allein dem europäischen Gestirn verschrieben, und das in einer Erregung, in einer Erwartung und in einem Triumph, in einer beinahe andächtigen und heillosen Liebe, wie sie kaum zu denken ist.

Zugleich aber schmiegte sich etwas in ihn hinein, eine gleichzeitige Verführung zu all seiner Bitterkeit hin ...

Da erinnerte er sich plötzlich einer Sache und fuhr auf. Der Kopf drehte sich, alles schwindelte und schwankte ihm. Er holte das grüne Büchlein mit der ledernen Schnalle, die jedoch bereits den häufigen Gebrauch merklich tat, indem sie sich nicht mehr richtig schließen ließ, aus der Manteltasche hervor. Am Buchrücken waren die Initialen des Toten eingraviert, Y. B.

Mit unruhigen Blicken beschaute er es für einige Minuten, spürte die Ewigkeit der Sekunden, die sich wie Seile um ihn schnürten.

Nein, Jakob wollte die Gründe nicht wissen, wollte die Erklärungen nicht lesen. In seinem porzellanenen Zustand hätte ihn doch alles zu Fall gebracht! Und was sollte schon darin vermerkt sein? Vielleicht einige kurze Schlüsse und ihm nur wenig vertraute Gedanken, nichts weiter.

Er schwor sich, das Buch niemals zu öffnen. *Niemals.*

Nein, ihm allein gebührte der Vorwurf. Und diese reine emporkeimende Verachtung durfte nun nichts und niemand mehr anhalten.

Er legte es ungeöffnet wieder zurück in die Tasche, mit zitternden Fingern, Finger, die kein Gefolge seines Fühlens, die einmal frei von seinem Herzen, die abgeschnitten und getrennt vom Strom seiner Liebe handeln sollten.

Europa ... diese klingende und erzählerische Süßigkeit seiner Seele, lag viele Kilometer von ihm entfernt. Alles andere bedeutete Wüste. Bedeutete Leere.

Er war ein Solist des Lebens, ein Einzelner des Weges, der immer schon kostspieliger empfand als alle anderen Menschen. Am allerwenigsten jedoch vermochte er an sich selbst zu zweifeln, darum zerrte all dies so unermüdlich an ihm. Hier wurde ihm das bloße Verweilen zu einer solch sinnlosen Veranstaltung, dass jeder, der jetzt zugegen gewesen wäre, sich vor seiner fesselnd zornigen Willkür des Ausdruckes ernstlich zurückgezogen hätte.

Diese Qual, die er aber nun durchstand, sorgte zugleich für eine rechtschaffene und vergnügliche Befriedigung in ihm, sorgte für einen sehr willkommenen Widerspruch, denn obwohl er unter der Fremde litt, stülpte sich zur selben Zeit ein Entzücken aus ihm heraus und legte sich wie eine Bestätigung über das Urteil, das er längst über seinen Zustand gefällt und somit ein Ankommen ohnehin und von vornherein wissend abgelehnt hatte. Er konnte sich ja schließlich nicht selbst verneinen, und so geschah dies also in einer siegreichen Not seiner Gedanken und Gefühle, bei allem Leid der Anwesenheit in einem anderen Land wenigstens immer der zarte Held zu bleiben.

Die Lider zogen sich über die Augen, er dachte an Berlin, an seine schöne alte Wohnung mit den hohen Decken und den großen Fenstern, an seine Stadtgänge, an seine Bücher und besonders an seinen *Matisse für Arme*, wie er jenes Gemälde nannte, das er einst einmal für wenig Geld entdeckt hatte.

Es war die Darstellung einer Frau, nebst welcher sich ein Strauß von Blumen erhob, so skulptural wie malerisch, so verloren wie stolz. Vor allem aber war es der

Strich des Malers gewesen, dieser feinsinnige und delikate Duktus, der mal skizzenhaft offen, dann wieder poetisch genau zu werden schien.

Man konnte sich die vortreffliche Nachahmung von Matissens Strich in dem Bild nicht gelungener vorstellen. Die Linien waren von derselben Ängstlichkeit. Sie riefen beim Anblick den gleichen elastisch tanzenden Jubel hervor und waren denn auch mit der gleichen Rücksicht der Hände aufgetragen. Und zugleich fand man darin hier und da jenes enttäuschte Wegbrechen der Gestalt, immer dort, wo die Absicht des Sanften verging, immer dort, wo der Strich ungeschlossen ein Bedürfnis aussprach, immer wenn die Gutmütigkeit der Linie in Zweifel geriet, in Zweifel über die eigene Neidlosigkeit gegenüber der Fläche …

Jakobs Kopf erhitzte sich, das nass dunkle Haar hatte sich auf der Stirn gelockt. Hatte ihm diese eine Momentaufnahme in der Fremde bereits genügt, um seine eigene Darstellung zu verlieren? Ging es erneut um die *Not des Augenblickes*, die er nun selbst verspüren sollte, wo er doch in Italien als unschuldiger Sieger der Wahrnehmung hervorgegangen war? Ihm allein hatte dort das Schwärmen gehört, ihm, nur ihm das schwarze sinnliche Glück.

Und nun … trieb er dahin … starr und auf einer unbekannten Welle, in einem unbekannten Meer … unter warmen unbekannten Winden.

Bis – aber – deine Stimme auftauchte

Als Jakob die Augen öffnete, stand das Fenster in seinem Zimmer weit offen. Da war ein Ruf gewesen, er war sich sicher, er hatte ihn vernommen.

Einige Minuten lang blieb er reglos liegen, lauschte nur. Da war sie dann wieder und schließlich immer wieder, in unregelmäßiger Liebenswürdigkeit. Sein Herz schlug zwar noch in ungewohnter Eile, aber in diesen fremden Herzschlag, den er sich in diesem anderen Land zugelegt hatte, mischte sich plötzlich der vertraute Puls!

Wieder rief jemand jemanden, es war das liebende Schimpfen einer Frau, einer Mutter. Er richtete sich langsam auf, setzte sich und horchte weiter. Die Dumpfheit der Ohren bei der Anreise war nun einer schneidenden Schärfe des Klangs gewichen und er glaubte, selbst das entfernteste Geflüster irgendeines einsamen Ortes zu vernehmen.

Wieder kam die Stimme an sein Ohr und er fühlte und wusste, dass er nicht träumen konnte, denn die Wirklichkeit besitzt eine Nähe und Greifbarkeit, die im Traum zum Unendlichen werden kann und uns schwanken lässt. Außerdem war die Stimme allzu viel Rührung an Unverstelltem. Roh, schüchtern, andauernd.

Jakob fühlte ihr Echo in seinem Blut nachbeben, was nur geschah mit ihm? Plötzlich glaubte er, innerhalb dieser Stimme so viele seiner innersten Vertrautheiten zu finden, dass sein Herz stark zu drücken begann und schmerzte.

Er stand auf, ging zur Tür, berührte die Klinke, spürte die Anwesenheit einer anderen Hand auf der anderen Seite der Tür, wartete ab und sah erstaunt einen Mann eintreten.

»Guten Tag, Jakob Benta …« Dieser sprach den Namen etwa so aus, als hätte er ein Rätsel erraten. Jakob benötigte einige Sekunden, um sich zu fassen. Die beiden sahen einander lange an, vielleicht waren es aber auch nur Sekunden, jene Zeiten eben, die wir nie genau zu bestimmen wissen …

»Sie haben viel geschlafen. Und Sie haben sicher Hunger. Kommen Sie mit, kommen Sie …«

Der Mann, der auf seinem Kopf eine Karakul-Kappe trug, jene steil auffahrende, traditionell afghanische Kopfbedeckung, die in diesem Fall aus sehr feinem Fell bestand und seinem oval, fast spitz geschnittenen und so unwirklichen Gesicht, über dessen Haut eine goldene Cholerik hinwegblinkte, ganz wunderbar stand, schritt bereits den Gang entlang zur Treppe hin und wartete nicht auf Jakob.

Dieser folgte ihm nach einigen Sekunden und fand sich dann im ersten Geschoss des Hauses wieder, in einem großen hellen Raum mit türkisen Sitzkissen in Akanthusmotiven, einem alten Schrank aus Mandelholz, Teppichen und einem Durchtritt mit kleinen Flügeltüren zum Garten hinaus.

»Die Luft ist hier eine gute. Morgens und nachts kühl, tagsüber dann warm und trocken. Wussten Sie, dass man bei trockener Luft deutlich besser denken kann?« Der Af-

ghane lief weiter, die Hände am Rücken verschränkt, auf
einen Schattenplatz zu.

Jakob folgte ihm schweigend, zu groß war da noch
der sich immer wieder und ohne warnende Ankündigung einstellende Zorn der aufreibenden Tage, die er hinter sich hatte. Er bemerkte die seitlichen Blicke des Afghanen, in dessen Augen etwas so Kastanienhaftes, etwas
so Dunkles lag, dass Jakob sich mehrmals wieder abwen-
den musste.

Und da erst erstaunte er über den Garten, da erst sah
er die ganze Pracht und die Größe dieser Anlage. Es war
ein sehr afghanischer Garten mit Granatapfelbäumen, Fei-
gen, Birnen, Erdbeeren, Gemüsebeeten, Blumen, einem
Brunnen und einer sie alle rings umgebenden Mauer, die
weder den Blick hinein noch nach außen ermöglichte.
Außer dem Himmel hatte kein Auge Einsicht.

Der Garten lag inmitten des Hauses, von dem er zu
drei Seiten hin umbaut war. Hellblau gestrichene Fassa-
den mit Stuckarbeiten an den Höhen und Figurendarstel-
lungen ebenso. Ein *Amam*, das orientalische Bad, befand
sich bei den Rosen. Die große Küche mit ihrem tiefen
Ofen, *Tandor*, der in die Erde eingelassen war, um den
Broten den alten Geschmack von Zeit einzubacken, stand
ein wenig losgelöst vom Haus auf der Rasenfläche, neben
einer Art Vorratskammer für Reis, Mehl und Öl. Der Rest
waren dann Wohn- und Schlafzimmer der Familie selbst.

Und alles hier tat einen so gesunden und blühenden
Anschein, alles verhielt sich in einer natürlichen Rechtmäßigkeit zueinander, alles bewegte und regte sich in
träumerischer Weise und wurde im Bilde selbst zum Ver-

sprechen, ein Versprechen, das sich in einen hineinflüs-
terte und seidig und duftend umwand.

Dieser Garten in seiner Verschlossenheit, in seinem
Misstrauen, einzig dem Himmel sich anzuschließen, war
vollkommen schön.

Jakob und der Hausherr schritten durch die Beete
über die Wiese bis hin zu einer Bank, die neben zwei hohen Pappeln stand und von der sich ein ziemlich gut gebauter, stattlicher und auch schon ein wenig älterer Herr
erhob, als er sie erblickte.

Der Schatten verbarg noch sein Gesicht.

Er kam ihnen beiden eilig entgegen, in langen strammen Schritten, geradewegs auf den Hausherrn zu, diesem dann in der sichtbarsten, aufrichtigsten Entzückung
die Hand reichend. Nun schob sich die Sonne mit ihrem
ganzen weißgelben Licht in seine Züge. Jakob hatte noch
nie in seinem Leben einem Menschen so viel Zuneigung
angesehen.

»Mein lieber, verehrter Ustad. Wie geht es Ihnen,
geht es Ihnen gut, mein Ustad?« Der Zugeneigte lächelte.

»Sehr gut. Danke. Wie schön, dass Sie zum Essen
kommen konnten.« Der Hausherr ließ die Hand des
Freundes zunächst nicht los, um seiner Freude Nach-
druck zu verleihen.

»Aber wie könnte ich auch anders? Nie könnte ich
das! Immer … immer würde ich kommen … «

Der Hausherr bemerkte den düsteren Ernst Jakobs.
»Darf ich Sie beide miteinander bekannt machen — Jakob
Benta, ein deutscher Gast meines Hauses, und das hier
ist mein lieber Freund Faiz Zikria, er ist Außenminister,

dabei gehört er eigentlich in die Poesie, nicht?« Da'ud
fasste ihn neckend an die Schulter.

Die beiden lachten geheimnisvoll auf.

Jakob war sich nicht mehr ganz sicher, ob das, was
er eben noch über die Wirklichkeit dachte, nicht doch
längst schon wieder ein Schweben im Unmöglichen war.

»Es ist mir eine Ehre«, begann Zikria und reichte Jakob die Hand. »Dass wir die Deutschen verehren, das beweisen wir mit allergrößter Naivität und Reinheit, ja man
mag beinahe schon von Kindlichkeit sprechen, an keinem geringeren Akt als dem Nationalfest selbst, da tragen
die Soldaten auf der Parade nämlich Stahlhelme!« Wieder
lachte er, in keiner Weise geringschätzig, im Gegenteil, es
zeugte von einer präzisen Zerstreutheit, etwa so, als sei er
eines bestimmten Grundes wegen gekommen, zugleich
aber wie von Sinnen.

Auch Jakob lächelte, verhalten und nur kurz, aber er
lächelte, auch wenn sich die Zurückgezogenheit seiner
Augen noch immer nicht löste.

»Sind Sie ein Reisender?«

»Nein!«, rief Jakob rasch und finster.

Der Hausherr räusperte sich und ein kurzes Schweigen brach ein, ganz vorhergesehen und notwendig.

Der Himmel glänzte wie eine Forelle.

Jakob kreiste mit der Schuhspitze zwischen dem
kurzgeschnittenen Gras herum. Er wollte und er konnte
sich nicht bemühen, er war noch immer gefangen in sich
selbst, und alles kam ihm so *unempfunden* vor. Außerdem
kannte er keine Verstellung des Wesens, kannte nur die
eine Rolle, die er selbst war und die allein er zu spielen

vermochte, ja die er nicht einmal spielte, sondern die ihn ganz schlicht befiel.

An diesem jungen Deutschen, dessen Antlitz die fleischgewordene *Frühlingssonate* Beethovens war, gehörte alles der reinen Melodie ungesteuerter Monumentalität an.

Plötzlich aber — jene Stimme von vorhin!

Er horchte auf und ihn durchfuhr dieselbe glückliche Not, dieselbe Freude über diesen Ton.

»Wer ist das?«, fragte er endlich.

»Shirin«, antwortete der Hausherr, »meine Frau. Sie ruft uns zum Essen. Kommen Sie beide, gehen wir hinein …«

»Also wollen Sie mich doch noch weiter quälen, Ustad? Nun gut — quälen Sie mich nur, quälen Sie mich! Nur zu … quälen Sie mich …« Faiz Zikria rieb sich unruhig die Hände, fuhr sich dann nervös durch das Haar, das sich am Nacken in feine graue Wellen legte.

Der Hausherr schmunzelte wissend über diese Not, schritt langsam auf das Haus zu und Jakob besah seine bronzene Gesichtsfarbe.

Faiz schritt sofort eilig mit, nur Jakob verstand nicht recht, worum es gehen sollte.

Neugierig holte er den Außenminister ein: »Was meinten Sie damit?«

»Womit?«

»Als Sie fragten, ob er Sie noch weiter quälen wolle.«

Zikria blieb stehen, inmitten des Gartenweges, der sich über die vielen Zeiten aus den oft gelaufenen Schrit-

ten seiner Bewohner abgezeichnet und das hellgrüne Gras
gescheitelt hatte. Er griff Jakob fest am Arm, blickte ihm
radikal in die Augen.

»Jakob Benta, wissen Sie überhaupt, wer *das da* ist?«,
mit dem Kopf zum Hausherrn hindeutend, der bereits
am Eingang angelangt war und sich wartend nach ihnen
umwand.

»Nein«, antwortete Jakob kühl. »Er hat sich mir nicht
vorgestellt.«

Kurz hielt Faiz Zikria inne. »Dann werden Sie es jetzt
sehen ...«

*

Das Esszimmer war groß und leer, aber ein wunderschöner Teppich, der irgendeine spanische Schiffsankunft
zeigte, bedeckte den gesamten Boden. Auf ihm war eine
weiß bestickte Tischdecke ausgebreitet. Schüsseln, Schalen
mit Reis, Eingemachtes, Brot.

Am oberen Ende des Tischtuches saß die erste Frau
Da'uds, Safura, etwa mittleren Alters und mit erstaunlich
europäischen Gesichtszügen. Die junge Tochter Uliah saß
zu ihrer rechten Seite und schob sich den durchsichtigen
Schleier über das blonde Haar, die grünen Augen stachen
funkelnd hervor, als die drei Männer eintraten.

Jakob erblickte sie sofort. Etwas zitterte in seinem
Herzen, denn sie beide glichen wegen ihrer bunten Köpfe
Della Robbias Mariendarstellungen.

Die Söhne saßen alle in einer Reihe nebeneinander,
bis auf den verwöhnten Jüngsten, Rafat, der sich, obgleich durchaus schon ein Heranwachsender, von Safura

kleine volle runde Häppchen in den Mund stopfen ließ,
dabei sprach sie beinahe jedes Mal ein kleines Gebet, damit er sich nicht verschlucken möge.

Sie war es übrigens, die dem Jungen mit bereits vier
Jahren das vornehme Lesen gelehrt hatte.

Es waren schlanke, anmutige Söhne, alle in ihren
Haustrachten aus weißem Stoff mit gold-schwarz bestickten Westchen.

Jakob fühlte, wie ihm schwindelte, aber warum nur?
Gerade als er sich enttäuschend zu Bewusstsein führen
musste, dass sein europäischer Gliederbau ihn am Schnei-
dersitz hinderte, trat sie ein.

Groß, sehr schlank, beinahe dünn, ganz in Schwarz
gekleidet – wie aus dem Schatten erbaut.

Sie kam mit zwei weiteren Schüsseln in der Hand
und lief schnell und eilig zu ihrem Platz, dabei rutschte
der weiße Schleier von ihrem weichen, pechschwarzen
Haar, herab auf die spitzen Schultern. Sie tat ein, zwei
Bewegungen, die wohl irgendetwas bedeuten sollten,
zumindest kamen Bedienstete herbei und reichten die
Schüsseln an.

Jakob forderte sich auf, wegzublicken, fortzuschauen –
aber er konnte es nicht. Ein einziges Mal nur während des
Essens sah sie ihn an und lächelte, liebenswert und eisig
zugleich, in ihrem ruhigen Gesicht mit den so stürmisch
geschliffenen Wangenknochen, die grob heraustachen.

Das war sie also … das war nun der Mensch zu dieser Stimme.

*

Es wurde lang und gut gespeist.

Jakob hatte großen Appetit, aber die Speisen waren ihm alle neu und fremd, so aß er still. Besonders vom Reis, er war körniger und feiner als in Europa.

Draußen schien die Sonne weit über das Land. Berge schoben sich über die Steinmauer hinweg empor ins blaue Licht. Manche schimmerten silbern aus ihren Spitzen.

Und er erhaschte währenddessen immer wieder neue Blicke über diese afghanischen Gesichter, wie sollte es auch anders sein, schließlich war Jakob Kunsthistoriker, dem eigenen Auge so oder so verfallen.

Shirin saß ihm frontal gegenüber. Das Gesicht blass und ungeschminkt, aber von einer betörenden Blässe, in die sich ein kräftiges Rosa legte, die Lippen ebenfalls sehr blass und schmal. Die Nase groß und edel, das Kinn etwas hart abgeschnitten, aber ganz in der Proportion ihres sonst so weichen Schädels. Die Augen lang und schwarz, die Brauen dicht und dunkel, die Stirn kurz und das Haar im Nacken zu einem einfallslosen, unaufwendigen und schmucklosen Knoten zusammengebunden.

Sie besaß die klare Schönheit eines Ritters, etwas Karges ging von ihr aus, aber mindestens ebenso viel Sinnliches.

Später sollte Jakob erfahren, dass sie aus Panjshir kam, wo es viele buntäugige und hellhaarige, bisweilen sogar rothaarige Menschen gibt. In dem Gesicht Shirins klappte sich die Geschichte dieses Landes ebenso auf, der Augenblick Alexanders des Großen, in welchem sich seine erschöpften Soldaten niederließen, wofür es manche Gründe gab, etwa die berauschende Landschaft des Gebietes südlich vom Hindukusch, das im Gegenzug zum trockenen Bamiyan etwa weit begrünt war und fast schon wie ein Gemisch aus skandinavischer Grenzenlosigkeit und orientalischem Zauber zusammenfand.

Oder aber die Unmöglichkeiten und Ängste einer Rückkehr seiner Truppen, die Mutlosigkeit und der Unwille der Soldaten — was zu einem immer wieder erneut einsetzenden Aufschub führte und somit zu einem Bleiben, zu einer Verbindung des griechischen mit dem afghanischen Blut. Zwar brachte man den Soldaten Griechinnen, um ihnen so ein hermetisches Fortbestehen zu ermöglichen, aber selbstverständlich ehelichte man denn auch manch eine Afghanin, und so wurde das heidnische Gebiet *Kafiristan* schließlich islamisiert und zu *Nuristan*, dem *Lande der Erleuchtung* und des *Lichtes*, mit griechischen Nachkommen.

Dieser allzeit bunte Wechsel aus Orient und Okzident zog sich wie eine Achse durch das jeweilige Antlitz, zunächst nur dorisch grundiert, um dann aber schließlich die haarscharf geschnittenen, lodernd afghanischen Augen hervorbrennen zu lassen.

Faiz Zikria sprach viel während des Essens. Die Themen der Gespräche verliefen sich wie gewohnt in alle Richtungen, dabei war er gut und heiter anzuschauen, geradezu ehrgeizig, wenn er sprach, mitreißend und schwärmerisch. Seine Erzählungen waren stets damit verbunden, möglichst aufwendig und reichhaltig zu sein im Ton und in der Wahl seiner Worte gegenüber dem Ustad, das fühlte Jakob, wenngleich er ja kein einziges Wort von alldem verstand! Aber er vernahm die ungeheure, verschwenderische Macht dieser alten persischen Sprache, des *Dari*. Er lauschte, wie man dem Regen oder den Stürmen lauscht, weil man ihnen nichts Ähnliches zu erwidern weiß.

Außerdem bemerkte Jakob, dass man einander *jan* an den jeweiligen Namen anhing, Rafat-*jan*, Faiz-*jan*, Shirin-*jan* … Ein afghanisches Liebkosungsanhängsel von ganz reizender Liebenswürdigkeit und Zuneigung, denn es schenkte den ohnehin schon hübschen Namen eine noch weitere Benennung durch diese neckische Dopplung.

*

Da'ud Hussainis Kammern lagen im ersten Geschoss des Hauses, und schaute man hier aus dem Fenster, so blickte man geradewegs zu Jakobs Zimmer hinüber. Die Raumfolge bestand zunächst aus dem Zimmer mit den türkisen Sitzkissen, dem sich dann sein Schlafzimmer anschloss, wo die besonders weiche Lichtstimmung, die der Raum wegen seiner pastellgelben Vorhänge einfangen konnte, auffällig war. Dort standen zur Mitte hin zwei Betten, und der Geschichte nach kam eines von ihnen aus Deutschland. In dieser Jahreszeit war es immer von einem Mückennetz umfangen. Auch einige Schränke gab es hier.

In der Luft des Sitzzimmers lag Tabak, es war ein sehr wohliger und vanilliger Geruch. Die Farbe der Wände war weiß, etwa aber einen Meter vom Boden aus in weichem Grau gestrichen. In einer Ecke des Raumes stand ein men-

schengroßer Schrank, der über die Jahre in seiner Form
etwas üppig geworden war. Er besaß Dutzende Schub-
fächer, meist schmale. Hier bewahrte Da'ud seine Lieb-
lingsgedichte auf, einzelne Kartons und Federn, Blätter
und Notizen, manchmal auch Tagesbeschreibungen, Bücher, vor allem aber lag darin das Familienbuch der Hussainis, in dem jegliche Geburten, Todesfälle, Hochzeiten
oder besondere familiäre Begebenheiten sorgfältig von
ihm niedergeschrieben wurden.

Die Augen des Faiz Zikria jedoch hafteten wie außer
sich auf einer *einzigen* Sache, starrten bewegungslos an die
Wand, über die hinweg in wirrer Zärtlichkeit Papiere un-
terschiedlichster Größe angebracht waren.

Eine Zeit lang wurde es so still in dem Zimmer, dass
man vergaß, was man eben noch wusste …

Zikria schien die Arbeiten an der Wand bereits zu
kennen, darum fiel es Jakob umso mehr auf, dass er auf
eine *bestimmte* Arbeit blickte, angespannt und fiebernd, auf
die zuletzt geschaffene nämlich, die schriftliche Wiedergabe eines alten Gedichtes von einem unbekannten Dichter.

Faiz trat sehr nah an die Wand heran. Das Blatt war
in Kopfhöhe zu ihm befestigt. Die Hände verschränkte er
hinter dem Rücken, wieder rieb er sie unruhig. Jakob sah
ihn von der Seite an, Da'ud Hussaini setzte sich zu den
Kissen. Minuten verstrichen auf diese Weise und keiner
sagte ein Wort.

Manchmal glitt Sonnenlicht über die Wand hinweg,
schnell und silbrig. Dann glommen einige der Buchstaben kurz auf.

»Was soll ich sagen ... *was* soll ich sagen ...?« Zikria
war verzweifelt mit einem Ausdruck der verstörten Be-
schämtheit, nicht die erhabenen Worte finden zu können,
die das Werk in seinem Wunder auch nur in einer an-
nähernden Weise hätten beschreiben können. Und wie
sollte er jetzt sprechen, wo er doch erst noch sein Gedächtnis von neuem wiederfinden musste.

Er zog Jakob nah an sich heran, sodass auch dieser
nun unmittelbar davorstand, tief hineinblickte und in
einem beständigen und sehr langen Muster verweilte ...

Sayed Mohammed Da'ud al Hussaini war Spross einer sehr alten Kalligraphenfamilie aus Kabul, deren Angehörige seit geraumen Zeiten und Generationen zur
führenden Macht dieser Kunst zählten. Geboren zum
zwölften des Monates Assad im Sonnenjahr der Hedschra
1276, welches dem christlichen 1897 entspricht, in dem
bei Kabul gelegenen Dorf Tipah, jenem Hügel übrigens,
auf dem König *Amanullah* dann den Dar-l-Aman-Palast von
einem deutschen Architekten errichten ließ.

Die ersten Grundkenntnisse der Kalligraphie hatte
er bei seinem Vater erlernt, später jedoch unterrichtet
von *Sayed Ata Mohammed Shah-e-Hussaini-e-Kandahari*, einem
bemerkenswerten Kalligraphen und Meisterlehrer, genannt *Ustad*. Solche beschäftigten sich von Beginn an nur
mit hochbegabten Schülern, deren vollkommene Begabung als höchste Voraussetzung für den Unterricht dienen musste.

Besonders die lokalen Schreibtraditionen – Schriften,
die in Kabul und um die Stadt herum gelehrt wurden –,
sind innerhalb seiner Familie bis zur meisterhaften Be-

herrschung ausgeübt worden. Da'ud schrieb vortrefflich die *Shikasta*, *Nastaliq* und *Nashki*-Schriften, er führte sie sowohl in angeschnittener, wendiger, räuberischer Eleganz wie denn auch in ausgiebiger, lockender, huldigender, andächtiger Hingabe aus. Seine Empfindsamkeit, seine Konzentration verursachten in den Arbeiten, die er schuf, eine Schlacht der Schönheit, gleichsam eine Explosion an Schrift.

Seine Handschrift besaß in sich die Kontinuität eines ganzen Zeitalters, war dem Auge zu jedem Moment imponierend und kraftvoll. Und der menschlich vom Gefühl durchtränkte Blick kann einem solchen *geschriebenen Gemälde* nicht mehr ausweichen.

Faiz Zikria trug das Gedicht vor. Es handelte von der Ergebenheit eines Liebenden. Davon, dass, was auch immer ihm durch die Liebe widerführe, er es ohnmächtig und bereitwillig über sich ergehen ließe.

In jeder Hinsicht ein sehr gelungenes Gedicht, denn es verwob verschiedene Bedeutungen miteinander, ließ sie im literarischen Spiel zu wiederum anderen Bedeutungen werden und wechselte so zwischen den Stimmungen und Lichtern der singenden afghanischen Sprache.

Jakob fühlte deutlich die Angestrengtheit von Zikria, fühlte, wie sie sich immer mehr in eine bewundernde Sehnsucht auflöste und ihn damit beschneite.

»Ein wunderbares Gedicht ...«, sagte Zikria, gefolgt von einem Lächeln, das sich wie ein Band um sein Gesicht schlich.

Da'ud saß noch immer auf dem Sessel und blickte seinen Freund aus erwartungsvollen, aber zugleich auch

sehr dunklen Augen heraus an. In seinem Gesicht lag etwas Filigranes, doch nicht nur das. Da war auch etwas
zutiefst Ungebändigtes und in sich Wütendes, etwas sehr
Lautes.

»… aber das Gedicht in dieser Handschrift zu sehen …
das ist noch viel wunderbarer. Und was ist nun schöner, Gedicht oder Buchstabe, Klang oder Schrift? Ach …
mein Ustad, es ist die Schrift … es ist Ihre Schrift … diese
Schrift. Oh Allah, wie reich beschenktest du diesen Mann
und mich, dass ich das erlebe und sehe!«

»Sie müssen wissen, Jakob, dass Faiz selbst eine groß-
artige Handschrift besitzt«, versicherte Da'ud und richtete seine Aussage direkt an diesen, wurde jedoch bald angehalten, denn Zikria schien wütend zu werden. »Nicht
doch, Ustad! Ich bin und bleibe ein Talentloser, manchmal gibt es einen freudigen Moment, aber ich bin und
bleibe ein Unbegabter!

Mir gelingt vielleicht einmal ein Glückchen, aber wie
ich ja sage, es bleibt beim Glücklein und reicht nicht zur
Begabung! Ustad, bitte beschämen Sie mich nicht, Sie
dürfen überhaupt keinem ein Kompliment aussprechen, Sie
nicht, denn keine Schrift reicht an Ihre! Wie können Sie
es wagen mich zu loben, wo ich doch hier stehe wie ein
Schüler!«

In der Tat nahm Zikria mit der Zeit den Anschein
eines Jüngeren an, obschon er einige Jahre bereits älter
war, ganz unbeherrscht jedoch zu schwärmen wusste.

Jakob trat noch näher an die Arbeit. Sie war wie eine
herrschende Anmerkung an der Wand angebracht, neben
den vielen anderen Blättern. Das Gedicht war im Siahmashq

verfasst, einer beinahe unmöglich zu entziffernden alten Schriftform, die zwar einen Zweig der Kalligraphieschule darstellt, jedoch vom Künstler selbst erst entfacht werden muss. Inwiefern vermag er also den Blick zu täuschen und den Betrachter irrezuführen, eine eigene Leserichtung zu schaffen, die Buchstaben zu kippen, zu spiegeln, verschwinden zu lassen oder einen Buchstaben mehrfach in maschinenhafter Genauigkeit wiederzugeben, sodass dieser wie ein Echo des eigentlichen Buchstaben auf dem Karton wiederkehrt.

Zudem war es zwar in einem Zusammenhang und einer Richtung niedergeschrieben, darin aber auch zugleich wie in einem Kreise. Da'ud hob die Ursprünglichkeit der Lesbarkeit und der Möglichkeit des Nachvollziehens also wieder auf, indem er eine eigene Richtung der Bedeutung schuf. Man hätte sich im Kreise drehen müssen, um das Gedicht vorzutragen. Und freilich, man musste das Gedicht *kennen*, eine Art Geographie der Schrift, ein Kompass des literarischen Verständnisses war nötig, sonst hätte man sich leicht verlaufen, Teile des Gedichtes jeweils zu früh oder zu spät rezitiert, wäre somit vom hohen lyrischen Weg abgekommen, wäre sprachlich gestürzt.

Dieses *Siahmashq* war außerdem rein, es war nicht angereichert mit der teils etwas klobigen und störrischen arabischen Form der Buchstaben. Entzündet auf einem einzigen Blatt Papier, fand gebündelt verfasste Miniatur ebenso Erwähnung wie grobe Verständnislosigkeit von Einzelbuchstaben, aber jeder einzelne Buchstabe war vorgesehen und exakt, unmissverständlich klar und betörend schön.

Da stand er dann … da stand Jakob Benta dieser thronenden Wand gegenüber, da stand er und eilte ihren Wendungen, ihren Tänzen nach! Mit einem Mal wollte er so viele Dinge sagen, wollte so vieles daran besprechen und beschreiben, so vieles daran feiern und erheben, wollte sagen, *alles dreht sich … und ich drehe mich …*

Aber die Sprache seiner stillen Euphorie war nicht Englisch, diese Brücke, über die sie sich unterhalten mussten, nein, er hätte Deutsch sprechen müssen.

Und irgendetwas in ihm begann sich wieder zu erneuern, zu erkennen. Hier an dieser Wand, vor diesen Schriftwappen einer alten Familie, wo sich das logische Wissen in ein poetisches verwandelte, hier begann sich etwas in ihm zu rühren. Begannen diese Buchstaben, dem eben noch Unbekannten zumindest einen Namen zu geben.

*

Wieder in seinem Zimmer, schloss er das Fenster. Der Vorhang pendelte noch zwei, drei Mal, schloss dann aber schließlich das Zimmer in eine gedeckte Abendfarbe.

Wie sollte er all diese neuen orientalischen Geschichten in sich fassen?

Wie sollte er vor sich selbst Rechenschaft darüber ablegen, dass er hier einen ganz unerwarteten Schmetterling fand, einen Blaufalter – nein, einen *Goldfalter*, der in ganzer Losgelöstheit und wiederum ebenso in ganzer Wirklichkeit um ihn herum zu kreisen begann?

Auch wenn er eigentlich verachten wollte, so wusste er nun, dass er niemals verachten *konnte*, solang die Kunst ihn daran hinderte. Zwar waren seine Augen die eines Europäers, der sich keine fernen Exotenträume schuf, sondern allein ins europäische Becken der ästhetischen Ereignisse griff, aber die Schule des Blickes gewann an Wunder und Unbegreiflichkeit, gewann an Unmöglichkeit.

Er holte das grüne Buch mit der ledernen Schnalle aus seiner Tasche hervor und betrachtete es von allen Seiten. Die Fingerkuppen zündend vor Neugierde und Lust, es mit einem Mal zu öffnen, aufzureißen! Schnell schlug das Herz. Und die Minuten der Zeit lösten sich auf.

Aber er durfte jetzt nicht noch schwächer werden, denn lesen hieße wissen, und wissen hieße leiden.

Von unten her vernahm er Shirins Stimme, sie schimpfte wohl wieder mit einem der Knaben. Ganz zärtlich begann sie zu fluchen und er vernahm es nun so dringlich, so unverfälscht, dass er versteinerte!

Allein es war dieselbe drapierte, heiser lustlose Stimme, die er aus den italienischen Opern kannte. Dieselbe weibliche Wehmut, dasselbe ständige und grundlose Verzweifeln, dasselbe überforderte Moment der Verletztheit.

Allein ebenso emporschwellend, leicht plätschernd, erwartungslos hübsch und dabei verstört und weich, warm und vollständig.

Allein es war von solch dramatischer Begebenheit.

Allein es war Bellini …

es war Donizetti …

es war Europa.

Im Klang deiner einfachen Stimme

Zweifel war etwas seiner Seele angeschlossenes, nicht denkbar war Jakob Benta ohne den ständigen Sturz der Innerlichkeit, und freilich wusste er auch darum. Er wusste, dass er allzu *licht* empfand, aber er hatte diesen Zweifel ja immer als europäisches Moment begriffen. Als köstlichsten kulturellen Schönheitsfleck. Zu wissen, jedem Moment den *Sinn* abgerungen und diesem Sinn dann *Zweifel* zugefügt zu haben ... *das* nämlich war ihm Europa.

Da er nun nach der bitteren Ankunft in der Fremde über das Wohlbild der kalligraphischen Arbeiten sozusagen die Wiederkunft seiner Seele erlebt hatte, war da zum ersten Mal der Sinn *allein* anwesend, in einer weitgehend unprotestantischen und diamantenen Form des reinen Gefallens. Etwas *drängte* ihn zur Freude. Etwas *schob* sich erwartungsvoll in seine Last. Und dies schien ihm so unheimlich und ungefühlt, dass er sich in keuscher Liebe zu Europa hin den alleinigen Genuss untersagte und, von Pflicht umwunden, Zweifel herbeibefahl, immer auf der Suche nach Europa.

Aber Jakob bezwang es nicht, sondern fühlte, je länger er diesen afghanischen Garten betrachtete, dass er beinahe schon aufgefordert war, diesen Anblick mit leiser Lust zu lieben. Mit Augen, die eigentlich zutiefst aus abendländischer Klassik kamen, verlief er sich in der

Pracht dieser orientalischen Pappeln, Pappeln, die verlegen für ihn tanzten … als würde eine von ihnen als Braut ausgeschaut.

Er zog den Vorhang zu und vergrub das Gesicht in den Händen. Mit Blicken, deren schwarze Brauen sich wie gotische Bögen zusammenschoben, mit einem so zerrissenen Herzen, dass dieser Mensch und Europäer unheilbar schien, solang dieser Aufenthalt nicht beendet war.

Solang dies seidene Geschöpf nicht wieder Einlass fand in *sein* goldenes Zelt.

*

Da'ud nahm einen langen Zug von seiner Pfeife, die an ihren Seiten außergewöhnliche Schnitzarbeit aufwies, und blickte mit zusammengezogenen Augen gen Himmel, als fixiere er eine bestimmte Stelle.

Jakob neben ihm auf einem Gartenstuhl, unruhig, aber langsam wippend. Die Sonne schien von ihrem Zenit ungebrochen zitrusfarben herab.

»Sind Sie ein gläubiger Mensch, Jakob?« Während Da'ud diese Frage stellte, blickte er noch immer unverwandt empor.

Jakob kannte diese Frage und antwortete so, als hätte man sie ihm schon oft gestellt.

»Ich glaube an die Seele … und Sie?« Das *und Sie* jedoch gab er gar etwas spöttisch von sich.

»Nun, es könnte gut sein, dass ich das auch tue«, sagte Da'ud gelassen. Übrigens hatte Jakob eine ganz andere Antwort erwartet, diese überraschte ihn nun doch ein wenig, zumal er seine Worte absichtlich etwas grob entgegnet hatte.

Doch bei sich dachte Da'ud, *ich glaube an den Menschen, der glaubt.*

Sein Gesicht besaß Aufrichtigkeit in diesem Moment, vollste Aufrichtigkeit. Er nahm einen weiteren, tiefen Zug von seiner Pfeife, lehnte den Kopf zurück und überlegte sich Worte, die er dem Deutschen darüber am liebsten offenbaren wollte.

Er würde sagen, *wissen Sie, Jakob, ich sehe diesen Garten. Ich sehe die Blumen, dort die Rosen, mit ihren kleinen Köpfen, die schon den ganzen Sommer doch irgendwie Knospe bleiben und nicht recht aufgehen wollen. Sie wehren sich, sie wollen es einfach nicht.*

Und ich frage mich, wer vermag den Rosen diese Laune einzugeben?

Und dann sehe ich dort diesen Baum. Zweihundert, vielleicht zweihundertfünfzig Jahre alt.

Ich sehe diesen ungeheuerlichen Stamm aus Zeitenwunden und diese Kraft, die er aufbringen muss für die schwere Krone, die er jedes Jahr aufs Neue trägt.

Und ich frage mich, wer entschädigt ihn des gewichtigen Blattwerks und nimmt ihm die Last jedes Jahr einmal zum späten Herbst?

Und, Jakob, ich sehe diesen Himmel, glatt wie ein Fisch, und ich frage mich, warum bleibt er nicht glatt wie ein Fisch, warum wird er in drei Minuten seine Farbe und auch seine Form ändern?

Und ich werde mich dann fragen, wer mischt ihn an? Wer bewegt ihn?

Sicher ist das alles in Ihren Augen irgendwie zu erklären ... aber ach ... es ist so viel mehr, was ich sagen will.

Warum, um nur ein Beispiel zu nennen, warum träumt der Mensch? Warum diese Farben in der Nacht, wenn er doch eigentlich ruht, diese

Schatten und Bewegungen, diese ausgehöhlten Paläste, in denen wir wie monologische Dämonen umherirren?

Auch Jakob gestand sich ein, mit Bestimmtheit anders und ausführlicher geantwortet zu haben, wären die vertrauten Schritte, wäre die gewohnte Weise der Gedankenentwicklung möglich gewesen, kurz, hätte er in deutschen Worten antworten können, hätte er vielleicht von der Auffassung gesprochen, dass der Mensch selbst die Eingebung all seiner Wege zur Erkenntnis ist. Er hätte gesagt, *es ist feinsinnig und maßstäblich genug, was der Mensch mittels seiner methodischen Denkbilder und zart differenzierten Begriffstechniken zu erfahren und damit zu glauben fähig wird, denn im Gegenzug zum Wissen ist das Glauben eine Fähigkeit.*

In seinen Mundwinkeln verbarg sich ein kleines Schmunzeln, auch Da'ud versuchte zu lächeln, nickte aber nur verhalten.

Eine Taube flog auf den Rasen zu und ihr folgend noch weitere. Am Leib waren sie gräulich, an den Füßen jedoch fächerten sich weite Federn auf und ließen sie auf diese Weise wie kleine Majestäten, wenn auch etwas unbeholfen, stolzieren.

In der Äußerung ihrer Gedanken hätten Jakob und Da'ud gewiss unterschiedlicher nicht sein können. Aber eine *unsichtbare Vermittlung*, wenn auch sehr vage nur und wenig vorteilhaft für die Unmittelbarkeit eines zur denkschöpferischen Aussage bestimmten und geplanten Gedankens, war dennoch fühlbar. Ging es doch beiden im Grunde um das Verfahren der *Einfühlung* und damit um das selbstständige Wahrnehmen und Ausrichten der Innerlichkeit. Beide wussten, dass sie sich in ihrem Leben längst schon außerhalb der Grenzen und Linien des allein gläubigen Denkens aufhielten und immer wieder schon diese Geometrie der Vorstellung verlassen hatten, um in unendlicheren Geraden davonzujagen, aber eben genau darin lag ihr Glaube: in der Möglichkeit also, sich selbst zu sprengen.

Eine sehr große Ringeltaube schritt in ihre Nähe. Ihr Gurren war angenehm beruhigend. Die Brust schimmerte rosa, am Hals glänzten schneeweiße Flecken.

Jakob bemerkte etwas, das ihm vorher gar nicht aufgefallen war und er wunderte sich darüber, denn eigentlich entging seinem genauen Blick nichts. An den Innenseiten der Gartenmauer waren Figuren angebracht, sie waren aus Stein gearbeitet und jeweils zwei von ihnen standen sich an mehreren Stellen gegenüber, berührten sich an der Hand, das Gesicht mal im Profil, dann wieder frontal, gekleidet in Gewänder, die die einstige Färbung wie eine Erinnerung verrieten. Über der Zusammenkunft ihrer Wesen erhoben sich filigran florale Stuckarbeiten.

Dieser Anblick, der sich wie eine Kulisse erstreckte, um von all seinen Geheimnissen der Straße nichts preiszugeben, diesen Anblick mochte er sehr.

Da'ud hatte während des einen bestimmten Gesichtsausdruck an Jakob beobachtet, etwas, das ihn vielleicht auch verunsicherte, jedenfalls hätte er ihm gern sagen wollen, *Sie sehen mich so an, als könnte ich nicht zweifeln.*

Es war so etwas *Ausschließendes* in Jakobs Antlitz und Da'ud versuchte sich einzureden, dass es womöglich gar nicht ihm galt, sondern ganz einfach Teil dieses noch jungen Gesichtes war, als Orientale jedoch ist man häufig sehr schnell, will sagen zu schnell zu kränken.

»Glaube ist jedenfalls *innere* und keine äußere Macht, so viel steht fest.« Da'ud begann diesmal in der festen Absicht einer Übereinstimmung.

Aber erneut verriet Jakobs Blick ihm das Gegenteil.

»Kommt ganz darauf an, was Sie damit meinen. *Unsere* Macht ... ist nämlich die Ohnmacht.«

Dann das schnelle Flügelrascheln einer Taube inmitten ...

»Ich will ja nur nicht, dass man eine Vorführung gibt. Ich glaube lieber im Stillen. Für mich.« Da'ud verstummte für einen Moment.

»Vorführung? Meinen Sie damit Bilder? Kunst? Nun, wenn es so ist, muss ich Ihnen erklären, dass das Christentum seiner eigenen *Darstellung* zunächst in schweren Konflikten begegnete. Auch wir begannen bildlos. Und selbst danach vollzog es sich eher tastend.«

Jakob dachte nach, er hätte gern noch hinzugefügt, *dass sich dieser Versuch schließlich zu einer Hochkunst wandeln sollte, ist ja nur ein weiteres Beispiel für die Beschaffenheit meines Europas, für den reichen Geist des spätantiken Spiegels, ohne den das europäische Menschenbild nicht annähernd so anmutig, nicht annähernd so skeptisch und also nicht annähernd so europäisch hätte werden können.*

»Ich rede nicht von Bilderfeindschaft. Dennoch benötige ich nicht Hunderte von Mariendarstellungen, um zu wissen, wie sie wohl aussah!« Da'uds unvermeidliche Heftigkeit hatte bereits eingesetzt und er hob stolz den Kopf. Er zitterte und wollte ausrufen, *ich muss keine Ikonen vor mir haben, um mir sagen zu lassen, welche Farbe und welche Wellen* wohl ihr Haar besaß. Wie klein und rund ihr Mund wohl war. Wie sanft und unschuldig sie ihre Lider wohl senken konnte. All das ... sehe ich selbst, ohne sie abzubilden.

Er wiederholte seine Worte, erhob sich dabei. »Wie ich schon sagte, ich benötige all diese Bilder Ihrer Kirche nicht.«

»Die Kirche benötigt diese Bilder auch nicht.« Jakobs blasse Wangen färbten sich vorwurfsvoll.

»Denn Maria ist die Kirche.«

Auch er war von seinem Stuhl aufgefahren, aber so wild, dass er dabei gegen das Tischchen stieß, eine der Teetassen auf die Steinplatte des Gartenweges fiel und sofort zerbrach. In diesem Augenblick schwirrte eine Wespe für einige Sekunden vor seinem Gesicht umher und ließ sich schließlich auf seiner Unterlippe nieder, auf jenem zarten und voll rosigen Fleisch, welches sich ihr nun in köstlichster Erschrockenheit bewegungslos hingab. Auch Da'ud wusste sich angesichts dieses so sonderbaren Momentes nicht zu verhalten und sah besorgt auf den Mund des Europäers. Die Luft, ja der Wind hatte sich scheinbar angehalten und war verstummt. Die Wespe, sich langsam wippend, sich leise bedrohlich in dieses warme Fleisch saugend, machte einen solch frenetischen Anschein, dass man voll Wunder im Sinn und ohne Regung wartete, bis sie wieder fortflog und einen etwa perlengroßen Blutstropfen auf der wortlosen Lippe hinterließ.

Da'ud nahm wieder Platz. Die Karakul-Kappe auf seinem ovalen Kopf, über ihm, wie die bürgerliche Krone auf dem Haupt eines Mohammedaners.

Die runden zierlichen Brillengläser verglasten seine dunklen Mandelaugen. Der dunkel spitze Ziegenbart glitzerte in manch weißem Härchen auf.

»Wissen Sie, was ich vergangene Nacht träumte?«

»Was?«, fragte Jakob, dessen Brauen noch immer zusammengeschoben waren und der sich mit einem Taschentuch immer wieder gegen die Lippe tupfte.

»Ich träumte, ich wolle schreiben, ein neues kalligraphisches Blatt. Ich nehme also Feder und Tinte und Papier, lege mir alles genauestens bereit und beginne. Ich setze die Feder auf das Papier, setze sie an wie immer, aber die Feder schreibt nicht. Da tauche ich sie nochmals ein und nochmals, sie schreibt einfach nicht. Stattdessen aber sehe ich, wie ein kleiner weißer Wurm zitternd aus ihrer Spitze hervorkriecht. Nun, und ich traue zunächst meinen Augen nicht, schaue genauer hin und plötzlich vermehrt sich dieser Wurm, es kommen weitere heraus. Viele viele viele weitere Tausende Würmer! Sie fließen über das Blatt, über meine Hände und Arme und Beine, über den Boden, ins ganze Haus …!«

Er brach ab, das Kupfer seiner Haut wich einem matten Ton und der laue Wind über ihnen hielt den Atem an.

*

In der Nacht blätterte Jakob lang in einem kleinen Bildband, den er aus Berlin mitgenommen hatte, weil er immer etwas bei sich trug, was ihn an Europa erinnerte, selbst auf europäischen Reisen schlug ihm das Herz in zweifacher Weise.

Das Fenster stand gähnend weit offen, zirpend die Zikaden im Gras, flüsternd die geschlossenen Rosen.

Das Büchlein des Verstorbenen lag weiterhin ungeöffnet auf dem Tisch, ein plötzliches Genremoment inmitten dieses Edens, wie denn auch ebenso im Gemach der *Venus von Urbino* unvorhergesehen ein irdisches Inventar auftaucht – eine Truhe, ein Stoff, ein Mensch.

Jakob Benta vermochte den Stimmungen seiner Seele kaum mehr standzuhalten. Er war einsam und traurig, und warum nur konnte er sich nicht überwinden, die Rückreise anzutreten?

Was er erfüllen wollte, war erfüllt. Der Form hatte er ganz und gar entsprochen. Nun gab es doch eigentlich nichts mehr, was ihn da hätte halten können, und doch zogen unsichtbare Fäden sein Herz zurück, zogen es in diese Stadt, in dieses Haus, in diesen Garten hinein. Zogen ihn vor allen Dingen in die schwarz geschwungenen, fremden Buchstaben orientalischer Schreibkunst, auf die Kartons und Blätter dieses offensichtlichen Meisters.

Demütig war er, aber nicht in diesen Tagen, nicht in dieser bitteren Enttäuschung, die noch immer nicht von ihm ließ. Wie besessen von Europa und Europa allein, schaukelte seine Seele hin und her, schnaubend vor Sehnsucht, weinend vor Ratlosigkeit.

Fest stand, würde er jetzt abreisen, würde er in einer Unabgeschlossenheit zurückblicken müssen. All diese Rätsel würden ihn dann sein ganzes Leben lang einholen, ihn leiden lassen. All die ungeklärten Vorwürfe würden weitaus schlimmere Ausmaße annehmen als bislang geschehen, er kannte sich und wusste, er benötigte Gründe, denn er war Europäer, er bestand aus Fragen.

Wollte er das denn? Wollte er die Gründe wissen?

Vielleicht nicht, und vielleicht ist das auch die Wahrheit, ich meine, dass sich da ja längst etwas *anderes* noch in die Unerhörtheit dieser Reise gedrängt und ihn heimlich begeistert hatte. Verzweifeln durften sie beide, denn das große schwere Hindernis *Sprache* kam hinzu und legte sich wie ein Schatten über ihre Verständigung. Und wie sehr hätten sich wohl beide an diesem Tage gewünscht, in der ganzen Ausgelassenheit des Eigenen zu sprechen, aber die Welten hoben dies auf und so musste man allgemein werden, wo man ja gar nicht allgemein werden kann, sondern wo allerheiligste Genauigkeit des Sprachschatzes erforderlich gewesen wäre!

Sie aber, sie mussten sich verhüllen und eitel bleiben und waren darin ganz wie ihre Welten, *ewig vergeblich*.

Die Gasse bezauberte mich wie eine Schlange

Da'uds Söhne waren sehr wohlgeratene Jungen, ja man muss sie *schön* nennen. Der Älteste unter ihnen, Hemayatullah, den seine zahlreichen Kinder später einmal Sher, den *Löwen*, rufen sollten, war auch so gesehen der letzte wirkliche Schüler der Kalligraphie, was natürlich sehr zu bedauern ist, angesichts der Länge, Dauer und Inniglichkeit dieser Tradition innerhalb der Familie Hussaini. Er war ein sehr ruhiger und zurückhaltender Mensch, mit einer beinahe weiblichen Geduld versehen und einer ihm ganz eigens angeborenen, nur ihn bezeichnenden Besonnenheit. Alles an ihm war maßvoll, wärmend und im ganzen Sinngehalt des Wortes *liebenswert*.

Das Gesicht groß und stattlich, die Augen wie in einem ewig verzeihenden Zustand, und auf den Lippen ein, wenn auch stets aus irgendeinem zarten Grund heraus, ungewolltes Lächeln. Ebendieser Widerspruch aber, dieses Zittern zwischen Beherrschtheit und Heitersinn in den innersten Mundwinkeln, war wunderbar charakteristisch anzuschauen.

Er sollte Lehrer werden und *Dari* unterrichten, für den afghanischen Staat hatte er aber auch schon eine Münzprägung entworfen, ohne Zweifel besaß er eine wundervolle Handschrift. Trotz alledem galt eine seiner inneren Vorlieben ganz besonders dem Verfassen von Novellen und kleineren Stücken. Eine war auch schon einmal im Kabuler Radio verlesen worden, wie gebannt hatte er da gelauscht und eifrig schon das nächste und nächstkommende Wort erwartet und es den Bruchteil einer Sekunde früher schon geflüstert, als die Radiostimme es getan.

Aber wir dürfen dieser Leidenschaft nicht allzu viel Aufmerksamkeit widmen, denn die Kultur des Theaters besitzt im Orient bei weitem nicht die natürliche Konsequenz, nicht die notwendige Blüte des antiken und somit abendländischen Zeremoniells.

Der Zweitgeborene, Nejatullah, ein bildhafter, großer Junge, der zwar zu cholerischen Ausbrüchen neigen konnte, aber in dessen Herzenskern eine große liebende Sonne brannte, vermochte zuweilen von einer erschreckenden Furchtlosigkeit zu sein. Seine wütende Entschlossenheit in den allermeisten Lebensfragen ließ ihn oft einsam zurück.

Grüne Augen in langgezogenem Lid, mit langen Wimpern versehen … jene Augen, bei denen man manchmal zusammenzuckt, weil sie einen in der innersten Linse ihrer Pupille durchschauen, diese Stelle, diese winzige, kosmologische Mitte seines Blickes verlieh ihm eine sonderbare Grenzenlosigkeit, eine gleichsam hochmütige Abwesenheit, vor der man sich nicht selten auch fürchtete und die einen so schauderhaft umfing.

Hashmatullah, der dritte Sohn Da'uds, ein schmächtiger und sanfter Junge, dessen Vordergründigkeit darin bestand, eher schweigsam zu sein, was allerdings eine gewisse Raffinesse keinesfalls ausschloss, war von wunderbar feingliedrigem und schmalem Bau, und auch er besaß einen sehr glücklichen Gesichtsausdruck, der irgendwo zwischen Bedacht und Zugewandtheit einzuordnen wäre.

Besonders sein Lächeln gab Aufschluss über seine Verfasstheit. Es war ein zwar klares Lächeln und offensichtliche Kunde seiner Zugewandtheit, stets aber auch von einem leisen Flimmern lieblichster Gerissenheit gekennzeichnet.

Der Jüngste unter ihnen, der kleine Rafatullah, dem dieses Buch bereits mehrmals schon Erwähnung schenkte, war aber ganz ohne Zweifel auch derjenige unter ihnen, dessen Seelengepräge noch eine ganz andere Drehung zu unternehmen wusste.

In seinem zarten, beinahe gläsernen Aussehen zog er schon als Kind viele Blicke auf sich, er *wusste* um seine schmelzende Schönheit und um die Auszeichnung, die er somit im Leben tragen durfte, immer und überall bewundert zu werden. Hinzu kam die hohe Stellung, jüngster Sohn Sayed Da'ud Hussainis zu sein. Sehr früh hatte er dieses *Leben in Tradition und Festlichkeit* begriffen und verinnerlicht. Schon der bloße Gedanke an eine Tabula rasa innerhalb dieser alten Familie wäre im Keim verkommen, denn das bedeutete ja, einen Ast, einen Zweig, einen Baum zu vernichten, der bis in islamische Hochzeiten zurückreichte.

*

Gemeinsam mit diesen vier Brüdern fuhr Jakob an einem regnerischen Vormittag zum Schneider in die Stadt hinaus, die Anzüge der jungen Männer mussten erneuert werden. Auf dem Fahrrad ging es dann zunächst am Kino entlang, über das Forum hinweg, um dann eine ziemlich lange Straße zu überqueren, die sie, so wie sie dalag, auch bis zu ihrem Ende abfahren mussten.

Irgendwann gelangten sie so zu einem Lebensmittelgeschäft. Hier schlossen sich Gassen an. In ihnen befanden sich Lädchen, soweit das Auge reichte. Das waren Geschäfte, die alles Erdenkliche verkauften und anboten, dicht aneinandergereiht waren sie dem westlichen Blick Jakobs etwas tatsächlich Ungeschautes. Die Verkäufer selbst saßen draußen vor ihren Lädchen und tranken Tee. Ihre afghanischen Turbane, die traditionellen *Langota*, waren um die Köpfe geschlungen. Die Gesichter hätten unterschiedlicher nicht sein können, ein solches Volksgemisch hatte Jakob noch nie zuvor gesehen. Auch einen Photographen gab es in dieser Einkaufsgasse, *Gul Mohammed*, nur einer von wenigen in der Stadt.

Dann fuhren sie weiter, entlang der alten *Habibia*-Schule, von welcher ein prächtiger Gartenhof ausging. So gelangten sie an den Kabuler Fluss, er war sehr breit und das Wasser stand hoch. Es folgten weitere ineinander verschränkte Gassen und Jakob bemerkte, dass das Grün, das in *Baghe Nawab* so außerordentlich herrschend war, allmählich abnahm und mehr in ein städtisch bebautes Gebiet wechselte.

Banken, Hotels, Geschäfte. Über den Straßen war ein nasser, spiegelnd schwarzgrauer Film des Regens ausgebreitet.

Dann, weiter an einem Park entlang, welcher das Grab eines ehemaligen Königs in sich barg, erreichten sie bald Gassen, bald Gärten. Die ganze Zeit von der ständigen, übergroßen, aufbrechenden Gewalt der Berge umringt, eingeschlossen darin, eingeschüchtert von ihren schneeweißen messerscharfen Gipfeln.

Dann das Außenministerium, das zum einen Teil aus einem Schloss *Amanullah Khans* und zum anderen Teil aus einem modernen Bau bestand. Dahinter lag der Garten *Arg*, hier wohnten König *Zahir* und weitere Angehörige der Shah-Familie, geschmückt von Gärten, umstanden von Mauern. Auch die königliche Garde lebte hier. Einige der Botschaften und sehr vornehme Häuser sah man.

Diese Straße durchfuhren sie ebenso, immer begleitet vom Kabuler Windregen, der sich in Jakobs Locken verlor ...

Shor-e-naw, die Neustadt, war zu jener Zeit ein Gefüge aus afghanischer Vorliebe für moderne Architektur und dem traditionellen Bauen. Zwar fand man dieselbe orientalische Keuschheit der Gartenmauern auch hier vor, aber sie waren weitaus niedriger, um nicht zu sagen, der heimische Baustil ging hier über in eine funktionale Kubenform bauhäuslerischen Geistes. Diese beiden Gestaltungsweisen mochten sich denn auch gar nicht so sehr voneinander unterscheiden, bedenke man nur, dass etwa die flach gedächerten Häuser der Weißenhofsiedlung Stuttgarts einmal als »afrikanisch« bezeichnet wurden, gemeint waren freilich die Hütten Tunesiens.

Die Überraschung aber war das Vermengen dieser Bauformen. Ehemals standen hier nur vereinzelt Häuser, denn die Böden bestanden zu riesigen Flächen aus Gemüsebeeten. Schließlich aber kauften wohlhabende Ka-

buler die Grundstücke auf und ließen sich Häuser darüber errichten. Ebenhier befand sich auch die *Turabaz
Khan-Kreuzung*, in dem sich nach allen Seiten hin Appar-
tements erhoben, dazwischen vereinzelt Häuser standen,
woselbst er, Turabaz Khan, einen eleganten Bau mit seiner Familie bewohnte, dessen Entwurf von einem tsche-
chischen Architekten stammte. Das war ein rechteckiges
Gebilde aus zwei Etagen, die schachtelartig einander auf-
gesetzt waren, in Weiß und Gelb gestrichen, beinahe vollständig verglast, mit wandgroßen Fenstern und einer das
zweite Geschoss rings umlaufenden Terrasse in Pastelltür-
kis.

Das Haus fasste den Raum auf widersprüchliche
Weise in sich zusammen und gestaltete so eine Variation
aus privatem Ernst und absichtlicher Transparenz. Ort des
Rückzugs, Ort der Öffnung. Alles in allem eine sehr gra-
phische Fassadengliederung und bei allem immer noch
orientalisch, die Funktionalität an sich nämlich bloß in
schwebender Vorsicht beflüsternd und eben somit doch
nicht ganz und gar dem bauhäuslerischen Baugedan-
ken der absoluten Vereinheitlichung einer Form folgend,
die losgelöst von ihrer Geschichte, in gedächtniserschüt-
ternder Verlorenheit, wie aus dem *Nichts* erbaut ist, sondern möglichst hierbei noch ganz über die Form verfügt
und ihr nicht allein die Herrschaft des Raumes über-
lässt.

Der Ort war nach Turabaz Khan benannt, weil dieser ein hoch angesehener, ernsthafter und zutiefst kulti-
vierter General war, der daheim einzig Pashtu sprach und
die Preußen verehrte. Unterhalb der mehrstöckigen Woh-

nungen, die er vermietete, einer Blockbebauung nach drei Seiten hin, gab es Lebensmittelgeschäfte und auch ein Lädchen für vanillefarbenes Puder, Gemüsehändler, Apotheken, Restaurants und Teehäuser. Und innerhalb dieser *Turabaz-Khan-Kreuzung*, nach welcher heute noch immer eine Bushaltestelle benannt ist, lebte denn auch der besagte Schneider, ein Beruf, der damals noch fast ausschließlich von Männern ausgeübt wurde.

Nach kurzem Aufenthalt und einer kleinen Stärkung, einem aus Joghurt und Minze zubereiteten Kaltgetränk, fuhren sie zurück.

Zwei Frauen liefen in blasslilafarbenem und schwarzem *Tschaderi* plaudernd nebeneinander her. Obwohl sie verhüllt waren, *sah* man und *fühlte* man, dass die Bewegungen unterhalb ihrer Stoffe die weichen und gazellenartigen Regungen von Frauenleibern waren, sah man doch sowohl ihre Augen und Brauen fensterhaft herausleuchten, wie denn auch ebenso den Gang weiblicher Füße, gesteigert durch die mitunter hohen Hacken ihrer Schuhe.

Dieser seidene Tschaderi war eine zweite Haut, keine Mauer.

Es gab immer schon sehr schöne Frauen im Orient, diese traditionelle Bekleidung beherbergte in sich den *Schutz ihrer Zierde* vor fremdem Blick, nicht aber die Verleugnung des weiblichen Geschlechtes. Diese lang abfallenden Gewänder verführten eigentlich viel mehr noch in eine venezianische Stadtphantasie, in der ein jeder sich vor dem anderen zu verbergen suchte und sich seine Intimität schuf, sich schlicht gesagt *verkleidete*.

Jakob gedachte eines Postkartenmotivs von 1800, auf dem die dargestellten Italiener wie Festtagsgeister durch die Straßen liefen.

Der Himmel verdunkelte sich nun vollends und nahm eine trübe Farbe an. Die Luft verblümt träge. Schwalben – schnell und kaum sichtbar.

Innerlich vernahm Jakob immer wieder ein leises Summen ... Oder war es nur das Beben einer fremden Gegenwart, die sich in ihn schlich?

Wieder entlang des frisch aufgebrochenen Kabuler Flusses, verzogen sich die bislang noch sprühenden Tropfen und brachten einen schweren und lauten Regenfall. Die Schwüle nässte ihre Leiber.

Die Söhne Da'uds, so still in sich versunken, manchmal scherzend, manchmal albern, dann wieder erstaunlich ernst und gefasst, geradezu *lebensvoll*.

Zischende Geräusche hinterließen die Reifen der Fahrräder auf dem Pflaster und die Hitze war nun wie getragen vom Regen, etwas sehr Seltenes für das eher trockene afghanische Klima, welches einem kaum Kummer bereitete.

Rafat eilte vorneweg, das Bild des Jungen wandelte sich in dieser neblig-hochsommerlichen Luft in schimmerndes Sfumato.

Er fuhr den anderen weit voraus.

Wie ein Verlorengegangener seines Eigenen, in der ganzen knabenhaften Zerbrechlichkeit seiner übereilten Leichtfertigkeit.

In einer musikalischen Proportion, die noch keiner Welt angehörte, sondern einzig Kind war.

In einem Verzicht auf Linie und Kontur, auf Regel und Genauigkeit, mit dem alleinigen Wunsch des Fliegens und Träumens.

In einer Hoheit der Hingabe an den Wind.

In einer Einzelheit und Unvereinbarkeit.

In einer Plötzlichkeit.

In einer Freiwilligkeit.

In einer Wirklichkeit.

In einem Atem.

Ihm nachstürmend – mit finster zugezogenen Brauen, Jakob Benta.

Sollte ich die Zärtlichkeit
deines Namens vergessen

Da'ud holte ein Bild im silbernen Rahmen hervor.
»Das ist mein Vater, Sayed Ismail Hussaini, er
war Kalligraph. Einst verlobt mit einer Tochter des Königs
Amir Dost Mohammed Khan, die dann aber an Tuberkulose verstarb … Der König wollte damals in alte afghanische Familien einheiraten. Dieses Haus hier war übrigens für die
kranke Prinzessin errichtet worden.«

Jakob betrachtete das Bild.

Der alte Mann saß auf einem Stuhl im Garten des
Hauses, trug einen schwarzen schweren Umhang, den
afghanischen *Chapan*, und blickte in einer ganz rührenden Erhabenheit in eine von ihm ausgesuchte Richtung, schließlich wäre die Mitte der Linse als *Mitte des Blickes* sündhaft gewesen.

Ein schneeweißer Turban, über das Haupt gebunden,
und ein schneeweißer Bart zum Abschluss des Gesichtes
umleuchteten ihn wie zwei Halbmonde. Hinter ihm dann
der stolze Sohn, in einem Jackett und Karakul-Kappe, den
Blick furchtlos und geradewegs in die Linse gerichtet,
kühl und anmutig in seinem beherrschten Gesichte.

»Was bedeutet *Sayed?*«, fragte Jakob, noch immer
die Photographie betrachtend, »auch in Ihrem Namen
kommt es vor.«

»Es ist ein Titel«, sagte Da'ud.

»Wofür?«

»So bezeichnet man die Nachfahren Mohammeds«, fügte er hinzu.

Jakob überlegte kurz. »Bitte entschuldigen Sie die Frage, aber habe ich recht verstanden, sagten Sie *Nachfahren Mohammeds? Des Propheten?*«

Da'ud nickte.

»Seine Tochter *Fateme Zara* nahm *Ali* zum Mann, den Cousin des Propheten. Ihre gemeinsamen Kinder waren *Hassan, Hussain* und die Tochter *Zainab. Ali* ehelichte selbstverständlich noch weitere Frauen und es gingen manche Kinder daraus hervor, aber *Hassan* und *Hussain* als Enkel der direkten Linie des Propheten genossen eine ganz besonders liebevolle Zuwendung.

Die Intrigen der Zeit jedoch warfen ihre Schatten. *Hassan* wurde vergiftet, *Hussain* starb den berühmten Märtyrertod in Kerbala.

Meine Vorfahren, die Abkömmlinge *Hussains*, zogen dann nach Kabul, sie kamen auf Kamelen aus Arabien. Natürlich wurde man rasch aufmerksam auf ihre verlockende Handschrift, übrigens besaß *Hussain* selbst eine wunderbare! Es folgten viele Aufträge, meist islamischer Art, etwa Koransuren niederzuschreiben, zunächst auf Tierhäute, später auf Papier. Auf diese Weise haben sie manch einen Herrscher verwöhnt und ihn das *schöne Sehen* gelehrt, und so wurden wir schließlich zu Hofkalligraphen.«

Jakob lächelte ganz mitgerissen und weich und gerade so, als würde er einem Märchen lauschen, aber es war ja dies die wahre Geschichte von Menschen, mit einer

Der junge Kalligraph mit seinem Vater Sayed Ismail Hussaini

Zeit und Dauer innerhalb ihrer Überlieferungen, die man sich kaum vorstellen konnte.

»Können Sie denn auch mit Bestimmtheit sagen, der wievielte Nachfahr Sie sind?«

»Aber natürlich!«, rief Da'ud, »ich bin der 32. nach *Hussain*.«

Jakob hätte so gern etwas Ähnliches entgegnen, eine gleich schöne Geschichte erwidern wollen. Immer schon lag ihm das Schicksal von solchen Familien am Herzen, die von Zeit und Kultur geprüft worden sind, vor allem, wenn sie von ihrer *eigenen* Kultur geprüft wurden, und mit einem Mal beobachtete er diesen Afghanen voll Entzücktheit von der Seite, und da erst bemerkte er, dass das kurze Haar an den Schläfen schon zu großen Teilen ergraut war. Das Gesicht, herausgeschnitzt wie ein Riemenschneider, ruhte wie angehalten.

»Übrigens wurde eine der ersten Schulen zum alleinigen Unterricht von Mädchen in dem Hause meines Vaters gegründet, woselbst er nebst meiner Mutter Bibijan Saheb, meinen Schwestern Fateme und Saheb Zadeh, meinem Bruder Eshan, seiner Frau Kubra, meiner ersten Frau Safurah sowie meiner Wenigkeit lehrte. Diese Schule wurde von vielen Mädchen und Frauen besucht.«

»Welche Fächer gab es da?«, fragte Jakob.

»Im heiligen Koran wurde gelesen, Religion, Kalligraphie und persische Sprache und ihre Literatur.«

Jakob wollte sagen, *das ist sehr bemerkenswert, und das muss als Nachricht in die Welt, in die ganze weite Welt!*

Da'ud lächelte nur.

»Und das hier«, er holte ein weiteres Bild hervor, »ist

ein Verwandter meiner Frau Shirin, sehen Sie, hier. Sein Name war Dill Awar, der Mutige.« Die Photographie zeigte zwei junge Männer. Dill Awar, auf der linken Seite, blickte schmunzelnd im Anblick einer vollständigen Traumwahnzerstreutheit in die Ferne.

Besonders an seiner Tracht fand Jakob reichlich Gefallen, ein langer heller Umhang, darunter eine englische Weste, auf dem Kopf den afghanischen Turban und am Fuße die Gondelschuhe.

Das ist ein unglaubliches Gesicht ... dachte Jakob und führte das Bild ganz nah zu sich heran, hinter seiner Hornbrille schlossen sich die graublaugrünen Augen zu kleinen Schlitzen, so blickte er auch oft auf Gemälde, um dem Strich des jeweiligen Malers nachzueilen ...

»Wer ist das neben ihm?«

Jakob zeigte auf einen etwa gleichaltrigen Mann in Karakul-Kappe und Cordhose.

»Das ist sein enger Freund und Gleichgesinnter, Achtar Mohammed«, erklärte Da'ud und schlürfte immer wieder kurz und schnell an seinem Tee. Er lehnte sich weit zurück ins Sitzkissen, das Licht des Nebenzimmers schlich sich milde ein.

»In welcher Sache waren sie denn Gleichgesinnte?« Jakob warf sich einen in Tee getränkten Zuckerwürfel in den Mund, es knisterte zwischen seinen Zähnen.

»Das ist eine sehr große Geschichte, zu groß, als dass man sie einfach erzählt, wissen Sie ... und in solchen steht es ja manchmal schon in den Sternen geschrieben, dass sie nur misslingen können ... Ich will sie Ihnen aber erzählen, gerade weil sie so groß ist ...

Unter König *Amanullahs* Herrschaft hatte er sich gemeinsam mit seinen Anhängern auf dem Weg von Kabul nach Paghman hinter einem höheren Hügel versteckt gehalten und den Wagen des Königs erwartet, der in den heißen Sommermonaten immer ins Kühlere hinausfuhr. Ob Abschaffung der Monarchie oder noch andere, sagen wir *tiefere* Gründe – man wird es vielleicht niemals ganz wissen, jedenfalls hielten sie sich so lange versteckt, bis der Wagen des Königs entlangfuhr, um dann zu schießen. Die Schüsse aber verfehlten den König. Was mit seinen Anhängern geschah, das weiß ich nicht, aber Dill Awar selbst wurde in ein Kanonenrohr gesteckt, das ihn dann wie im Nu zerschmettern sollte!«

Da'ud ging in sich und dachte, *es war bestimmt die Leidenschaft ... sie erfasste ihn zu heftig ... verführte ihn ...*

»Shirin erzählt oft davon, sie war damals ein junges Mädchen. Die Familie saß in ganzer Trauer daheim und wartete, es war Nacht, auf den Leichnam des Attentäters, sie warteten, weil sie wussten, was er vorgehabt hatte und von dem nun ja feststand, dass er nie in Ehre hätte beerdigt werden dürfen. Man brachte ihnen zudem auch nur den Kopf, denn nichts anderes war übrig geblieben ...«

Jakobs Herz zog sich zusammen beim Anblick dieses traumschönen Gesichtes, über dem doch eine solch hinreißende Erfüllung lag.

Der Sprachaustausch reichte aus, um darzulegen, was geschehen war. Aber wie gern hätte Da'ud mit den Worten *seiner* Sprache wiedergegeben, was für eine Todesstunde über allen schlug, als Dill Awars Haupt zerschlagen und verblutet, beinahe zersprengt, wie ein rotes Bündel, still und heimlich und mit unterdrückten Trauergesängen, in einem Kabuler Friedhof zur Ruhe gelegt worden war.

Er hätte sagen wollen, *jeder von ihnen hatte in dieser Nacht blutige Hände, weil sie sich in geballten Fäusten die Nägel ins Fleisch stachen, um nicht zu schreien, um nicht zu weinen, um nicht zu klagen über den zerschlagenen Prinzen mit den Gondelschuhen!*

Der Attentäter mit den Gondelschuhen

»Aber sehen Sie doch hier.« Er holte noch eine Photographie aus dem Schrank hervor. »Das ist meine *Zobaida*, meine Shirin, meine Frau. Erkennen Sie sie?«

»Zobaida? Ist das etwa ihr eigentlicher Name?« Jakob lächelte.

»Ja, ich nenne sie zwar gern Shirin, ist aber nur so eine Albernheit von mir.«

Den Schleier über den klar geschnittenen Kopf gelegt, blickte sie ruhig in die Ferne. Schlank die feinen Hände und dunkel das Haar ... plötzlich aber bemerkte Jakob die Ähnlichkeit zu Feuerbachs *Nanna*, die ganze Zeit schon hatte er sich gefragt, wem dieses liebend karge, schöne Gesicht ähneln mochte, und nun lag es ja auf der Hand!

Die kurze Stirn, der schüchterne Blick, das pechschwarze Haar, die edle Nase ... *Nanna!*

Oh, wie liebend gern hätte Jakob Da'ud in diesem Moment alle möglichen Bilder aufgezählt, in denen er sich Zobaida als *Nanna* hätte vorstellen können. Er hätte gesagt, *glauben Sie nicht auch, es ist an der Zeit, einmal ein recht ansehnliches Porträt Zobaidas in Auftrag zu geben, selbstverständlich in der Manier Feuerbachs, mit Ihrer Zobaida als Nanna. Nanna mit Perlenhalskette, Nanna vor dem Spiegel, Nanna musizierend, Nanna im Profil ...*

»Das Bild wurde in Balkh gemacht, der Vater war dort zu Zeiten *Habibullahs*, des Vaters König *Amanullahs*, Gouverneur des Ortes. Er holte seine ganze Familie aus

Zobaida, genannt *Shirin*, die Frau des Kalligraphen

Panjshir in den Norden hoch. Dort habe ich Shirin auch das erste Mal gesehen. Damals sollte ich mir eine zweite Frau nehmen, denn Safurah konnte mir keine Kinder mehr schenken. Mit der Verwandtschaft in Masari-Sharif wurde dann beschlossen, ich solle mir einmal die älteste Tochter Mir Alams ansehen, natürlich nur aus der Entfernung. Und sie war, wie soll ich sagen, wie ein Bilde herrlich und meinen Wünschen mehr als genügend!«, schloss Da'ud und trank den letzten Schluck seines Bechers leer.

*

In der Nacht regnete es lange Zeit.

Jakob hielt unter der Decke die Augen fest geschlossen, um alle Gesichter und Geschichten dieses Tages in Unvergesslichkeit einzuschweißen.

Was war geschehen …?

So oft schon hatte er Menschen durchschaut, die eine Konstruktion um die eigene Seele betrieben hatten, nun aber war ihm zum allerersten Mal ein Mensch begegnet, dessen Dasein ein Dasein von solch erschütternder, glänzender, von solch eigentümlicher, solch gefährlich verzaubernder *Wirklichkeit* war, dass Jakob, beinahe zornig über all diese unvermuteten Blumen, lange nicht einschlief.

Das Büchlein des Toten − noch immer unberührt, noch immer verstoßen.

ZWEITES BILD

Die Stadt

Dem Erscheinen des Schmetterlings

Die Schulglocke gab laut und maßvoll von sich
Kunde, ganz und gar im Sinne der Freiheit selbst.
Rafat und Seradj verließen, wie auch die anderen Jungen der Habibia-Schule, den riesigen Hof, der im Sommer
immer ringsum grün bepflanzt war. Den Bau des neuen
Schulgebäudes in Dar-l-Aman hatten die Amerikaner in die
Hand genommen, das Gebäude war modern zu nennen,
ein langer Kasten mit vielen Fenstern und zahlreichen
Klassenzimmern. Oft pflegten die beiden das Fahrrad zu
nehmen, heute aber, heute schoben sie sie nur neben sich
her und waren eigentlich auf der Suche nach einem ruhigen Plätzchen, irgendwo in der gelblich brennenden
Herbststadtlandschaft Kabuls.

Rafat war nun etwas größer von Wuchs, so schlank
wie seine Mutter und von demselben traumgeborenen
Gesicht seiner Vorfahren. Die Augen schmal – aber selig
und schwarz leuchtend. Die Brauen licht und fein, lang
über dem Blick. Die Nase fein und vollkommen. Der
Mund lächelnd, hingebend und frisch. Die Zähne blank
und eben. Das Kinn rund und klein. Und das Haar, jenes schwere kostbare Haar, das im Licht der Sonne sogar blond erschien, fiel wie dunkles Gold bis auf die knochigen Schultern herab, brachte diesem jungen Antlitz
schließlich all seine Tiefe.

Er trug an diesem Nachmittag einen weinroten Re-

genmantel, ein wenig zu weit für seinen schmalen Kno-
chenbau. Immer häufiger erbat er sich Geld von seiner
Mutter, um seine Garderobe erweitern zu können, und
sie war jedes Mal erneut geneigt, es ihm zu geben, denn
er erwies sich darin als äußerst geschmackvoll. Überhaupt
las sie ihm einen jeden Wunsch von den Lippen ab, umsorgte und umliebte ihn in geradezu unfassbarer Liebe,
die mit jedem neuen Tag auch noch größer zu werden
drohte. Aber auch Seradj kleidete sich sicher und wissend,
so trug er am heutigen Tage eine mandelfarbene Jacke,
die seiner heiter gebräunten Umbrahaut wunderbare Be-
achtung verlieh.

Ihr Spazierweg führte sie auf kleinen unbemerkten
Wegen, vorbei an meist zweigeschossigen Häusern mit
Gärten und weiter eine Straße entlang, an der sie dann
abbogen, und schließlich nach weiteren vielen Schritten
an ein Monument gelangten, das aus verschiedenen Ge-
steinsarten zusammengestellt war, dergestalt, dass sie sich
hochtürmten, Marmor neben Sandstein, Delikates auf
Massivem, immer weiter empor, um sich dann am Gipfel
des Denkmals zu einer Spitze zu verjüngen.

Hier gab es keine Häuser, aber eine Bank und Bäume,
die zu beiden Seiten hin den Kabuler Fluss umgaben, eine
Art Park. Auf der anderen Seite des Flusses sah man den
Berg *Sherdaruosa, Tor des Löwen*, die Landschaft hier war flach
und weit, unbebaut und karg.

Das Denkmal *Elm-o-Djahal* war zu König *Amanullahs*
Zeiten für die Bildung des Volkes errichtet worden, die
Minaretttafel trug Da'ud Hussainis Handschrift, als da-
mals junger Kalligraph hatte er den Gestaltungsauftrag er-

halten. *Amanullah*, der mit allen Mitteln versucht war, die Bildungslücken des Volkes zu schließen, stieß nämlich bei seinen Bemühungen auf einen ihm dabei zutiefst Sorge bereitenden Mullah, der sich dagegen aussprach, weil dies dem Islam nicht entspräche. Natürlich wurde er dem König lästig und es war nur eine Frage der Zeit, ehe man den sogenannten *hinkenden Mullah* aus dem Weg geräumt hatte.

»Ich habe es letzte Nacht geschrieben …« Rafat griff, während sie sich nebeneinander auf eine Bank setzten, nach einem mehrfach zusammengelegten Stück Papier in seiner Manteltasche. Er begann das Gedicht vorzutragen, benötigte aber das Blatt gar nicht, sondern sprach die Worte wie von allein dahin, in einer unbeschreiblichen Ergebenheit vor dem, was wohl den rätselhaftesten und lüstern zärtlichsten Punkt der Dichtung auslöst, etwa so, als würden die Worte ihn *verwunden*, in ihrer umstürzenden maßlosen Architektur der Sprache und als Symptom von urplötzlich einschlagender Tollheit kenntlich werden.

Es war ein Liebesgedicht, auf alle Zeit die tiefste und unausweichlichste Schule der Dichter, und es handelte von der Schönheit eines Menschen, einer Frau. Ihrer Gestalt würde er beim Anblick Zeuge werden. Sie sei aufgefordert, ihre Schönheit zu bewahren, nur für ihn zu erhalten, doch in der Unaufhörlichkeit des wahnsinnigen Schmerzes um ihr buntes Antlitz würden *seine* Farben schließlich aufhören, Farbe zu sein.

Zum Nacht-Ton werde ich.

Schwarz — werde ich.

Ein Gedanke, der an die unberührbare Sinnlichkeit der mittelalterlichen Troubadour-Dichtung erinnert, allein Liebesgesänge dürfen in ausschließlich bewundernder Weise eröffnet werden, und jegliche Tatsächlichkeit am Fleische selbst ist untersagt, womit ein möglicherweise noch viel bedrohlicherer Zustand erreicht wird.

Ein trockener und kühler Wind zog Blätter mit sich fort.

»Es ist auf eine Weise so ... so verborgen. Das fiel mir auch schon an einigen anderen deiner Gedichte auf. Sie enthüllen sich und enthüllen sich doch nicht.« Seradj nahm das Blatt und las es noch einmal, faltete das Papier dann wieder zusammen und steckte es in die eigene Jackentasche, das war eine tiefe und unausgesprochene Geste der Verbundenheit an den Freund.

Überhaupt liegt die Wesentlichkeit der Unterhaltung zwischen Menschen im Orient mehr in der Geste. Eine Art Seelenmimik, die Ansammlung von mitunter ganz bezaubernden Pantomimen!

»Mein Vater hat mir da etwas sehr Interessantes erzählt. Er stieß zufällig auf ein Gedicht *Bedels*, hat es lange nicht mehr gegenwärtig gehabt, jedenfalls trifft er also wieder darauf und liest es, immer und immer wieder, um dann die Aussage des Gedichtes mit einer Aussage *Maeterlincks* zu vergleichen und zu verbinden, sie sozusagen miteinander gleichzusetzen.«

»Worum ging es dabei?«, fragte Rafat.

»Um den Tod, um die Sterblichkeit und so weiter. Zwar ist der eine ein orientalischer Dichter und der andere ein europäischer Philosoph, aber beide kommen zu der Erkenntnis, dass der Mensch in dieser Welt so viel Last ertragen und so viel Leid bewältigen muss, dass das Jenseits mit all seinen Heilungen gar keine allzu große Sehnsucht mehr zu sein scheint. Die Hölle beginnt ja im Leben selbst schon.«

»Ja … ich kenne das Gedicht, zum Schluss sagt er:

Einem Ertrunkenen gleich — der gerettet zwar, doch bleich —
das Meer ausspeit.

Das ist wirklich groß gesprochen, nicht wahr …?« Rafat sandte den Blick weit von sich, über die Berge hinweg, als sähe er, was dahinter sich befände und als erwarte er gar keine Antwort.

Seradj war ein Nachbarssohn, der Vater, Sultan Ahmad Koktcha, ein ehemaliger Offizier, die Mutter eine Adelige. Er hatte viele Schwestern und auch einen Bruder im Hause und war seit einiger Zeit schon mit dem jungen Rafat befreundet, in dem ganzen Anliegen einer anhaltenden und ewigen Freundschaft.

Um den Vater jedoch drehten sich so manche Anekdoten, die von wirklich ungewöhnlicher Art waren. So soll er sich den Familiennamen selbst verliehen haben, nachdem er mit seinen Freunden einmal eine wunderschöne Mondnacht am *Koktcha* verbracht hatte, einem See, welcher sich zur nördlich afghanischen Grenze hin befindet und in dem sich in jener besagten Nacht der Mond, der ganz aufgegangen war, in gebieterischstem Schimmer spiegelte. Er wolle fortan *Koktcha* heißen, als Zeichen seiner unbedingten Unterwerfung an das gesehene, einmalige Gestirn, an den Augenblick.

Sultan Ahmad Koktcha, und das auch noch nebst der Liebe zur Dichtung, stotterte und trotz dieses großen Hindernisses rezitierte er tagaus, tagein, ließ sich von dieser Leidenschaft niemals abbringen und war überhaupt von einem unerschrockenen und prächtigen Äußeren, etwa mittelgroß, sehr stark, mit einem besonnenen und stolz dunklen Gesicht, in dem sich zu jeder Zeit auch etwas sehr Gerechtes und Kämpferisches zu erkennen gab.

Einmal soll er sogar *Da'ud Khan*, den Cousin des Königs *Zahir*, der zu der Zeit Kommandant des Kabuler Militärs war, zurechtgewiesen haben, als dieser bei einem Besuch der Kaserne die frisch gestrichenen Wände beäugte und sich hinterher in seiner üblichen etwas beißenden Art über die Frische der Wandfarbe äußerte und wie außerordentlich gut man doch gemalert habe, welch gute Arbeit man hier geleistet hätte, sprach dies alles aus irgendeinem Grund heraus so sehr dem armen Koktcha zu, dass dieser ihm mit Entrüstung entgegnete: »Mit Verlaub, weder mein Vater noch ich sind jemals Maler gewesen, und Sie haben ganz recht, *man* hat es ganz vortrefflich gestrichen!«

Am nächsten Tag schon kündigte er seine Arbeit, blieb fortan zu Hause und lebte von der Pacht aus Kandahar, wo seine Familie große Lehm- und Ziegelbauten besaß, die *Qalaa*, die sie schon seit jeher vermieteten. Er ver-

kehrte zwar weiterhin in vornehmen Kreisen und vieles
hielt er wie zuvor, doch wer seinen Stolz kränkte, um
den würde er sich schließlich nicht länger bemühen wollen ...

*

Rafat und Seradj liefen gemeinsam nach Haus. Seradj,
dessen große und schelmische Nase liebevoll trotzend im
Gesicht saß, erzählte dem Freund von *Ben Hur* und von
einem neuen Buch, das er sich wünsche.

Eine Frau in einem pariserisch geschnittenen hellen
Kostüm kam ihnen entgegen. Das Haar oben kunstvoll
zusammengesteckt, nur ein dünnes Tuch um den Hinterkopf und Nacken geschwungen und dennoch waren die
Wellen und der Glanz ihres Haars deutlich sichtbar und
die geheimnisvolle Dekoration geschickt darin eingebun-
den. Die Strumpfhose zwar dicht und dunkel, dennoch
aber ließ sich die kurze schnelle Spannung ihrer kleinen
runden Wadenmuskeln beim Gehen nicht verbergen.

Und auch zwei Schulmädchen streiften kichernd und
schamhaft die Jungen, in dunkelblauen Umhängen und
weißen, kleinen Kopftüchern, die um das gerade geschei-
telte, dunkle Haar geknotet waren, und hinterdrein, zehn
oder fünfzehn Schritte von ihnen, die älteren Brüder.

Es ging zwar alles viel zu schnell, aber zumindest
konnte Rafat einen kurzen Blick auf das hübschere der
beiden Mädchen werfen, sie hatte unzählige Sommersprossen auf ihrem Gesicht ...

Mit dem Edelmut der Hoffnungslosigkeit

Der Augenblick, in welchem man in dem Gesicht eines einem Nahen ein festsitzendes Auffahren, ein Leiden und ein bestimmtes Drängen wahrnimmt, ein solcher Augenblick trat wieder einmal zwischen Da'ud und Jakob, als sie, sich gemeinsam in ihre jeweilige Lektüre grabend, eigentlich doch mehr bei dem anderen waren.

Es war früher Abend und die Stimme der Tauben war bereits heiser. Jakobs Tee war erkaltet und kaum angerührt, das bemerkte Da'ud, denn Jakob trank ihn doch mittlerweile mit Genuss und reichlich.

»Vielleicht … vielleicht … habe ich mich ja längst aus allem herausgedreht«, sagte er plötzlich.

Da'ud wartete zunächst und antwortete nicht. Er bemerkte einen kleinen Blutfleck an Jakobs Kragen, er musste sich wohl beim morgendlichen Rasieren geschnitten haben.

»Immer wollte ich mich retten! Sogar die Kunst vor der Kunst wollte ich retten! Und nun? Alles ist, als hätte ich mich selbst verloren. Und dabei hatte ich immer meine reine klare Anschauung von den Dingen. Und war ich nicht ein Held?« Er lächelte verzweifelt.

»Ich glaubte an so vieles. Ich glaubte an Europa.«

»Woran glaubt man, wenn man an Europa glaubt?« Da'ud neigte den Kopf, indem er dies fragte.

»Ich weiß nicht … das heißt … ich weiß nur, woran ich glaubte.« Wie abwesend dachte er bei sich, *ich glaubte an die Anmut … und an die Skepsis Europas. Ich glaubte an seine Sehnsucht zu sich selbst.*

»Und warum haben Sie nun diesen *Ihren* Glauben verloren?«

»Ich habe den Glauben selbst ja gar nicht verloren. Bloß den Glauben an die Menschen.«

»Das glaube ich nicht«, sagte Da'ud eigenwillig.

Jakob schaute etwas verzerrt. »Sicher denken Sie jetzt, na, warum hat er denn Kabul nicht schon längst wieder verlassen, ich weiß, dass Sie das jetzt gerade denken, ich sehe es sozusagen in Ihrem Blick, ich sehe es, allein Sie würden es niemals so formulieren!«

»Ja, können Sie denn nun auch noch meine Gedanken lesen? Da muss ich Sie enttäuschen, Jakob Benta, denn das habe ich keineswegs gedacht, ich habe an etwas ganz anderes gedacht!« Da'ud sprach den Satz nicht zu Ende und sprach ihn doch innerlich aus, *so weit kommt es noch, dass Sie in meinen Schädel schauen, und nachsehen, was in mir vorgeht. Haben diese Europäer denn vor nichts Ehrfurcht?*

»Wie soll ich denn auch gehen können, wie nur jemals wieder abreisen … mit dieser Enttäuschung?«

»*Enttäuschung?*«, wiederholte Da'ud, als fürchte er bereits den Sinn dieses Ausspruches.

»Ja … und ich weiß eigentlich gar nicht so recht, weshalb ich hergekommen bin, hierher, nach Kabul.

Ich meine, die Enttäuschung begann ja bereits aus der bloßen Entfernung, ich spürte, als mich die Nachricht von seinem Tod ereilte, dass er wohl einen gewaltigen Fehler gemacht haben musste, und ich überwand mich nur, um ihm die letzte Ehre zu erweisen, mehr nicht, denn ich bin ja kein schlechter Mensch, wissen Sie.«

Jetzt erhob sich Da'ud. »Wollen Sie denn alles immer nur verneinen, verneinen, verneinen? Und im Übrigen sind diese Verneinungen allesamt eine Beleidigung!«

Auch Jakob richtete sich auf, wie eine Katze, die nur darauf gewartet hatte zu springen.

»Verzeihen Sie vielmals, aber ich kann diese ... diese Dramatik nicht zulassen, weil sie nämlich völlig ... völlig fehl am Platz ist!«

»So, fehl am Platz! Weshalb bestimmten Sie denn das?« Eigentlich wollte Da'ud fragen, *weshalb entscheiden Sie über die Dramatik unseres Gespräches?*

»Ich muss das wohl jetzt bestimmen, denn ich sehe ja, dass Sie sich unnötig darüber aufregen, und ich sehe mich außerstande, mir das noch weiter anzuhören!«

»Sie kommen hierher, in eine Welt, in *meine* Welt, und reden die ganze Zeit nur von *Ihrer!*« Da'ud fuhr fort und ließ sich nicht davon abbringen, weiterhin in ungewöhnlich wütendem Ton zu sprechen.

»So ein Unsinn! Das sind doch nur Ihre Empfindlichkeiten! *Ich* bin doch hier der Unschuldige, der Naive ... der —« Jakob hielt an, weil er nach dem Wort suchte, es aber nicht fand, jenes Wort, das ihn hätte beschreiben sollen, und er wollte sagen, *ich bin doch hier der Verratene!*

Da'ud zupfte sich seine Karakul-Kappe zurecht, wollte ihm entgegnen, *Sie haben etwas zutiefst Monströses, bisweilen sogar Bösartiges in Ihrem Gesicht, wenn Sie so reden!*

Etwas in ihnen beiden rührte und wand sich so schmerzhaft, dass sie stockten, mit einem riesigen Knoten in der trockenen Kehle.

Bewegungslos standen sie einander gegenüber.

Dann brach Da'ud das Schweigen. »Sie zeigen sich schwach, wo Sie nicht schwach sein sollten.«

Jakob atmete nun sehr zügig. »Schwach! Ach, was reden Sie denn davon? Wir haben ja längst unsere Macht bewiesen, wir Europäer, denn immer wenn wir stürzten, erwachten wir wieder im Spiegel unseres Gewissens, unserer Vernunft!«

Er hatte sogar für kurz die Überlegung, *im Übrigen haben auch wir die Schwäche erfunden.*

»Wie? Wollen Sie uns etwa ein Gewissen, wollen Sie uns diese *Werte* absprechen?«

»Das sind doch jetzt Ihre Behauptungen gegen mich! Ich habe nichts dergleichen geäußert!«, stieß Jakob aus.

»Das könnte Ihnen so passen ...!« Da'ud war außer sich.

»Aber das habe ich doch mit keinem Wort gesagt!« rief Jakob.

»Nun, die Vernunft mag nicht so stattgefunden haben wie bei Ihnen, ich meine so kollektiv, ja, das ist das richtige Wort dafür, *kollektiv* mag es nicht stattgefunden haben, aber der Einzelne besitzt sie auch hier, die sogenannte Vernunft, wissen Sie, der *Einzelne* besitzt sie. Im Einzelnen fand überhaupt alles einmal Platz, was bei Ihnen in großen gesellschaftlichen Ereignissen vonstatten ging.«

»Wer sagt denn, dass diese Gedanken der Aufklärung nur Gutes mit sich bringen? Ich sage das gewiss nicht!«

Jakob wollte eigentlich fortfahren, wollte sagen, *denn sie hat ebenso auch jenen Moment des Nichts hervorgerufen, welcher jedem das Gedächtnis löschte und fortan jeden sich selbst überließ, als freigestellten und bezuglosen Menschen, der sich ständig neu erfinden muss, nur in seinen eigenen Spiegel sieht und sich somit an nichts mehr zu erinnern weiß … Sie aber, Sie und Ihre Welt besitzen noch jenen großen Bezug, jene Ursprünglichkeit fern einer Moderne …*

Stattdessen aber wurde sein Blick traurig, denn die Sprache der Verständigung führte nur zu Missverständnissen. Es war nichts zu machen. Das Gespräch nahm einen unglücklichen Verlauf, je mehr zur Rede kam, desto verstellter und widerständiger gaben sie sich, desto unnahbarer und gereizter gingen sie daraus hervor. Sie kochten vor Eifer und Lust, *einmal umweglos zu sprechen* … voreinander, voneinander.

Die feine Grausamkeit des einander Erkennens – obschon man sich ja mochte und sich in einem allgemein vernünftigen Instinkt begriff, so fremd und fern war man sich dann doch, denn es waren dies die Boten zweier Welten, deren Unterschiede nicht hätten ewiger sein können.

Die willkürliche Feierlichkeit Jakobs und die emphatische Existenz Da'uds hatten sich also verbunden! Dies aber war mehr ein Bündnis des Verlustes, einander eben nicht in der Bestimmtheit und Schneidigkeit zu treffen, sondern immer erst die Hürden der fehlenden gemeinsamen Sprache zu erdulden. Eine Brücke nämlich war das Englische dann doch nicht für die beiden, vielleicht noch eine Schlossbrücke, die man herablässt und wieder einzieht, je nach Lage des empfangenden Willens, der ohnehin in der nach Plötzlichkeit verlangenden Ausgesetztheit alles gedanklich wegschließt, was da nicht Muttersprache heißt.

So wurde der Raum der Begegnung immer tropischer und verfänglicher. Kein Augenblick konnte vollends ausreifen, weil die Tatsächlichkeit und Unbedingtheit der Vermittlung, weil das *Eigentliche* ja gar nicht ausgesprochen werden konnte.

*

Jakob schloss die Tür seines kleinen Zimmers.

Der Abendhimmel blich aus, senkte sich weit herab, etwas zwischen schwerem Grau und klagendem Orange färbte sich zu einer undeutbaren neuen Farbe.

Der Garten, unhörbar.

Die kleine Lampe auf seinem Nachttisch erhellte den Raum. Ein wenig verlegen und immer noch widerständig nahm er das kleine grüne Büchlein mit der ledernen Schnalle vom Tisch.

Die langen schmalen Finger hielten es ganz fest.

Minutenlang.

Er schloss die Augen. *Etwas durchrauschte ihn …*

Er musste sich soeben doch eingestehen, wie schnell sein Herz raste! Etwas besorgt griff er in das Hemd an die linke Brust und presste sie in der Hand zusammen, wie nasse Erde.

Die Augen noch immer geschlossen.

Wieder so ein Ziehen innerlich … ein Klang von weichem Sand … Schritte irgendwo … Er sah eine dunkle Insel vor sich, in einem tobenden Riesenmeer gelegen, laut und peitschend, gewaltig groß, die Insel ganz aus Steinen ... Möwen schreiend.

Mit der Fingerkuppe strich er nervös über die Initialen hinweg, Y. B. Die Augen verkrampft geschlossen. Er fürchtete sich und fror.

In die Decke gehüllt, lehnte er sich an eine Ecke des Bettes und versank im Halbdunkel. Der Schatten des Lämpchens verlief von hier aus übermäßig lang, schräg verschoben.

Die Schnalle, die bereits zerstört war, hielt er an einem Finger umwickelt und öffnete so das Büchlein.

Öffnete es ganz langsam, in unschuldiger Strenge, in immer weiter verloren gehender Gefasstheit.

Und begann.

Begann zu lesen.

Eine Kabuler Notiz

(Mag es nicht *Aufzeichnung* nennen)

Y. B.

Entgegen der Erwartung bin ich / Und bin ich hier
Dem Nichtexistierenden sei es gegönnt die Auflösung zu sehen
Nichts mehr zu tun / Was außerhalb meiner Macht läge
Lieber gleich das Körperlose
Erkennen zu können / Die Wirksamkeit eines Zustands
In der Reihe / Aller Dinge / Formlos zu werden
Den Erklärungen zu weichen / Über das Heimaten entscheiden
Und doch nicht
Und lieber doch gleich das Körperlose:
Vor mir liegt Kabul.
Mit Raum von Räumen glücklich zu nennen
Ich passiere den Lärm an Ort
Die ältlichen Böden lassen einen den Kopf senken / Trotzdem
Ich schaue über den Fluss / Dann hoch
Hundertmal so / Tausendmal nur Auge
Anlässlich hierzu steigt der Himmel hoch auf
Er ist erhobener
Gesammelte Stadt / Aufgefangen in kleinsten Rechtecksburgen
Die ich noch nicht aufsuche / Ich bleibe inmitten von hier
Erst mal
Aufgefüllt mit Menschen / Großstadt zu nennen
Und dabei nirgends verzeichnet
Darum begehe ich es so gern
Bin ganz zurückgeführt in die Farbe Staub
Ganz ohne Einfall / Ohne Unglück
Mag mich schon immerfort erinnern / An Jetzt.
Kabul

Ungekannt/ Leicht
Rückwege durch Gassen kleinerer Art
Dann wieder Promenaden/ Viel Schnurrbart
Die Köpfe umwickelt mit Tüchern
Ziehen sie vorbei/ Ich sehe schlecht die Entfernung
Ein Weilchen/ Lang/ Geschieht nur Verschlafenes
Unbeaufsichtigt bin ich hier
Und doch so bemerkt/ Längst
Lange Brote/ Rotes Obst/ Warme Wolken
Das Vergnügen des Erreichens meiner innersten Vorstellung
Traumvoll beständig die Luft
So gehe ich weiter.
Dem Kreisen ist kein Ende bestimmt
Für die Ernüchterung der Lage bleibt keine Gewöhnung übrig
Ich lerne Geschehen wieder nach/ Zeiten
Und mir Unbeteiligtem bleibt dies ohne Begabung auszuführen
Aber dafür mit Sinn
Und wenn alles vorbeifährt/ Bleibe ich stehen
Betrachte absichtlich diese gesteigerte Stadt
Manchmal mit Vertrauen
Die Frauen in langen Schleiern/ Fliegende sind sie
In den Bussen ganz still
Die Gliedmaßen verlegen/ Platziert
Sehe ich/ All das Frenetische/ Unter den Stoffen
Dann wieder irgendwo ein Gesicht/ Brach/ Offen
Das Hautrelief/ Jenes/ Gefunden habe ich es
Einmal inmitten unverteidigt vom Tuch
Sichtbar/ Plötzlich eine Stirn/ Ein Mund
Immer aber mit der Möglichkeit des Verstecks
Der Verhüllung/ Diesem großen wunderbaren Schutz

Und dennoch mit der Folge/ Zu Offenbaren
Ihr Täter einer — meiner — Sehnsucht
Umbunden von Seufzern
Schuldig/ An meinem Wunsch/ Ungesehen zu sein
Fern all meiner Städte/ Hier
Betroffen am Nichtrechtfertigen können
Hier/ Wo Gesichter noch/ Erscheinen
Aus dem Nichtgedachten/ In Ausnahme auftauchen
Vollkommen verdeckt/ Auch Männer im Staub
Den Kopf tief im Schal/ Blicke nur
Ich sehe sie und sehe sie doch nicht
Und was für ein Dasein
Lasst mich hier/ Bei den Verpuppten
Des ausgefüllten Anscheins/ Allein
In Umhängen zu ertrinken
Zu Verschwinden und damit/ Ganz zu werden
Apostel der Maskierung/ In der zweiten Haut geboren
Wie ich mir nie erträumt
Nie/ Nie/ Nie
Gerade weil alles in mir so unschlüssig war
Über die Gleise des/ Zurück
Des unaufschiebbaren Dahin/ Hundertmal
Gelange ich nun hierher
Habe Schauder auf der Haut/ Haut meiner Organe
Befinde mich soeben zwischen ihrem erstarrten Flaum
Beim Anblick der Verhüllten
Berge nur/ Sehen so aus wie diese Menschen.
Greifbar stumme Silbenmünder
Langsamer Gang durch den Weg
Korridore/ Spitz verwinkelte Absichten

Raschelnd zulaufend / Aber / Ohne Geschwindigkeit des Körpers
Lose fliegt er mit mir
Auch ich habe mir nun das Gesicht bedeckt / Vom Schal
Rein zu werden
Rein von den Stunden des Bewusstseins
Nicht mehr gesehen zu sein
Vielmehr sich eröffnen / Vom Vorhang des Tuches / Befreien
Vorweg das Leben / Wohlan ihr Ertrunkenen
Ich aber / Bin
Ohne Geheimnisse ins Geheimnis selbst gekommen.
Das Thema der nie vorhandenen Variation
Endlich gefunden
Um wieder / Um einmal
Diesmal
Meine ganze Armseligkeit ist weg
Ich bin ein König ohne Hindernis
In Arien zu sterben
Reicht daher vollkommen / Aus.
Kabul / Kostümfest
Verderblich hoffentlich nicht allzu sehr
Das Kommende mag nicht gelingen / Mehr
Es wird nicht gelingen / Wieder so
Die Anlagen sind zu emphatisch
Bin ich verliebt in die Verspätung des Eintreffens?
Bin ich nun / Endlich meine eigene Gelegenheit?
Kann ich mich schließlich benutzen?
Darf ich antworten?
Sollte ich jetzt sagen: Wahrheit?
Und was / Wenn ich es sage?
Geschieht mir dann die Verhandlung des Lebens?

Für wie viel Millimeter mag ich mich/ Noch halten?

Ich/ Meine eigene Unannehmlichkeit

Das Klopfen an diese Tür/ Klopft doch auch gegen mich

Und ich öffne.

Sonderbare Stadt/ Diese Stadt

Mir ist nach Weinen

Lange/ Lange/ Lange weinen

Mit dem Einwand des Gefundenen/ Glücks

Hier

Wo es auch mich betrifft

Erstmals

Dem Schwerelosen/ Der nie bedeutet hat

Den zwingt hier die Verhüllung zum Ausgraben

Verputzte Seele

Hast du sie auch schon entdeckt?

Die Schleierträgerinnen von Kabul/ Maskierte Segel im Wind

Nicht schuldlos am Gefallen

Und wunderbar wilde Eigenschaften ohne Richtung

Das ist mein Venedig

Diese Stoffe passen sich doch tatsächlich ihren Stimmungen an

Bald froh/ Liegen sie überhängend oben auf / Fallen hüpfend herab

Bald traurig/ Wird es zum victorian mourn dress

Bald schweifend/ Umdrehen sie die Rümpfe grenzenlos

Wie aber ist das möglich frage ich

Und woher kommt dann der Zauberer?

Ein Garten/ Ist die Stadt

Grün auf Sand

Für das Erleichterte in mir kann kein/ Wort dienen

Ohne zu entfallen

Im Dämmer dieses Orients/ Karmesinabende

Über mir.

Von vorn mein Glück

Das Einzige/ Es lag hier

Und ich wusste es nicht/ Nur kam ich

Vielleicht für etwas anderes/ Eben für etwas

Sing/ Sing dich aus in der Wissenschaft der Geduld

Immer diese Stimme/ Sie fällt herab

In Blei gegossen

Mein schwarzer Morgen

Einer von ihnen zu sein/ Ist unmöglich/ Sagt er

Und was nun?

Wieder ununterbrochene Verstellung?

Nein.

Ich mag nicht mehr/ Zurück

Ich will für immer/ Verhüllt/ Schleier werden

An Gesichter wieder/ Glauben

. . .

Farbenwiesen/ Sonst farblos unendlich

Weite Feldstraßen/ Lau/ Ein mit Waren umschnürter Esel

In seiner plumpen Nützlichkeit/ Beinah wie ein Mensch

Fast wie ich/ Bei weitem nützlicher noch

Über trockenen Böden/ Der Nachmittag einer vernachlässigten Libelle

Flirrend flimmernd wie Europa

Verzeih . . .

Ich vergaß, wie schön du bist.

Höre daher viel Bach

Und freue mich auf meinen Tod —

Neben der Ebene des Schweigens

Da'ud Hussaini zog sorgfältig ein Blatt aus dem Topf hervor, in dem sich das gekochte Reiswasser mit dem blauen Pigment verbunden hatte und dem Karton nun eine edle Marmorierung verlieh. Danach tauchte er es nochmals in Wasser, allein um es zu reinigen, die Farben wichen nicht von der Stelle. Das getrocknete Papier, das sogenannte *Abri*, legte er sodann auf ein etwas härteres Blatt und setzte sich zunächst an den Tisch, um den Rahmen für das Gedicht genau und fein vorzubereiten.

Zwischen diese beiden Linien, diese alten kompositorischen Regeln, die nun entstanden, zog er ein Gold von allerzartestem Schimmer, das plötzlich wie ein Fluss entsprang und sich um die Buchstaben winden sollte. Er nahm dann in seinem Sessel Platz, hob das Bein ein wenig an, und ganz in dieser Haltung – begann er!

Das dunkelgräuliche Feld für die Worte selbst lag wie brach, erst um den Rahmen herum begann das beigeblaue Farbspiel. Obwohl er nichts errechnete, scheitelte die Mittelachse das Blatt in zwei gleich große Flügel. Die Absicht einer liebevollen Symmetrie war bereits ganz deutlich und spürbar und das leere Feld erbebte in bleicher Panik, als bereite es den Boden für eine große kommende Schlacht.

Die gefeilte Feder, die in bereits fein gearbeitetem Zustand aus Syrien kam, die sich Da´ud jedoch durch immer weitergehende, manchmal haardünne Zuschnitzung aneignete, tauchte er in eine dunkle, kaum zu bezeichnende Farbe, etwas zwischen Aubergine und Silber, etwas zwischen Schwarz und Perlmutt, den rechten Arm stützte er an der Lehne, setzte die Hand vorsichtig und dennoch gierig an, und von da an glich die Bewegung seiner Hand einem ruhevollen Wahnsinn, einem inneren Schrei, der äußerlich ganz zaghaft und wie in einem Walzer über die Fläche glitt.

Die Worte des Gedichtes schrieb er im *Nastaliq* nieder, jener elegischen und zugleich sich ergebenden Schrift, diesmal weniger skizzenhaft und wütend, diesmal geduldiger, aber in derselben geschmeidig filigranen Geschwindigkeit. Dabei zersprangen die Buchstaben nach wenigen Sekunden aus ihrer Farbigkeit und blieben schmal, glitzernd und blank zurück, denn der Ton wurde vom Papier abgestoßen und hinterließ eine nur hauchdünne Linie. Die Schriftzeilen waren atemvoll voneinander getrennt, mit eröffnenden Pausen und einer unbegreiflichen Erhabenheit.

Das Verständnis für diese Form gelang nur durch das Verständnis für seinen Inhalt, die Bedeutung des Gedichtes selbst − eines von *Sojeb*, einem altpersischen Dichter.

> *Strebe nach den hellen Seelen,*
> *Sojeb,*
> *wie auch die dunkle Welle im trüben Geschaukel*
> *das lichte Meer erreicht.*

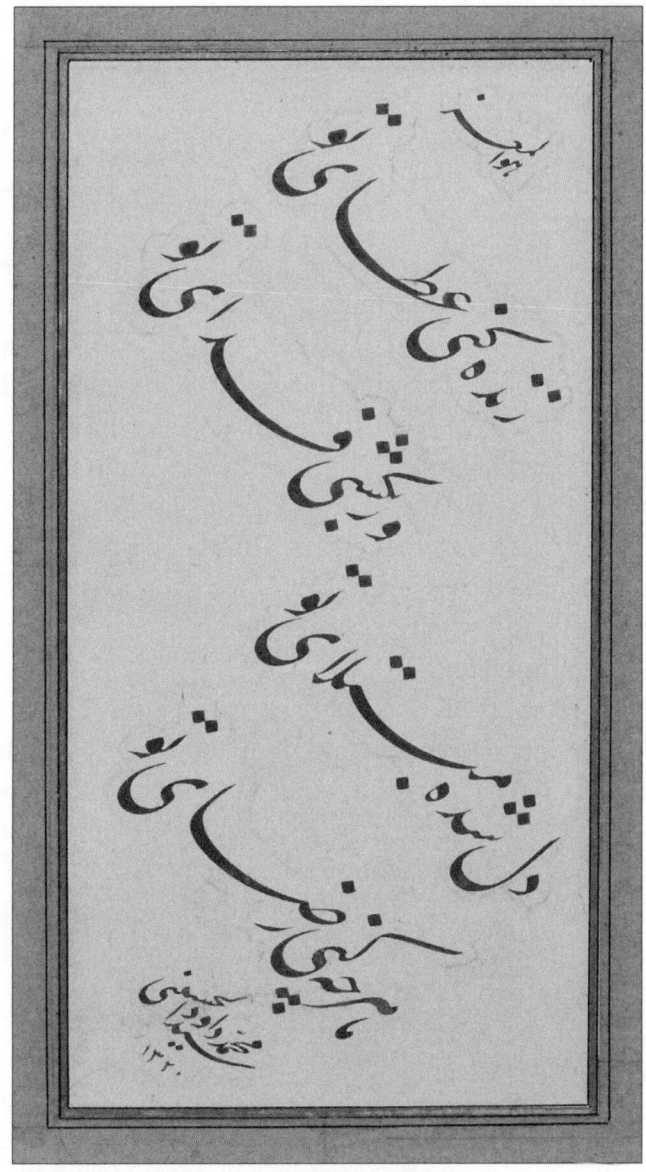

Ein Gedicht in der Schriftart Nastaliq

Die eigene Anrede des Dichters in Gedichten entspricht in der orientalisch-islamischen Lyrik dem Gebot eines poetischen Umstands, er bekundet sich selbst als ersten Betreffenden, wie denn auch der Kalligraph niemals losgelöst von sich selbst und seiner Aufgabe, von seinem Auftrag bestehen kann.

Ein jeder Buchstabe, eine jede Wendung, eine jede Zeile und ein jeder Abschnitt handelt zwar als selbst herrschendes und mitreißendes Glied, erfolgt jedoch immer in seinem großen Zusammenhang der Schule des Blickes, dem Eintrag einer Rechtmäßigkeit und der freilich routinierten Gewissheit. Die gleichbleibende Anonymität der Schrift stellte sich dem Auge als kanonisierte Wiederkunft dar. Jeder Moment glich einem Höhepunkt und war somit die bildhafte Steigerung der Unvergänglichkeit selbst. Dieser Vollzug ertönte, obschon nur sichtbar, in jedem anderen Sinn wieder.

Das Wort als Bildschmuck, als mächtigstes Mittel zur vollkommenen Darstellung, in dem keinerlei Absprachen bezüglich einer Figuration, einer Abstraktion berücksichtigt wurden, weil diese Arbeitsweise in sich längst schon Figürliches und Abstraktes verinnerlicht hatte, diese jedoch nicht als Takt der abbildenden Melodie verantwortlich machen wollte, sondern sie schließlich einschmolz, in den Kanal des geordneten und geschulten Blickes, in die Erinnerung des ewigen Unterrichtes, in den Strom des Gleichgewichts – alles durchaus keine Zufälligkeiten und Hoffnungen, sondern Pläne und Ergebnisse einer Vorführung an Regel, einer Ausstattung an Gesetz.

Ein Gedicht in der Schriftart *Nastaliq* im Stile des *Siahmashq*,
dem *Schattieren*, dem *Zeichnen* der Kalligraphie

Der Auftraggeber der Kalligraphie ist die Schrift selbst. Sie mag den Fingern gestatten, zu vergröbern oder zu verfeinern, zu erhellen oder zu schattieren, worin eben die orientalische Form des Abstrahierens besteht, niemals jedoch nur zu verkürzen oder zu beschränken, niemals nur in eine Formel zu übersetzen, niemals nur in eine Grundform, eine Gleichschaltung zu übertragen.

So war die Stimmung dieser Arbeit zwar anders, wie jedes neue Blatt seine eigene Verfasstheit beschwor, aber das Horn der Disziplin dieser Aufgabe des *schönen Schreibens* klang wie von weit her, klang nach Wanderung, nach Eroberung, nach Forschung!

*

Im Falle unseres Da'ud war die Kalligraphie *Begabung*, es erforderte folglich nicht seine Anstrengung oder seine Mühe, ein solches Blatt anzufertigen. Vielmehr regte sich ein *Bedürfnis* in ihm, wann immer eine neue Arbeit fällig war, und wahres Talent lässt die auszufüllenden Angelegenheiten ja stets zu einer *glaubvollen Unbedingtheit* werden. Man kommt nicht darum umhin, ist matt und erschöpft, erträgt das Können kaum vor sich selbst, geht wie ein Verführter seiner eigenen Verführung daraus hervor, ist wie gestorben, um dann aufzuerstehen – in einem einzigen Augenblick, in einem einzigen Moment, in dem sich *alles* in einem zu vollziehen scheint, obgleich die Begabung sich ja eigentlich an nur einen Punkt, an jenen gefährlichen Schnittpunkt der Seele und ihrer Verfügbarkeit richtet.

Ein Gedicht in der Schriftart *Nastaliq* im Stile des *Siahmashq* mit
der nochmaligen Stilsteigerung durch das *Gjallie* und *Khaffie*,
dem Gemisch aus groß skizzierten Wendungen, nebst delikater
Miniatur – in Spiegelung und Echoisierung der Wörter

*

Nach einer solchen Niederschrift war er für Stunden wie eingefroren. Keiner wagte so recht, sich ihm zu nähern, geschweige denn, während der Ausführung in das Zimmer zu dringen, das sich dann immer zu seinem Tempel erhob.

Die Erregung einer solchen ästhetischen Strapaze war zu groß und gewaltig, verschlang ihn, zog ihn durch Tausende schwarze Kammern hindurch, in einen ausbrechenden und blutenden Tanz seiner eigenen Empfindung.

Nein, keiner wagte sich dann in seine Nähe, und wie sollte er sich auch nach einem solchen Ausflug ins Göttliche wieder unmittelbar zu irgendeinem weltlichen Vorwurf verhalten können?

Zeit des Scheiterns

Nejat lebte seit einiger Zeit in einem eigenen Bereich des Hauses. Zu seinen Zimmern führte eine afghanische Veranda, ein Gemisch aus Dachtreppe und Terrasse, geräumig und einfach, an den warmen Abenden saß er hier gern bis spät in die Nacht hinein.

Es waren frische Tage, die jedoch milde ausklangen, und so hatte er sich mit seinem jüngeren Bruder Rafat gegen Abend jenes Tages verabredet, um gemeinsam einem dringlichen Radiobericht zu lauschen.

Nicht irgendeiner Nachricht, sondern der Meldung von der Mondlandung.

Rafat kam gemeinsam mit Jakob, der als Europäer bereits mit dieser Angelegenheit vertraut war und nunmehr in größter Spannung das Ereignis erwartete. Da es keinen Fernseher gab, waren die Ohren umso gespitzter und empfindlicher.

Es war dunkel, der Mond leuchtete elfenbeinern.

Nejat zündete sich eine Zigarette an und schenkte dem Deutschen Wein ein, Jakob hatte schon lange keinen mehr getrunken, weil es hier im Orient andere Berauschungen der Seele gab, Tee etwa, in den man fein gemahlenen Kadamon streute und ihn somit anschärfte.

»Es war immer schon ein Wunsch von mir, mit einem Winzer befreundet zu sein. All die Weinsorten, die man kosten könnte.« Jakob nahm lange Schlucke.

»Unsere Familie besitzt eine eigene Traube, sie ist nach uns benannt. Wir machen daraus keinen Wein, versteht sich, aber zum einfachen Verzehr sind sie bestens geeignet.« Seine Streichhölzer wollten lange kein Feuer fangen, ehe es schließlich doch noch klappte und sich plötzlich sein Gesicht im Schein des kurzen Feuers eröffnete, stolz befangen, bedrohlich schön und bronzen wie der Vater.

Rafat schaltete das Radio an, obwohl es längst noch nicht so weit war. Im Sender *Afghanistan* erklang ein melancholisches *Ghazele*.

Jakob betrachtete den Jungen lange während des Liedes. Das schulterlange Haar glitt an dem weißen Gesicht leicht gewellt herab. Mit einem verzauberten Ausdruck blickte er starr und voll Spannung empor, in einem erfahrenen und reifenden Ernst, der jedoch niemals Lebensernst werden, sondern immer ein poetischer bleiben würde ...

Bei sich dachte Jakob, *für einen Jungen aus dem Orient, aus dieser Welt, da Traditionen übermächtig sind, muss solch ein Nullpunkt wie die Moderne, solch eine Selbstauslöschung, da sogar der Mond erklimmt wird, wohl sehr reizvoll sein ...*

Das *Ghazele* ertönte in seinem vertraut afghanischen Wehmutsdrang − flehend, wimmernd und sentimental vollführte es sich in seinem ganz eigenen Zeitmaß und bot eine melodramatische Gattung dar, etwas, das der afghanischen Musik ohnehin eigen war. So wurde zu den glücklichsten Anlässen stets das kummervollste Lied angestimmt. Und dennoch war dieses in harmonische Sphären unterteilt, das jeweilige Gedicht in der Rolle des Hüters vorgetragen und aus Jakob bislang unbekannten Winkeln der Kehle gesungen.

»Schalt wieder um, bedenke nur, wir verpassten auch nur *etwas* davon! Hörst du denn nicht?« Nejat tat eine wilde Geste, worauf Rafat erschrocken auffuhr. Er stellte den Sender wieder ein. Seine langen Finger mit den ovalen Nägeln strichen sich dabei das Haar aus dem Gesicht.

»Ist es nicht merkwürdig, diese ganze Sache mit dem Mond? Von hier aus sieht er so unnahbar aus, und doch ist da ein Mensch, der ihn aufsucht, als wär's eine Sehenswürdigkeit.« Nejats Augen schweiften.

»Stellt euch nur einmal vor, man würde Armstrong sehen! Natürlich nicht wie mit der Lupe, aber zumindest seinen Schatten, wie er schnell über den Mond huscht … wäre das nicht phantastisch?« Rafat wusste, dass er nur traumwandelte, indem er so sprach, aber dennoch schien etwas in ihm das aufgerufene Bild vor sich zu haben.

»Der ist schon verdorben«, seufzte Nejat, »liest zu viel Gedichte.«

»Finden Sie?«, fragte Jakob nüchtern.

Aber Nejat antwortete nicht. Er verstand sich sehr gut darauf, auf Fragen, die ihm aus durchaus berechtigten Gründen unangenehm wurden, erst gar nichts zu erwidern. Er lachte und scherzte, wann immer er dazu aufgelegt war, aber ebenso vermochte er in kühler Mächtigkeit mit seinen Menschen umzugehen und jeden ausnahmslos zu kritisieren, was ihm denn schließlich den Platz des Spielverderbers einbrachte. Oftmals lag er richtig mit dem, was er sagte, und gerade *weil* man sich von ihm ertappt fühlte, gerade *weil* er in seinem ruhelosen Spott meist den Kern der Sache traf, war es so herausfordernd, mit ihm umzugehen. Er missachtete Jakobs Frage völlig und wollte sagen, *mich nach der Poesie meines eigenen Bruders zu befragen, ich werde ja wohl mein Innerstes und Wahrstes über ihn nicht erläutern müssen, was!*

»Nun, ich halte ihn für keineswegs verdorben. Wollen Sie wissen, was ich denke? Ich denke, er ist sogar vor seiner Zeit und sehr begabt, nicht dass ich ihn in seiner Muttersprache gänzlich verstünde, aber ich verstehe wohl den Wert und die Kraft seiner Schöpfungen. Ganz gewiss tue ich das. Und im Übrigen bin ich der Überzeugung, dass bereits ein Unterschied im Erlebnis des Werdens genügt, um jemanden auf den richtigen Pfad zu schicken, solch ein Unterschied ist, so denke ich, die Dichtung selbst, und da werden Sie mir doch recht geben müssen.« Jakob zog die dunklen Brauen weit nach oben in seine schöne runde Stirn, als wolle er sagen, *einen Widerspruch hierauf dulde ich jetzt nicht!*

»Ja, ja – ich weiß selbst am besten, was in meinem kleinen Bruder schlummert, und es schlummert ja längst nicht mehr, nein, es *blendet* alle! Glauben Sie mir, Jakob, es gibt den bösen Blick, jenen, der ihm das nicht gönnt, diese Begabung.« Nejat tippte mit seinem Zeigerfinger auf den Tisch.

»An die schlechte Aura von Menschen glaube ich auch, durchaus sogar, aber *wenn*, dann findet das nur in uns selbst statt, denn wir *empfinden* dies oder jenes als böswillig.«

»Nein, so ist es nicht, obwohl ich begreife, worauf Sie hinauswollen. Ich rede da aber von etwas anderem, et-

was noch viel Gefährlicherem, vor dem wir uns gar nicht
erst schützen können, sondern was uns einfach packt. So-
wenig ich *glaube*, so felsenfest weiß ich, dass alles Höllen-
hafte im Menschen angelegt ist. Ganz tief in sich, ganz
tief, vermag er zu fallen ... Menschen aus nächster Vertrautheit, plötzlich enttäuschen sie einen ... sie benehm-
men und sie bewegen sich ganz anders, ganz fremd ...
kleinmütig und aus dem Hinterhalt. Ich weiß nicht, wie
das in Europa ist, aber hier gibt es solche inneren Blicke der Missgunst.« Nejats Augen versprühten ein fühl-
bares, fast hörbares Funkeln, etwa so, als fiele Goldsand
von seinen Wimpern – oder nein, als verliere ein Fisch
seine Silberschuppen im Nachtmeer, oder nein, als be-
wege eine Kurtisane ihren von Juwelenreifen behängten
Arm im doch eigentlich angehaltenen Tanz.

Jakob erinnerte sich eines deutschen philosophischen
Gedankens des einen großen unberechenbaren einzigar-
tigen verstörend bösen unwiederbringlichen glühenden
plötzlichen grausamen Meisterdenkers, der da einmal
sagte, *denn dass wir noch leben, das liegt in der Abwesenheit der Macht
zu töten; genügten Blicke, so wäre es längst um uns geschehen* ...

»Vor allem auf der Straße«, fuhr Nejat fort, »ist man
ständig auf der Flucht vor diesem Blick, der ja überall
und nirgends ist. Verliebte müssen aufpassen, nicht allzu
verliebt auszuschauen, denn das wäre schändlich, ja das
Wohl der ganzen Sippschaft stünde auf dem Spiel, sofort
würde es sich wie ein Lauffeuer verbreiten, und meis-
tens viel zu übertrieben und krankhaft, wenn Sie mich
fragen. Da gibt es diese hysterischen Weiber, diese Bes-
tien, die es sich zur Aufgabe gemacht haben, jede Neuig-

keit in der schnellstmöglichen und widerlichsten Art zu
verstreuen. Die machen vor nichts Halt! Und dabei sind
sie ja nicht einmal vernichtend, sondern einfach nur tö-
richt. Was meinen Sie denn, wie viele meiner Freunde –
bedenken Sie, alles Söhne hoher und alter Kabuler Familien –, also wie viele dieser Freunde sich schon die
Taschen ihrer Mäntel löchrig gebrannt haben? Und wissen Sie auch, weshalb? Ich sag es Ihnen, weil ein jedes
Mal, wenn ein der Familie bekannter oder sogar angehö-
riger Greis ihren Weg streift, sie diese gezündeten Stum-
mel möglichst spurlos verstecken und verschwinden lassen müssen. Aus Respekt, versteht sich, aus Ehrerbietung,
nicht vor einem Alten zu rauchen. Und was soll das alles?
Bloß weil jemand einen weißen Bart trägt, ist er ein guter
Mensch? Soll er ein Weiser sein? Der da, dieser Bengel
von einem Bruder, ist weiser als alle diese Hähne zusammen!

Verstehen Sie mich richtig – ich würde auch nicht
wollen, dass mein kleiner Bruder vor mir rauchte, das geht
einfach nicht, ich meine, es wäre in sich ganz einfach unangenehm, und er und ich, wir würden uns unwohl fühlen, irgendwie beschämt sein, denn er ist ja mein kleiner
Bruder. Und das würde ich nicht wollen. Aber *die* haben
es zu weit getrieben ... eindeutig ... und ich ... ich ...
ich – ach, lassen wir das!«

Jakob mochte dieses gereizt aufrichtige Sprechen
sehr gern und hatte sich noch ein wenig mehr in sein
dunkelblaues Jackett gehüllt, da es windiger wurde. Ein
Knopf allerdings hing fast lose herab, einzig ein hauch-
dünner Faden schien ihn noch an sich zu binden.

Dieser hohe Afghane ist gekränkt worden, dachte er bei sich, *aber was nur ist mit ihm geschehen, dass er so verletzt, so zart, so einsam ist?*

Aus irgendeinem Grund vernahm er ein Rufen in sich. Ganz so, wie es der verstorbene Freund niedergeschrieben hatte, irgendwie bleiern.

Er blickte sich kurz um; als habe jemand ihn gerufen, schaute er voll Erwartung in den Nachtgarten, die Pappeln rauschten, das Gras murmelte. Und in diesem zauberhaften Hort der vertrauten Geräusche durchdrang ihn eine still schmerzliche Sehnsucht nach seinem Europa ...

»Psst! Es fängt an! Es fängt an! Dreh es lauter!« Nejat drückte seine Zigarette aus und Rafat eilte hastig zum Radio, aus welchem nun ein Mann in persischer Ruhe zu sprechen begann.

Es wurde mucksmäuschenstill.

Keiner wagte mehr einen Laut von sich zu geben.

Über ihnen schien knöchern der Mond.

Zunächst nur ging es um die Wichtigkeit des Anlasses, um die Bewusstwerdung diesen ungeheuren Meilensteins der Geschichte. Ohne orientalische Überzuckerung, ohne Ausschweifung, ganz im Sinne dieses drastischen Ereignisses, sprach man erklärende Worte vorweg, immer wieder stockend, immer wieder verstummend, als erfahre der Radiosprecher zwischendurch noch wichtige Einzelheiten, als könne es im Grunde keine Worte geben, um zu beschreiben, was vor sich ging, als könne man nur schweigend sich dem Bild ergeben.

Rafats Gesicht war gerötet, Angst und Eifer paarten sich wild darin!

Nejat biss sich in die Hand, als müsse er sich geradezu Gewalt antun, um nicht vor Spannung zu schreien,
und Jakob saß mit weit aufgerissenen Augen zwischen
den beiden und lauschte in einem solchen Krampf, als
konzentrierten sich in diesen Minuten alle seine Sinne in
dem einen Sinn des Hörens.

Das Ohr allein schmeckte, fühlte, ahnte, fürchtete,
erlebte, bebte! Es übernahm jede Reaktion des Körpers,
trat an die Stelle einer jeden Zelle des Leibes, es horchte,
als finde sich darin das ganze Leben ein.

Dann Stille.

Kurzes Schweigen im Radio. Ein Knistern wie auf
verstaubten Schallplatten.

Pochende Herzen.

Und als ginge es um ein Weltenspiel, um das entscheidende Tor der Tore:

*Wir sehen ... jetzt sehen wir ... ihn ... wir sehen, wie er ... wir sehen
nun, wie ... Neil Armstrong ... den ... Mond betritt ... er geht ...
ich sehe es, sehe es selbst ... jetzt sehe ich ... wie er läuft – auf dem
Mond läuft!*

*

In jener Nacht weinte Da'ud Hussaini.

Ihm war die Boshaftigkeit dieses Verräters, dieses
schamlosen Mondgehers herzlich zuwider, ja er fühlte einen umstürzenden Hass in sich und erwachte mehrmals
aus gehetzten Träumen.

Der heiligste Punkt seines Blickes, sein weißer Pan-
theon der Seele, Pavillon der Poeten – und der soeben

noch menschenlose Palast der Natur war beschmutzt, war bestiegen vom Irdischen, vom Möglichen.

Die Poesie und die Frage nach der Bedeutung des Seins, die *Philosophie unserer Momente* aber fragt nach dem Gefühl. Hier eben trennt sie sich von der so prosaischen Form der wissenschaftlichen Habgier, alles zu besitzen und zu erfahren und zu verstehen und zu erlangen.

Und war der Mond nicht immer der prächtigste Vorhof zur Verklärung unserer Sinne?

Die blaue Sintflut dieses empörten afghanischen Herzens jedenfalls konnte erst einmal keine Heilung mehr bezwingen.

DRITTES BILD

Bamiyan

Wie wurden deine Füße zu Stein?

In einem kleinen Volkswagen brachen Rafat, Pur'dill – welcher ein Bruder von Seradj war und, da dieser selbst verhindert war, an seiner statt mitreiste –, sein Freund Ismail und Jakob Benta an einem heiteren Morgen nach Bamiyan auf.

Jakob hatte nun immer wieder schon hiesige Jahreszeiten miterlebt, überhaupt ist es erwähnenswert, dass Kabul alle vier Jahreszeiten durchlief, mit langen verträumten Sommern und weißen Winternächten.

Rafat hatte sich diese Reise schon seit jeher gewünscht, er lehnte sich weit zurück, neben sich ein Buch liegend, in dem er manchmal während der Fahrt blätterte, als wolle er etwas nachsehen, sich nur eines Wissens vergewissern. Es war einer dieser erschütternden Romane jenes zauberhaft düsteren, russischen Schriftstellers, welcher in der Gesamtheit seiner erzählerischen Reden immer so sehr beide Geschlechter des Empfindens in sich trägt, dann, zufällig verteufelt, einen irrsinnigen und unerwarteten Moment zu schildern vermag, die ganze Obszönität des menschlich Abscheulichen aufreißt und in einer *alles* vorwegnehmenden, neblig herbeieilenden Sprache berichtet, wie ein nackter Augenzeuge des jeweiligen Bildes.

Rafats Haar war noch länger geworden, heller, fast dunkelblond. Alle hatten sich bislang geweigert, dieses kostbare Haar zu schneiden, man fiele in Ungnade, in Sünde, täte man es, so sagten sie. Besonders aber Shirin, unsere *Nanna* der Geschichte, wollte es nicht. Der Kopf ihres Jüngsten war ihr Heiligstes, mit jeder verlorenen Welle im Haar hätte sie allein schon in der Vorstellung dessen gelitten.

Die Augen reifer, tiefer und schneller. Das Lächeln vorsichtiger. Das Gesicht absichtlicher, aber im Ganzen war Rafat noch ebenso knochig in seinem feinen Gliederbau.

Jakob, der durch eine runde Sonnenbrille von Schinkelscher Art nach draußen blickte, den Arm halb abgestützt, die Locken im Wind und sogar ein Lächeln lächelnd, das einfach und gut war und in diesem Augenblick vielleicht sogar ganz gedankenlos und neu und wie ein weißes Blatt Papier, das Kommende erwartete.

Seine rote Hose leuchtete im Licht des frühen Tages und sein von Shirin so sorgfältig gewaschenes und gebügeltes, rot-weiß gestreiftes Hemd verband sich auf das Delikateste damit. Er war ruhig, geradezu entspannt, ganz bei dem Anliegen dieses Ausfluges, und teilte sich den Rücksitz mit Rafat.

Pur'dill, der inmitten des Gesichtes dieselbe sperrig lustige Nase besaß, wie auch Seradj, fuhr seinen Wagen bedacht und eifrig, ja er liebte das Autofahren fast schon bis zur Leidenschaft. Ismail, der neben ihm saß und die Karte hielt, sollte die Fahrt über, im Gegensatz zu den stillen Hintermännern, ein lauter und aufgeweckter Bursche sein, der viel lachte und erzählte und sich gern über andere in ausführlichem Scherzton belustigte. Trotzdem waren neben Rafat, dessen poetische Begabung ja längst eingeführt ist, beide, sowohl Pur'dill wie denn auch Ismail, vortreffliche Wissende auf dem Gebiet der Dichterei, wenn auch nicht mit derselben Vortrefflichkeit Rafats ausgezeichnet, so doch durchaus die Eignung und Befähigung zum *höheren Verständnis*, womit das lyrische Verständnis gemeint ist, besitzend und diese mitunter auch ganz prachtvoll ausübend.

Übrigens wäre ein solcher gemeinsamer Ausflug unter anderen Umständen ganz unmöglich und undenkbar gewesen. Denn keiner dieser Menschen würde sich einer Gesellschaft angeschlossen haben, in der sie nicht schon die Vertraulichkeit und Nähe zu den anderen erschlossen hätten. Dazu waren diese Gemüter viel zu durchsichtig, viel zu bedingend, viel zu bezwingend, ja viel zu unerhört!

Die Straße nach Bamiyan war ebener als andere Teile des bergigen Landes, denn man wusste ja um die vielen Touristen, hatte weite Bereiche wunderbar geebnet und verbessert. Manchmal fuhr man lange wie durch Berge hindurch, *zwischen* ihnen entlang. Sie schossen Zentimeter neben einem plötzlich gen Himmel, stürmten trunken hoch und waren wundervoll anzusehen. Mächtig und graziös, mit tyrannisch protestierenden, eisweiß erregten Gipfeln und hochmütig schattiertem Muster.

Das Benzin war immer wieder schnell verbraucht, umso vergnüglicher jedoch das Beisammensein, die blaue Luft und eine goldgelbe Sonne über ihnen. Zum Abend hin machten sie Rast in einer erschwinglichen Absteige und nächtigten auch ebenda. Der folgende Morgen dann war blasser, aber noch immer freundlich und klar. So fuhren sie weiter die Strecke, immer westwärts.

Der Verkehr begann allmählich belebter zu werden, ausländische Gesichter in den Autos. Die Bergigkeit der Landschaft nahm zu – dreitausend Meter hoch, und die Wege verschmälerten sich.

Jakob streckte den Hals weit aus dem offenen Fenster, der seidene und verstaubte Wind rauschte an seiner Haut vorüber, er schloss die Augen.

Lächelte ...

Band-e-Amir mit seinen sieben Terrassenseen passierten sie ebenso. Diese aufgestauten Gewässer, die wie offene Zisternen inmitten von Bergen lagen, ausgebreitet in bizarr türkisen Spiegelungen. Einige Touristen stiegen aus ihren Kleinbussen aus und schlugen ein Zelt auf. Barfüßig und erschöpft, aber mit einer schauerlichen Freude vor der Unendlichkeit dieses Landes.

Dieses wurde trockener, viel trockener. Aber gleichzeitig erhoben sich dunkelgrüne Gärtchen wie bunte Flecken aus der Erde, hier glättete sich der Boden, fiel ab in einen Teppich aus Wiesen unterschiedlichen Grüns. Jakob bemerkte mindestens sieben oder acht Nuancen des zu bearbeitenden Bodens. Überhaupt war das ganze Tal in unsterbliche Farben gebettet, umringt von breit gefächerten Bergen und Hängen, worüber sich dann nochmals dünnere und immer dünner werdende Schichten entfernter Berge lagerten.

Die ockernen Siedlungen umstanden Haine, in Reihen dicht an dicht, gleich einem bewohnten und darum nur zeitweiligen Irrgarten.

Rafat schaute wie hypnotisiert über das Tal hinweg, hoch zum Felsenkoloss, der erstarrt und über die Wahrnehmungsschwelle des Auszuhaltenden hinaus in seiner Nische wachte, in einer übermächtigen Einheit und Gefasstheit, ganz ohne herausfordernd oder machtwillig zu erscheinen, in einer würdigen und demütigen Gewaltherrschaft seiner Schönheit, und in unschätzbarem Bestandteil des Felsmassivs, der sich quer bis zur kleineren der beiden Statuen zog.

Sie hielten zum Fuße des Buddhas, wo sie denn auch schon vereinzelt Jeeps und Touristen antrafen, die Köpfe im Nacken, staunend, mit von der Sonne verzogenen Gesichtern, die jetzt grell durchbrach.

Jakob nahm die Brille von den Augen, um diese Erfahrung unverfälscht zu erleben. Die ganze riesige Felswand strebte steil und beinahe senkrecht nach oben, jetzt am Nachmittag genoss die Statue den kühlen Schatten innerhalb ihres Nischendaches. Sein Herz zersprang vor dieser Metapher der Erhabenheit. Fassungslos blieb auch Rafat mit den leicht wehenden Goldwellen seines Haars wie angewurzelt stehen.

Das rötliche und selbstlose Pastelllicht warf sich über den steinernen Vorplatz. Über dem Haupte Buddhas stachen weitere Felsformationen zusammen, ganz im Begriff der Vereinigung, der Behebung des Einzelseins, Zusammenkunft zur Ganzheit.

Von der wohl einstigen Vergoldung des zarten Riesen, wie uns eine zeitgenössische Nachricht berichtet, zeugte nur noch ein Schimmer über dem weichen Wesen seines Körpers. Vollkommen Sinne verwirrend ist ja allein schon der Gedanke daran, dass im Vorbeiziehen auf Händlerwegen die Statuen von fern dramatisch aufleuchteten!

Die Beschädigungen des hohen männlichen Standbildes waren vor allem in der oberen Gesichtshälfte deutlich. Über das zerstörte Geschlecht allerdings klärte Rafat die kleine Gesellschaft auf. So soll es sich zugetragen haben, dass der einstige König *Amir Abdul Rahman Khan* im tadschikischen Exil vom Tode seines Vaters hörte und hierauf, in bestürzter Eile der Thronfolge, zurückkehrte. Auf ihrer Heimreise aber nahm das Königspaar die Statuen wahr, woraufhin die Gattin, zutiefst beschämt über die offensichtliche Figürlichkeit des Geschlechtes und kaum an der Macht, auch schon Zerstörung dessen befahl.

Nun, über solch eine *wenig vornehme* und *beschränkte* Erkenntnisfähigkeit über die Wichtigkeit eines historischen Denkmals mag man sich denn sehr ärgern, besonders weil es unter Ausschluss der größeren Öffentlichkeit geschah, im Geheimen sozusagen, wie man überhaupt oft der Geschichte selbst ein schwarzes Tuch um die Augen zu binden weiß.

Ismail scherzte wieder und versuchte alle von dem Einfall zu überzeugen, dass die Königin wohl einfach über einen schrecklich langen Zeitraum hinweg immer wieder ungeliebt blieb und sich aus Mangelglück an dem armen Buddha rächte.

Alle lachten, und auch wenn dies ein nur allzu schwacher Trost sein konnte, so waren beide Figuren anwesend und übermenschengroß, aus dem Klosterstein heraus – jubelnd! Zudem zählte man Unmengen an weiteren kleinen Nischen, Gebetsräumchen und sogar Bemalungen der Innenflächen. Besonders ekstatisch erhob sich der Blick, wenn man aus einem der winzigen Gässchen einer frontal gelegenen Siedlung dieses *skulturale Gebäude* vor sich besah, wie es steil und ohne jegliche Ankündigung hochschoss.

Undenkbar, so zu leben, dachte sich Jakob, *undenkbar, jede Sekunde des Tages und der Nacht diesen Hochbau der Zeit in seiner ganzen Unwirklichkeit der Übergröße zu erleben.* Es wäre freilich ein im Wert unschätzbares Wohnen, ganz inmitten dieser Kammer des namenlosen Bildhauers. Manch Fensterchen war hellblau gestrichen, vergilbte Vorhänge zierten sie, kleine Lädchen und Souvenirs, überall offen stehende Türen, Männer in Turbanen, viele Hazaren – in deren misstrauischem Blick man beinahe Gleichgültigkeit über dieses sich unmittelbar um sie herum bildende Zeitenwunder zu sehen glaubte.

Der Anspruch des Phantastischen war dem Ort wie einverleibt. Das war die Herrschaft der Kunst über den Menschen, Schloss der Schlösser, schweigender Palast. Die Symbolik siegt ja immer noch vor dem Abbild, die Allegorie verblutet nicht so schnell wie das Bild.

Das Nebeneinander von Kunst und Felsen aber war noch ein weiterer Kreis des Ausdruckes, der sich in einer noch notwendigeren Bahn um die Empfindung zog, die man hier empfand. Immer wenn der Mensch sich ergibt, wenn er hin sich gibt, so mag er von der Form besiegt worden sein, aber wiederum ist er der Sieger über die Form, weil er sie mit Bewunderung beschaut.

Der sanft geriffelte Faltenwurf des durchscheinenden Umhanges mit seinen oberen Verzierungen fiel von den lieblichen Schultern Buddhas ab.

Sein voller und breiter Mund schmunzelte.

Ja, unser Sieg ist das Staunen, das Schwärmen, das Leuchtenkönnen!

Mein Brüllen ist nur für die Ohren der Wüste

Es war später und blautrüber Abend um sie herum,
frisch und leise nieselnd.
Rafat räusperte sich:

Sie sagen:
Im Jenseits sind wir Beschenkte ewiger Ruh.

Doch wo die Seele nicht zappeln und nicht ringen kann,
— sagt mir —
was für eine Herberge soll uns das sein?

Dann sprach er über das Gedicht, sprach von seinem
echoisierenden Verlauf, der viele Bedeutungen mit sich
rufe, welche dann einzeln nebeneinander erschienen. Er
brannte für *Mirza Abdul Qader-e Bedel*, jenen Dichter, dessen Geburtsort ebenso umstritten ist, schwankend zwischen Indien und Afghanistan, wie seine Lyrik selbst.
Da'ud hatte dem Jungen schon sein ganzes Dasein lang
rezitiert, und sehr früh, womöglich zu früh, hatte Rafat
die Gnadenlosigkeit an ästhetischer Bedeutung und ihres stets damit einhergehenden philosophischen Bühnen-
bildes dieser umwerfenden Vierzeiler begriffen und für
sein Höchstes erklärt.

Das sprachliche Beben des *Meisters*, so nannte er seinen *Bedel*, konnte nur schwerlich ein anderer Meister

übertreffen, beheben oder gar lindern, mit Nicht-Meistern kam ein Vergleich freilich erst gar nicht in Frage. Es war also kühnstes *Dari*, in dem sie sich verständigten. Sehr alt, klassisch und höfisch beinah, über die vielen Jahrtausende in seinen Molekularzweigchen bis auf das Zarteste verfeinert und in langen Perioden der Dichtung bis zur Blüte erprobt.

Rafat achtete das Wort über alle Maßen, aber *dieser* Dichter, dieser eine große Dichter peinigte ihn auf solch herrliche Weise, dass er manchmal eines seiner Gedichte für Tage, ja Wochen von sich fernhalten musste, um es nicht wieder und immer wieder zu lesen und schließlich darüber zu zerfallen, denn ebendas taten sie mit ihm.

Wie also schon gesagt, sprach er ausführlich über den Sinn und redete in einem solchen Sturm, dass die anderen ohnehin einen Schritt rückwärts zu schreiten gezwungen waren. Er war davon getrieben, dass dies ein *vollkommenes Gedicht* sei, weil *Bedel* den Doppelgedanken des Ewigen und Erlösenden aufdecke und somit überhaupt eines der wichtigsten kulturellen Anliegen *menschenschön* offenbare, der Mensch muss und er *will* leiden … das erst macht ihn so bedeutend, so düster, und alle süße Schönheit liegt in unserer Sterblichkeit allein.

Es regnete nun sehr stark. Zu viert saßen sie innerhalb einer einsamen Nische. Buddha schlummerte in seinem Felsgemach, als würde er jederzeit heraustreten.

Jakob nahm einen Schluck vom süßen Schwarztee zum Brot und aß dazu frische Zwiebeln und mit Salz und Pfeffer gewürztes kaltes Lamm sowie als Beigeschmack noch Pfefferminze. Pur'dill brach sich ein großes Stück Fladenbrot ab, es war ein sehr langes Brot, mit Kümmel bestreut. Er überlegte kurz, aß bedächtig und fügte dann ein weiteres Gedicht hinzu.

Das schwingenlose Gefieder
Weilt allerorts im Käfig.

Auch ich bin immer dort, da mir das Eremitensein verwehrt blieb,
Besitzer der Kultur geworden.

Pur'dill versuchte seine Stimme und ihren Klang an den Abend anzupassen. Er sprach es ruhig und so, als würde er das Gedicht in seiner poetischen Moral *entkleiden*. Und es spielte rein gar keine Rolle, dass die Verse ohne Bezug zueinander vorgetragen wurden, manchmal ging es schlicht darum, in einen Wortrausch zu geraten, der einen strudelartig packte!

Ismail kreiste ein wenig mit seinem Kopf, damit drückte er aus, wie der Wahn beginne, wie das Begehren um die Lyrik allmählich alle Kräfte aussetze und zugleich alle diese stimuliere.

Pur'dill lobte die *Harmonien der Gedichtsphären*, wie sie sich gegenseitig bedingten und wie schließlich die *herbe* Pointe ganz *zerbrechlich* entstünde. Kultur sei im Grunde immer eine Eingrenzung, aber grenzenlos ist die Kultur selbst verfasst!

Jakob beobachtete sie schweigend. Man erhob also eine Art elementaren Anspruch, wenn man so rezitierte, das fühlte er. Es war diesen Jungen, besonders dem Sohne des Ustad, ein kaum auszuhaltendes, ihn nötigendes und ihn verführendes Spiel, und eben mehr noch als ein Spiel, eine Gewissens- und Herzenspflicht.

Wieder begann Rafat:

Der Wimpernschlag eröffnet uns das Diesseits.

In unsere Hand,
Legten sie den Schlüssel einer offenen Tür.

Wollust fiel als Licht- und Schattenspiel von seinem Gesicht. Er kreiste wie ein Kreisel zwischen den Schilderungen, und es waren die *poetischen Gelegenheiten dieser uneingeschränkten Poesie*, für welche er sich so dankbar zeigte. Er pries zudem die *Dokumentation eines Nichtzaubers*, eine offene Tür aufzuschließen gleiche hier nämlich einer Demütigung, geboren zu werden, ohne leben zu wollen …

Der Regen benässte ein wenig ihre Kleider, die Nische war nicht bergend genug.

Jakob hatte kurz sogar den einstigen Grund seiner Reise nach Afghanistan vergessen, einfach vergessen, so wie sich manchmal im Menschen etwas verschiebt, verleugnet, versteckt – um zugunsten einer höheren und sinnlicheren Begründung zu weichen, die er ja bereits mit der Kalligraphie Da'ud Hussainis und nun auch in der Begabung des Jungen gefunden hatte.

Rafat fasste sich an die Stirn, mit offenem Mund, aus dem die Laute und Töne des Gedichtes noch immer nachflossen. Er machte auf alle einen erschrockenen und sehr auffallenden Eindruck, hatte sich in seiner Seele längst

dem Untergang und dem Sieg der Dichtung verschrieben,
längst sich von den anderen entfernt, um als Krieger des
Wortes in den größten und eitelsten und teuersten Krieg
zu stürmen. Jetzt trat auch Ismail in die Reihe der Bedel-
Verehrung, und auch wenn seine angeborene Leichtsin-
nigkeit nicht gänzlich schwand, so war da doch etwas
Hinzugekommenes, ihn Erweiterndes:

> Ich bin der Vogel Homa'sorrah,
>> der Hochschwebende!
>>> Keine Fliege unter meinem Blauhimmel.

> Und was ist mein Ausweg?
>> Wo doch auch in diesem Hause,
>>> niemand mich umgibt.

Übrigens dachte Rafat bei sich, wie fürchterlich wahr dies
sei, wie wirklich das Gefühl einer Leere. Konnte aber nun
ein solch junges Geschöpf, wie er es war, bereits all diese
Fülle nachvollziehen, ja wissend empfinden? Es war erstaunlich, wie genau und abwesend zugleich er war. Sein
weiches Gesicht nahm eine kräftigere Farbe an, und irgendwie war es, als brenne ihm Zunge und Mund und
der ganze Atemweg hinunter bis zum Herzen, den Korb
der Seele umgreifend, den Leib entzündend!
　　Jetzt begann der Wettstreit!
　　Pur'dill grinste spitzbübisch und suchte innerlich in
Sekunden nach einem weiteren Gedicht Bedels, das alles
spielte sich in solchen Bruchteilen von Augenblicken ab,
dass man die Zügel der lyrischen Gespanne nicht mehr

aus den Händen ließ und inbrünstig das Nächste erwartete, ebenso aber auch fürchtete.

Zeichner!
Umreiße nicht so sehr das Mal und den Strich.
Sondern bringe uns das Wesentliche!

Erregt feierte er die fordernde Anmaßung des Dichters gegenüber
dem Zeichnenden, seine Überlegenheit und die Erhebung
zu demjenigen, der den Mangel an Darstellung erkennt, miss-
billigt und statt der getreuen und toten Abbildung die
atmende Wiedergabe der Seele verlangt, denn an dieser
Stelle ist zu bemerken, dass mit dem Wesentlichen hier
die Hoffnung gemeint ist.

Überall rauschte der Regen.

Rafat erhob sich etwas, sodass er sich auf den Knien
abstützte und um einen Kopf erhöhter ins blaugrüne Tal
schweifte. Und als würde er etwas gestehen:

Niemand
gleicht in seinem Unglück mir.

Das Sein verkam im Netz,
und vom Jäger − keine Spur.

Rafat bejubelte die starken Mächte im Gedicht, insbeson-
dere die schon vertraute Rückführung auf sich selbst, den
Dichter, dessen Leid die wirkungsvollste Fähigkeit besitze, un-
geachtet aller übrigen Menschen, ein Recht, welches der
Dichter sich selbst verleiht. Gleichwohl sei es das vulka-

nischste von allen Versen, denn mit der *vergeblichen Suche nach dem Jäger* sei ja der verlorene Glaube an *Gott* gemeint. Und Rafat gab die Runde diesmal nicht ab, sondern setzte von neuem und ganz so an, als gäbe es keinen mehr, der von da ab hätte weiterkämpfen können, längst hatte er selbst die Schlacht bestimmt!

Öffnet meine Brust,
es wird Liebe ihr entspringen.

Wie auch des Steines Rätsel
— Feuer — ist.

Oh nein, jetzt ging es nicht mehr darum, kühn zu kämpfen, sondern Räuber, Räuber, Räuber zu sein! Mit dem frenetisch kostbaren Siegeszug im Antlitz nahm er immer wieder von neuem Anlauf, schleuderte wie ein Kriegsschiff und ohne Gnade ein Unglück an Schönheit nach dem anderen auf die übrigen Schiffe, entblößte unzählige, phantastisch luxuriöse Ungeheuer!

Etwas gefährlich Drohendes kam auf, der Regen wurde wieder stärker, und der Wind verweilte immer nur sehr kurz, als würde ein verrücktes Schattenwesen sie umeilen. Allmählich blickten ihn alle mit schiefem und verwundertem Lächeln an. Er aber fuhr in demselben Ton fort, gleichmäßig und unersättlich schön:

Was findest du nur an Kloster und Khabba,
Bedel?
Weißt du denn nicht, wer die — Seele — bewohnt?

Er dirigierte sein Orchester in entladender Sinnlichkeit, alles in ihm war wie besessen, und wie ein Tobender wiederholte er das Gedicht einige Male, ohne sich zu beschleunigen, ja in dem gleichen festen und silbrigen Ausdruck der Worte verneigte er sich vor dieser *Verkündigung des Dichters*, der in aller Zärtlichkeit gestand, dass *Gottes einziges Haus die Innerlichkeit des Menschen sei* — keine Kirche, keine Khabba. Und als wäre ja doch nur alles Wissen grausam und als *könne* man ja gar nichts wissen, setzte er ein letztes Mal tapfer an:

> *Von den Karten aller Bildung bis zum Schicksal des Menschen*
> *War alles, was jemals wir und schließlich darin sahen,*
> *schwarz.*

Pur'dill stand wütend auf, das Lächeln hatte sich längst verzogen, mit rot unterlaufenem Gesicht und wie zum Duell bereit. »Bei Gott, ich kann nicht mehr! Hör auf … HÖR AUF!!«

Jakob schaute begierig von einem zum anderen!

Rafat machte sich rein gar nichts daraus, sondern hielt die leere Tasse Ismail hin, der ihm daraufhin eilig Tee eingoss, wie ein Diener seinem Prinzen.

»Sehen Sie, Jakob, nicht jeder kann der Poesie standhalten, verdammt noch mal, jetzt setz dich wieder!«, zischte Rafat, ohne Pur'dill eines Blickes zu würdigen. Dieser fluchte noch ein, zwei Male, nahm aber dann wieder unwillig seinen Platz ein.

»Ein wenig tut es mir für Sie leid, Jakob, dass Sie all diese Worte nicht verstehen konnten. Aber es wäre eine falsche Mühsal geworden, hätte ich sie Ihnen übersetzt. Mein Englisch ist ziemlich gut, und mein Bruder Hashmat, aber das wissen Sie bereits, spricht sogar Deutsch.

Jedenfalls will ich nur darauf hinaus, dass es ganz unmöglich wäre, eine solche Poesie zu übersetzen.«

»Das sehe ich auch so, aber kann man nicht zumindest einen Sinn freisetzen?«

»Einen Sinn freisetzen, Jakob? Einen *Sinn*? Was meinen Sie damit? Und übrigens: nein! Das geht nicht. Denn dann würden Sie ja über den Sinn des Dichters hinweg einfach einen gröberen und allgemeineren Sinn entwickeln müssen, dann aber töten Sie ja das Gedicht!«

»Gut, einverstanden. Dennoch, ich meine, es ist bisweilen möglich, über die Brücken von ähnlichen Bedeutungen, wahrhaftigen Entsprechungen und sagen wir, einem innigen Verständnis – zu übersetzen.«

»Hört, hört. Aber ich bleibe dabei, und Sie scheinen mich noch immer nicht zu verstehen. Sehen Sie, Jakob. Wenn Sie wüssten, was hier heute Abend an *Wort* verrichtet wurde, wenn Sie das wüssten, wenn Sie also folglich die Worte in ihrem sogenannten *Sinn*, in ihrer, wie Sie sagen, *Wahrhaftigkeit*, in ihrer, wie es heißt, *Entsprechung* erkannt hätten, was Sie ja nicht können, weil es nicht Ihre Sprache ist, hätten Sie aber – dann würden Sie das einsehen, einsehen, dass man solche schriftlichen und kunsthohen und faszinierenden Katastrophen nicht einfach einer Übersetzung unterzieht.« Rafats Stimme war zwar wieder eine entspannte, aber noch immer heiser und ergriffen vom inständigen Vortrag. In seiner überwallenden Jugendlichkeit und in seinem Versfieber drang er bis ans Äußerste.

»Dari ist eine mächtige Sprache, Jakob, und wenn nun ein solcher Dichter wie *Bedel* zu uns spricht, dann duldet er kein schwaches Verständnis. Es würde aber auf ebendas hinauslaufen, würden wir seine Gedichte übersetzen. Und nicht nur das, selbstverständlich vermag auch nicht ein jeder hierzulande vollends dahinterzusteigen, und drei Mal Gott sei Dank, denn so bewahrt man sich die stillen Künste, solche, die man sich nämlich erst einmal ordentlich erschließen muss, die man erst einmal begreifen muss, weit entfernt von Beliebigkeit, ja verschlossen in ihrem Innersten sind sie. Und der *Schlüssel* ist das Verständnis, die *Sprache*, der Bezug – die Nabelschnur.

Seine Gedichte gehen über das Schöne und über das Religiöse hinaus, obwohl sie all dies auch in sich einschließen, so reichen sie dennoch darob hinweg. Und das ist so teuflisch, verflucht noch mal so göttlich an ihm!

Timur Shah aus der *Durrani*-Dynastie machte das darisprachige Kabul zur Hauptstadt und löste damit das pashtunische Kandahar ab, stieß dabei natürlich auf reichlich Widerwillen und Ablehnung. Viele Dummköpfe behaupten nämlich, Kabul sei ohnehin prächtiger als Kandahar, aber so ist es nicht. Dort gibt es noch mehr Ausnahmegesichter, noch saftigeres Obst, noch milderes Klima und eine noch vergeistigtere Gesellschaft. Übrigens schrieb *Timur Shah* selbst Gedichte, keine von bunter und fesselnder Kraft, wenn Sie mich fragen, aber einfache Reimchen in spazierendem Tonfall und mit grundlegenden und damit ewigen Bedeutungen. Er machte gern Konversation in *Dari*.«

»Es fällt mir schwer zu unterscheiden, was sprechen Sie denn nun, *Dari* oder *Persisch?*«, fragte Jakob.

»Sehen Sie, Jakob, es ist doch so, wenn wir ehrlich sind, ist das alles nur politisches Vokabular. Da ich aber nun den Kern Ihrer Frage verstehe, will ich ihn auch beantworten. Wir sprechen selbstverständlich Persisch, doch die Bezeichnung hierfür weicht in den jeweiligen Ländern ein wenig voneinander ab. Wir Afghanen sagen *Dari* dazu. Es ist sehr alt, war mehr die Hof -und Schriftsprache des Persischen. Es klingt zudem ein wenig klarer und nicht so maniert wie bei den Persern.

Und wieder kommen die schon eingeführten Perser ins Spiel, ohne die wir heute nicht da wären, wo wir sind, will sagen, beinahe jedes der Bücher, die ich bislang gelesen habe, alle großen Klassiker *Ihrer Welt*, Jakob, werden im Iran übersetzt und gedruckt. Und was für Welten mir damit schon eröffnet wurden und wie ich unter all den Wahrheiten litt! Wie sagte doch gleich der russische Meister, *denn ich leide doch gleichfalls, ganz so wie du, unter dem Phantastischen, und darum liebe ich euren irdischen Realismus!* Verstehen Sie denn nicht?! Da gibt es meine orientalische Welt der Gedichte, das *Phantastische*, und dann die großen Romane Ihrer Welt, Jakob, der große *Realismus*, und zusammen … zusammen sind sie kaum zu ertragen für mich in ihrer gewaltigen Schönheit! Ich verliere noch den Verstand, ganz sicher verliere ich den Verstand … irgendwann!

Es ist so, man kann zwar einen Mittelweg des Austausches finden, aber wie soll ich denn einem Anderssprachigen meinen *Bedel* erklären? Wie, wenn ich nicht *seine*

Worte, *seine* Poesie dazu verwenden kann? Ein schrecklicher Gedanke, nicht?

Ich glaube ... ich glaube, es wäre mein Tod.« Rafat sagte das ganz fern der Impulsivität seiner jungen Männlichkeit, ganz im Ernst und unter der Bedrohung des Möglichen, der Vision des tatsächlichen Eintreffens eines solchen Schicksals.

In hoffnungsvoll haltloser Unendlichkeit aber, ja nennen wir es Unsterblichkeit, hatte Rafat sein Herz in den Fels des Buddhas gehauen, der all das mit angehört hatte. Als *Gast dieser Stunden* bezeichnete sich Jakob fortan, und gewissermaßen war dies ein Bund für alle Zeit, den er nun mit diesen jungen Afghanen eingegangen war. Ein gemeinsames, höchstes, allein aus Metaphern bestehendes Gelüst würde sie nun auf ewig miteinander verbinden.

Und für Jakob stand fest: Eine ungefühlte, neue Sittlichkeit hatte sich seinen vertrauten Sittlichkeiten an diesem Abend angeschlossen.

Es war die Sittlichkeit der Dichtung, die Moral der poetischen Verfassung einer Seele und ihrer begehrlich unheimlichen, wunderlichsten Gesetze, die der junge *Feuerdichter von Bamiyan* in dieser Nacht verabschiedet hatte.

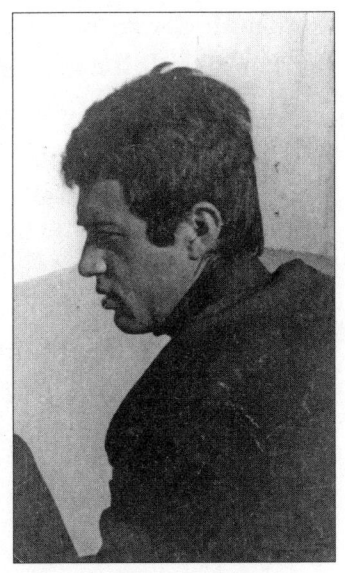

Der junge Dichter Rafat

**Ein Leben lang liebte ich nur die Einsamkeit meiner eigenen Stimme.
Was ist passiert?**

Bevor sie am anderen Morgen wieder die Rückfahrt antraten, sprang Ismail noch einmal auf den großen Zeh von Buddhas rechtem Fuß. Von da aus rief er laut eines der Gedichte des vergangenen Abends aus. Sie waren alle ein wenig benommen und erschöpft, unausgeschlafen und vielleicht sogar etwas erkältet. Aber sie waren reicher, viel reicher. Reicher an sich, an sich selbst.

Jakob hielt sich die Fahrt über meist wach, um noch einmal all das zu erleben, und fuhr sogar abwechselnd mit Pur'dill selbst den Wagen, obschon ihn eine sehr rührige und glückliche Müdigkeit besetzte.

Diese langen Strecken inmitten der Ewigkeitslandschaft Afghanistans waren manchmal unendlich, riesige Flächen Steinwüste, die plötzlich irgendwo aufbrach, karg und weitestgehend einfarbig, eine staubige und rätselhafte Fahrt.

Der Lapislazuli-Himmel erstreckte sich in festlichem Dunkelblau.

Immer wieder pochten ihre Herzen beim Anblick der Natur und ihrer wie Einbildungen auftauchenden Dörfchen darin.

Jakob wusste, dass er möglicherweise niemals wieder an diese Orte käme, denn so etwas geschieht einem nur ein einziges Mal im Leben. Er dachte an den verstorbenen Freund, erinnerte sich an sein Lächeln, das in den doch eigentlich so wagemutigen Jugendjahren niemals unbedacht unwissend, sondern immer schon den anderen Mündern voraus schmunzelte. *Einer, der immer schon mehr über uns wusste, als wir selbst es konnten ...*

Viele Stunden zurück nach Kabul, das hier war die Mitte – nein, das Herz der Welt! Und es hatte ihn erfasst, ihn, der sich verfinstert hatte zu Beginn und der immer einer solchen Finsternis gefährdet sein würde, weil diese Seele eine tiefe, unordentliche und malerische Seele war. Malerisch war aber auch ebenso das Antlitz dieses Deutschen, der in der fein geratenen Gesichtsbildung einem Schlossgarten der Renaissance glich.

Von dem Haar, das in fliegenden Wellen um ihn kreiste, an den Schläfen bereits silbrig behaucht, ging eine runde, weite, kluge und weiche Stirn hervor, die sich wie eine Terrasse über das Anwesen erstreckte, um nach dem eigenen Gartengesicht Ausschau zu halten. Eine Stirn, die aus dem dunklen Ansatz heraus als Geheimnis zurückblieb.

Wie eine Weisung ging sie dann zu den Brauen über, die wie Kirchenfenster, wie grazil geschnittene Hecken schwarze Sicheln um die Augen spannten, lang und schwarz über dem Blick. Inmitten wurden sie sich dann einig, ganz und gar einig, trafen in Symmetrie und Gleichklang aufeinander, und ebenhier lag die stillste Ruhe des Gesichtes, in Form einer schmalen Falte, die als aufrechte Achse einer baumlosen Allee sturmlos und demütig emporlief. Und hier verbarg sich wohl die Galerie seiner Gedanken und es erhoben sich die Lider wie Flügel. Ehe sie dann nach wildem Zwinkern des Wimperngefieders wie ein Käfig voll rauschender Tauben die Augen eröffneten, deren Blau ein Grün und deren Grün ein Blau war.

Führte sodann eine schmale Brücke zur Nase, die sich wie ein kleines Schloss über dem Gartengesicht erbaute und als zart überkuppelter Turm entsprang. Ganz sündhaft und nach vorn gewölbt, erhob sich etwas weiter unten ein brokatener Mund, dessen Bewegungen wie ein roter Vorhang schimmerten. Und gleich einer unmittelbar darauf folgenden Beichte, einer Verzeihung um der sündigen Schönheit dieser Lippen wegen, setzte ein köstlich kleines Kinn an, maniriert und engelhaft, das wie das Kinn einer eben erwachten Barockskulptur über diesen reizenden Abschluss des Gesichtes hinweg die Linie des hochschönen Leibes fortzeichnete.

Als sie dann schon nach Kabul einfuhren, folgten sie nur noch etwa eine dreiviertel Stunde lang einem sich absehbar schlängelnden Landweg, der mit einem Schild die Stadt bereits ankündigte und von wo aus man die Berge aufschießen sah. Auf den Hängen die Häuschen der Armen, ja – hier lebten sie erhoben! Ernstlich aber war es gar kein Glück, denn sie mussten täglich ihr Wasser den steilen Hang hinauftragen, und manch einen sah man schwer schleppen.

Vom Baghe Babur aus war es besonders dramatisch anzuschauen, wenn sich urplötzlich diese fast senkrechte Kulisse wie eine Skizze dahinter aufstellte, *in den Berg gebaut*, anders kann man es nicht ausdrücken. Über ihnen dann die steinernen Gipfel.

Baghe Babur, das war ein etwa zweigeschossiger langer Bau, dessen flaches Dach noch über die Fassade hing, von langen, schmal, filigranen weißen Säulen gestützt, terrassenartig umzäunt und dann in prächtige Gärten hinabgefächert. Vor allem aber ein Café blieb Jakob lange Zeit im Gedächtnis haften, das Qargha, nahe einem See gelegen, zwischen Paghman und Kabul, von schneeweißen Sonnenschirmen umstellt, Ort von Konzerten, wo die Frauen mit hochgestecktem Haar und Sonnenbrille in ihren pastellfarbenen Röcken aufmerksam und kokett maskenhaft lauschten.

Hier staute man eine Art Damm, Band-e-Qargha, mit Wasser aus einem Paghmaner Fluss. So war die Bewässerung vieler Kabuler Grünanlagen möglich, die schließlich der einzige Kontrast zur monochromen Bergstadt waren.

Zum Fuße der Berge aber eröffnete sich einem ein saftig grüner Streifen Land, Bäche entsprangen den Wiesen, kleine Steinwege führten einen in nahe gelegene Dörfer, und manchmal entdeckte man einfach zwischen Waldeswegen Obstverkäufer, die mit glitzernd bunt bestickten Kappen auf dem Kopf ihre Ware anpriesen.

In Kabul *Shor-e-naw* war das Getriebe groß, die Schulmädchen kauften sich auf ihrem Nachhauseweg *Shoornakhot*, eine afghanische Spezialität aus Kartoffeln und Kichererbsen, in einer pikanten Sauce, sie waren fein herausgeputzt, manche mit sauber geflochtenem, züchtigem Zopf, manche mit erhobenen und eleganten Frisuren. Die Röcke waren kürzer und die Kopftücher teilweise ganz verschwunden.

Die Autos fuhren dränglerisch, es gab hier volle Kreuzungen. Aus der Menschenmenge ragte manches Mal ein weißer Turban hervor, und besonders auffällig für Jakob war die Art des Überwerfens der langen Schals männlicher Trachten, ihm war es unbegreiflich erhaben, wie sie das taten, mit Herrscheraugen und jenem *unverzeihlichen Stolz*, und er war davon überzeugt, dass dies eine *unbedingt afghanische Bewegung* sei und sonst nirgends auf diese Weise geschah. Obwohl er ja längst nicht die Erde umreist hatte und so viele andere Volksgesten gar nicht kannte, war er sich dennoch ganz und gar sicher, dass es so sein musste. Nichts hätte ihn von dem Gedanken abbringen können. Und wer weiß? Vielleicht stimmte es auch …

Als sie ankamen, wartete ein großer Dienstwagen, den Jakob schon manches Mal bemerkt hatte, vor dem Haus.

Da'ud Hussaini stieg ein, in einen grauseidenen Anzug und rot-weiß gepunkteter Krawatte gekleidet – *kleinen Punkten*, er besaß nämlich auch noch eine mit sehr großen Punkten darauf –, mit der Karakul-Kappe auf dem Kopf und einem ernst verriegelten Lächeln auf den Lippen.

»Wo will er hin?«, fragte Jakob überrascht.

»Heute ist Donnerstag, da geht er immer zu König *Zahir*.« Rafat stieg noch eilig aus, um seinen Vater zu verabschieden.

*

Da'ud Hussaini aß donnerstags mit dem König zu Mittag. Als Hofkalligraph fiel ihm damit eine sehr hohe Aufgabe zu, denn der König war wählerisch und elegant und er verehrte seinen Schönschreiber.

Nachmittags fuhren sie gern im Landrover in die Umgebung außerhalb Kabuls, wo der König Gärten besaß, auch ausländische Blumenarten gediehen dort in Wintergärten. Hier fuhr der König gern selbst, war aber stets begleitet von Mohammed Rahim aus Panjshir, dessen Vater schon für die Shah-Familie gedient hatte. In der Stadt fuhr er den König in dessen sportlichem Dodge. *Zahir Shah* bewegte sich innerhalb Kabuls niemals im Schutz der Polizei. Übrigens war Rahim schon sein ganzes Leben lang des Königs Begleiter und der Einzige, der das Schlafgemach betreten durfte, wenn dieser schlief, um ihm wichtige, dringliche Nachrichten zu überbringen.

Das war ein wunderbar orientalisch hergerichteter Raum mit Wandarbeiten und einem aufwendig geschnitzten Bett, das von einer seidenen Überdecke geschmückt war und nahe dem Fenster stand, chinesischen Kommoden auf langen Spinnenbeinen, subtilen Teppichen und Marmorwerk.

Gerne gingen sie auch auf die Jagd, Da'ud im Tropenhelm neben seinem König, der dann in jungenhafter Manier Ausschau hielt.

Ein einsamer König, der schöne Frauen liebte und eine, sagen wir, *innere Demokratie* besaß, von aufgeklärter und verständiger Seele war, aber auch ebenso zart, wissbegierig und rührend in seiner Offenheit. Er lebte eine ungewöhnliche Konzentration beider Welten, dem Orient wie dem Okzident, das bezeugte die Sinnlichkeit des Palastes *Arg*, der von außen vielleicht noch ein wenig wag-

nerianisch wirkte, ja etwas Vergeltendes und Unschmei-
chelhaftes lag in der Architektur, innen jedoch aus einer
schamvollen Phantasie bestand, eben wagnerianisch.

So erinnerte Da'ud stets eine alte Wandmalerei, auf
welcher mehrere Jäger in Turban und kostbaren Gewän-
dern, einem Tier nachjagend, mit den schnellenden Pfer-
den schweifend in den Goldgrund einer winterlichen
Landschaft eindringen.

Die gemeinsamen Augenblicke beruhten auf gegenseitigem Interesse, denn der König suchte sich seine Menschen aus. Da'ud hatte vor allem durch seinen familiären
Rang einen natürlichen Zugang nach *Arg*. Und für den
König ging es über das Gespräch an sich hinaus, so fragte
er in vielen Belangen nach Da'uds Meinung, nach seinem
Gefühl, nach seinen Gedanken und seinem Urteil − wer
besitzt hier und da eine schöne Schrift, Schönschreiber
nämlich gelten im kalligraphischen Orient als vornehm,
ferner darüber, welche Windungen und Momente einer
jeweiligen Handschrift wohl dazu führen könnten, als
schön zu gelten, freilich sei *schön* wiederum kein freies und
wählbares Bestimmen vom Grad der Arbeit, sondern un-
terstehe den uralten Gesetzen der Kalligraphie.

Wenn es nicht *Bedel* war, über den sie sprachen, so
womöglich die Bildung des Landes, schulische Verbesse-
rungen, kulturelle Belange, gesellschaftliche Anliegen, bestimmte Kreise, bestimmte Personen. Der König vertraute
ihm viel an, und so kam es, dass Da'ud zunehmend eine
beratende Funktion einnahm. Dabei war Da'ud Hussaini
ein stiller und maßloser Charakter und von einem aggres-
siv offensiven Ausdruck im granitischen Wesen.

Mit spitzem Ziegenbart am Kinn, einer am oberen Rand dunkel verkleideten Brille, was seinen braunen Augen eine noch bedrohlichere Umwitterung verlieh, und einem undurchdringbar exzentrischen Stolz auf den befangenen Lippen – liebte er seinen Herrscher in unmissverständlicher Aufmerksamkeit und Verfügbarkeit.

Der König, ein magisch leichtsinniger und unternehmungsfreudiger Mann mit einer auffällig tiefen und attraktiven Stimme, fruchtig dunklem Teint, einer reizenden Hakennase und von ursprünglichem und üppigem Bedürfnis nach stets vorzeitiger Festlichkeit – eines jener Geschöpfe, denen ein Bleiben nur im Tanz entsteht – verehrte seinen Kalligraphen.

Das waren Apollo und Dionysos, die, vom Leben so tragisch, so verklärend zusammengeführt, einander ihren liebenswert verfänglichen, still zauberischen Aufenthalt schufen.

Ein König, der zu Beginn seines Regierens ja noch gar keine Macht ausübte, das tat noch *Ashem Khan* für ihn, der damalige Premier und Onkel, der allerdings seine Sympathien für die Cousins *Zahir Shahs* schon früh zeigte, so hatte einer von ihnen auch seine stattlichen Anzüge vererbt bekommen. Übrigens wurden auch Generäle wie Turabaz Khan unter *Ashem Khan* groß und namhaft. Mit seiner neuen Verfassung aber hatte sich der König dann Anfang der sechziger Jahre durchgesetzt. Für manch einen Kabuler die schönste Zeit seines Lebens. Ein Moment eleganter Freiheit …

Und auf Proteste, in denen man nicht davor zurückschreckte, Hunde als den König zu verkleiden, reagierte

Zahir Shah nicht, ja er ignorierte sie. Ein ewiger Prinz eben, dem man einst, nur wenige Stunden nach dem Tod des Vaters, König *Nadir Khan*, das traditionelle *Langota* um den Kopf band und ihn zum König ernannte.

Das war ein trüber Tag damals, als im Garten *Arg* die Zeugnisse der Oberstufenschüler der *Nejat*-Schule vom König selbst vergeben wurden und einer der Jungen, noch vor dem beglückwünschenden Händedruck des *Nadir Shah*, nach seiner Pistole griff und schoss. Er war Sohn eines afghanischen Bediensteten, der den Tod seiner *Bahdar*, seiner ehemaligen Herren rächen wollte, die er inniglich verehrt hatte.

Da'ud Hussaini vernahm damals den Schuss aus der nahe gelegenen Druckerei, in welcher er sich zu den besagten Sekunden aufhielt. Als er gemeinsam mit seinem Bruder Eshan auf die Menschenmenge zulief, war alles außer sich. *Shahmahmud Khan*, ein Bruder des Königs, sollte als Nachfolger in Frage kommen, schickte aber entgegen allen Erwartungen nach dem jungen *Zahir-jan*.

Und der schwarze Schwanenprinz wurde König, ganz plötzlich, wie vom Schicksal geneckt. Oder wie vom Schicksal verraten?

Da'ud Hussaini mit *König Zahir* im Garten des Palastes *Arg*

VIERTES BILD

Das Reiskorn

Zur Begrüßung deines Zopfes

Shirin und Safurah strahlten. Ihnen war das Glück, das ihnen allein schon die bloße Anwesenheit Rafats bescherte, so sehr ins Gesicht geschrieben, dass man ohne Übertreibung sagen könnte: Es war die hundertfach gesteigerte Freude – von allem Sonstigen.

Er war zu einem jungen Mann herangewachsen, engelhaft schön, bleich, hoch und schlank. Sogar das Haar hatte sich dunkler gefärbt über die Zeit und war ins Dunkelbraun gezogen.

Die uneingeschränkte Verwöhnung, die man ihm schon seit jeher schenkte, hatte sich keinesfalls verändert, sondern war sogar noch gestiegen. Er war nach wie vor der Liebling und Spatz der Familie, nach wie vor ein schwarzer Schmetterling und Verkünder der Poesie.

»Hast du auch genug gegessen?« Safurah strich ihm über die Stirn, während er sich zu ihr setzte und den Kopf auf ihren Schoß legte. Shirin kam mit Tee und Gebäck herein.

In diesem Zimmer des Hauses saß sie oft gemeinsam mit Safurah. Überall lagen Sitzkissen ausgebreitet, auch ein *Sandali* befand sich hier, eine Art Heizung, in die man sich dann gemütlich hineinschlich, denn sie war weich gepolstert und in der Mitte besaß sie sogar ein flaches Tischlein. Das war sehr vergnüglich, besonders weil es Platz für mehrere Personen gab und man so manche kalte Winterstunden darin verbrachte. Oberhalb der Tür hing ein Porträt Da'uds, das ihm einmal ein verehrender Freund angefertigt hatte.

»Wie? Hat er noch Hunger? Dann hol ich ihm etwas Richtiges!« Shririn erhob sich wieder, nachdem sie sich soeben erst gesetzt hatte, zog den zart durchsichtigen Schleier von sich und war im Inbegriff, noch einmal in die Küche zu gehen.

Rafat versicherte, dass er ausreichend gespeist hatte und vollkommen gesättigt war. Stattdessen griff er in seine Tasche und holte ein Stück Papier hervor.

»Hört euch lieber an, was ich vorhin geschrieben habe«, und mit etwas theatralischer Präsenz, um den Damen zu schmeicheln, trug er sein Gedicht vor, dessen Pracht allerdings ein wenig unter seinem Wunsch litt, die beiden zum Lachen zu bringen und somit das Gedicht in überzuckertem Ton vorzutragen.

Deine Augen sind ein Bild ...

Die Tauben schlummerten in ihrem Häuschen. Der Himmel war still und hing wie ein riesiger Schleier über der Stadt.

Zobaida öffnete ihr langes grauschwarzes Haar und kämmte es erneut – es reichte weit über ihre hageren Schultern hinaus –, flocht es in ihrer ewig mädchenhaften Anmut und wickelte das Haar dann zu einem dicken Knoten am hohen weißen Nacken zusammen. Von dem Aufwand der Frisur war somit jede Spur verwischt. Dabei lächelte sie sanft, auch Safurah lächelte auf diese Weise.

Inmitten dieser *zwei Mütter*, wie Rafat gern sagte, fühlte er sich so wohl, dass es schmerzte. Denn das waren Momente leichtester Liebe und Zugewandtheit, was hätte ihm damals teurer sein, was hätte jemals an ihre Stelle treten können?

Zu sehen, braucht es den Mut

Wie sehr sich Jakob Benta im Laufe dieser ganzen vollen Zeit verändert hatte?

Nun, nicht besonders, um ehrlich zu sein. Seine auffälligen und eigentlichen Eigenschaften hatte er behalten, und warum sollte sich auch etwas an ihm ändern, wenn er ja längst in der *seinen* Welt auf das Kostbarste sich gefunden hatte?

Weshalb sollte er zugunsten der Fremde eine andere Farbe annehmen oder sich gar verfärben und den einstigen Ton zunehmend verlieren, ja vergessen wollen? Warum sollte das geschehen mit einem Menschen, der längst *ganz* war? Der nicht aus exotischen Gründen nach Kabul kam, sondern aus unumgänglich herzensnotwendigen Zwängen seines Inneren. Nie wäre er einem anderen Ruf als dem eigenen gefolgt. Und nun, da er inmitten dieser afghanischen Familie an jener *anderen* Welt teilnahm, war die Verwunderung über das Nichtübereinstimmen der Welten noch immer groß.

Allein es hatte sich sein Widerwille gelegt, die Natur seines intelligenten Trotzes. Hinzugekommene Seelenpaläste gab es reichlich und auch immer wieder herausragend gefühlvolle Momente, solche, die man nie vergisst … solche, die einen noch in hundert Jahren jagen würden. Die überschwänglichen Erlebnisse hatten also dazu geführt, dass er sich in das Land verliebte, es zu *lieben* be-

gann und in seinem sehnsüchtigsten Kern auch als fabel-
haft und weltenfremd bemaß.

Oft verwendete er den Gedanken, *die Welt wusste immer
schon mehr von Afghanistan, als Afghanistan von der Welt.* Und wie
recht hatte er, wie grandios hatte er das zusammengefasst,
was zusammenzufassen kaum möglich ist.

Das Leuchten in ihm, das war kein neues Leuchten, sondern eines, das er möglicherweise als sehr junger Mensch einmal verloren hatte und nun wieder besaß.
Ein vertrautes und eigenes und somit äußerst berechtigtes
Leuchten.

An dem *Menschen* Jakob hatte sich aber sonst nichts
verändert. Warum sich schließlich eine andere Welt an-
eignen? Warum das, wenn sie einem ja doch nie gehören
kann und wenn man ja seine eigene längst sich schuf.

Nein, er zählte nicht zu jenen ewig fern schweifen-
den Europäern, die überall sich ein Bleiben konstruie-
ren, sich andere Kulturen und sogar Religionen überstül-
pen und ganze Zusammenhänge aufreißen wollen, alles
verstehen und nachempfinden möchten und Gemein-
samkeiten ausrufen, wo es keine gibt. Er verachtete dieses
Vorgehen sogar mittlerweile, nannte es *ignorant* und *anma-
ßend*, nun, da er *selbst* erleben durfte, was es bedeutete, eine
fremde Sprache niemals vollends *tragen* zu können, weil
hinter einem jeden Wort immer auch ein wahnsinniges
Universum lauert, ohne dessen genaue Sternen- und Pla-
netenkenntnis eine reiche und feinsinnige Wiedergabe,
also das Bekunden der eigenen Innerlichkeit, nicht gelingen kann. Somit ist man als empfindsamer und an-
spruchsvoller Mensch ohnehin schon verloren.

Und warum sollte es nicht unterschiedliche Menschlichkeiten geben oder, wie er gern sagte, *wieso sollten sich die
Menschlichkeiten nicht fremd gegenüberstehen?*

Warum er aber nun so lange Zeit Kabul nicht verlassen hatte?

Nun, weil das Rätsel, das wild blutende Rätsel um
dieses Land, die traurigen Worte des verstorbenen
Freundes und zuallererst die Familie der Hussainis, die
nun einmal seine ganze Aufmerksamkeit auf sich zog,
sein Verweilen immer wieder neu beschloss. Ab einem
bestimmten Zeitpunkt lag es ja gar nicht mehr in seinen
eigenen Händen. Das Geschehen dieser eigenartig orientalischen Reise hatte ihm die Zügel entrissen, und das Ge-
spann folgte scheinbar nur noch den Windstürmen, deren
Richtungen in ihren unsichtbaren Rossen – mal verspätet,
mal viel zu rasend – auf die Entscheidung trafen.

Ist es nicht erschreckend, ist es nicht allerliebst, wie
unser *zutiefst Europäer*, der die Temperatur des Geistes seiner Städte nie und um keinen Preis verlassen hätte, nun
das leidenschaftliche Vermögen und den poetischen Besitz der entgegengesetzten Welt erreicht hatte …?

Zeit der Offenbarung des Raubes

Die Seele dieses begnadeten, afghanischen Kalligraphen, Sayed Da'ud Hussaini, bestand in ihrem größten Teil aus wertvoller, Kunst wollender Errungenschaft. Dieser ganz der Kalligraphie verschriebene Mensch, dessen Handschrift noch nie eine Niederlage zu verzeichnen hatte, verschaffte sich mit jedem Zweig und Ast seines inneren Baumes – und es ist die Rede von einem prächtigen und hochgewachsenen Baum – immer auch die Herrschaft über die Schrift, über den Buchstaben selbst.

Er hatte fern seiner dramatischen Begabung das *schöne Schreiben* so sehr verinnerlicht, so oft vollbracht und so genau vor sich erlebt, dass seine Schreibweise in ihren nun höchsten Ausgleich trat. Es war sinnliche Anbetung, was ihn zu all dieser Höhe führte, keine fromme Weihe. Es war der *entkleidete Buchstabe*, der von ihm ganz neu ausgerichtet und oft gar nicht wieder bedeckt, sondern in seiner bloßen Hoffnung und Bezauberung auf das Papier losgelassen wurde.

Skulptural und metallen in seinen schnellen Arbeiten, entzückend und fließend in seinen längeren Aufenthalten, aber immer im Glanze der Aufhebung von allem, was das Auge sich vorzustellen vermochte. Selbstverständlich war dies eine *überlieferte Anbetung*, aber in seinem Wesen hatte es die Seele entzündet, aufgerissen und beherrscht.

Sein Künstlertum war also stets überwacht von der eigenen Innerlichkeit. Diese ließ nicht einfach etwas zu, sondern wollte dies immer auch erst empfinden und erlauben, ja die Wut des Schaffens erst zulassen, nachdem sie auch das Herz passiert hatte. Bestätigung gab er sich nur selbst. Von keinem anderen nahm er sie an, auch wenn das ihn umsingende Lob groß war und einige der selbst könnerhaften Betrachter seiner Arbeiten, zuweilen gefährlich verstört und doch irgendwie angehalten, vor seiner Schrift zurückblieben. Ein solches Schöpfen von Kunstwerken mag gewiss von sanften Gründen bewogen, wie denn aber auch ebenso und zuallererst durch Zorn entstanden sein. Aus keinem gewöhnlichen Zorn, aus keinem einfachen Zorn, – ein Zorn der Verfeinerung, ein Zorn der Kultur muss es gewesen sein!

Sinnend für Stunden, bei sich allein, allein des Schweifens wegen und um des Sinnens willen, um nur bei sich zu sehen, was er nicht mit den Anderen teilen wollte. Zu sehen, was ihn leise quälte, ihn in kleinen raschen Geheimnissen überlief und heilig zurückließ, mehr noch, *beheiligt* von dem, was er gesehen, von dem, was ihn so reich und erschreckend beschickte.

Auch ihm hatte die Begegnung mit Jakob Benta nichts Eigenes genommen und nichts Eigenes hinzugefügt, weil auch er ihm als Ganzes begegnet war und alle Sehnsüchte, die er an das Leben stellte, nur zu ihm selbst wieder zurückkehren konnten. Der Umgang war es vielmehr, der sich als Ergebnis des gegenseitigen Ausdrucks – lichter und ineinander versinkender – verändert hatte. Genauigkeit war es, die entstanden war, voreinander. Ein Verständnis für Momente bildete sich in ihnen aus, das Wissen von einer anderen Existenz. Um keinen Preis aber hätten sie in ihrem durchaus entstandenen Verlangen nach dem vollkommenen Bilde jener jeweils *anderen Welt* ihre eigene auch nur für Augenblicke verlassen.

Da'ud vergegenwärtigte sich seinen *orientalischen Blick* vor allem als *Rückblick*. Die Schule des Vorangegangenen empfand er als teuerste Erscheinung seines Schaffens. Nichts war ihm überraschender, unruhiger, gegenwärtiger und unwiderstehlicher als das, was er von seinen Ahnen übernahm, und in keinem ihrer Lehren sah er sich zu Ende, sondern immerfort in ein offenes, weißes Licht hinein. Mit ihm endete diese Haltung, denn bereits in der Generation seiner Söhne war ein Zögern bemerkbar, das sich auf das Ineinander- und Übereinanderschieben der Weltenplatten beziehen sollte, dem man nun in seinem Leben Einlass gewährte.

Da'ud aber hatte sein Leben ganz in der Entschiedenheit der Kalligraphie eingerichtet und verbrachte diese unabhängige Romantik, mit Ausnahme nur weniger Störungen, bis zu seinem Tod.

Rückblick bedeutete ihm *Hinblick*, Hinblick als Fleiß der Betrachtung, als sorgfältiges Vorgehen in den Angelegenheiten des Auges, die ihm zur Angelegenheit seines Lebens geworden waren. Nur der Blick gewährte Bestätigung, und was wäre köstlicher als die Befähigung, den *einen* Erfolg jeglichen Sehens, des äußeren wie des inneren, nämlich *Erkenntnis* darzustellen? Darin bestand er als fleischgewordene Aufgabe, darin ergab er sich dieser süßesten Not eines Künstlers überhaupt.

Wahre Dringlichkeit macht einen Künstler ja erst aus, wenn sein Werken in sich selbst verloren geht und ihm doch verfügbar bleibt. Wenn sich seine Kunst als laut läutende Unaufschiebbarkeit vor alles Übrige im Leben stellt. Wenn Tag und Nacht für ihn dasselbe werden.

Die Kalligraphie als mächtige orientalische Kunstgattung verkörperte in Da'ud Hussaini einen ihr Ergebenen, der sein Dienen dadurch kenntlich machte, als dass er das Reich der Schrift überfiel und unterwarf. Sein Raubzug durch die Schönheit und durch den Tanz eines Buchstabens war längst blühende, künstlerische Beflüsterung.

Natürlich waren es seine Menschen und Lebensmenschen, die ihn in atmendem Geschnür umgaben, aber jemand mit einem solchen geradezu *epischen Talent* bedarf noch vor allem anderen seiner *eigenen* Aufmerksamkeit. Schwierig genug war es schließlich für sie, in seinen Schaffenszeiten überhaupt seiner Nähe habhaft zu werden, ihn zu besitzen oder besitzen zu dürfen. Es war dies ganz unmöglich, und jeder in der Familie fürchtete sich vor diesem ungestümen Geist, der, wie es schien, gar nicht mehr für die Augen der Menschen schuf, sondern allein noch für Gestirne ...

Dieser Bildhauer der Buchstaben, der sich nie nur vorübergehend mit einem Blatt beschäftigte, sich nie nur einer kalligraphischen Beiläufigkeit widmete, nie nur skizzierte, nie nur setzte – sondern immer in Pracht und Glanz sich zum *Besitzer der Form* ausrief.

Auch wenn einzelne Kartons der schnellen und nur angedeuteten Anmutung beiwohnen, so sind sie niemals frei von uralten kalligraphischen Thesen und Sätzen. Jede

Komposition ist Besitzer einer Anordnung, ist Spiegel einer Messung, eines künstlerisch erlaubten Griffes. Somit wendet sich hoffentlich die irrtümliche Annahme wieder, orientalische Kalligraphie sei immer auch verschiebbar, sei aus dem Antrieb der Plötzlichkeit hervorgerufen oder gar einer Beliebigkeit wegen entstanden.

Es verhält sich hierbei ganz wie bei Manet und seinem Strich der Zufälligkeit, welche aber eben eine *Zufälligkeit der Malerei* und somit eines großen Zusammenhanges ist.

Dass Da'ud Hussaini ganz unmissverständlich aus *eigener innerer Eingebung* ein jeweiliges Werk gebar, das ist unumstritten. Aus einer Eingebung heraus, die eine lange und strenge Schule der Fähigkeit hinter sich gelassen hatte und sich nun am Gipfel seines Künstlerseins, unter der ewigen Berücksichtigung der Phantastik seiner kalligraphischen Lehren, selbst setzte.

Mein ganzes Leben war in meinen Augen

Es war das Wesen der Kalligraphie selbst, das sich in seinen Arbeiten herauskehrte. Der *Buchstabe*, der mächtige und endgültige Buchstabe als Gegenbild zur bildhaften Darstellung der abendländischen Malerei etwa, aber wiederum ebenso bildhaft in seinem Bild als Buchstabe. Es war das eigentliche Herkommen und der eigentliche Grund der Kalligraphie, nämlich die *Feier der Schrift* und das Lob und die Hymne auf ihre Kraft, die sich in Da'uds Werken als Wunder poetischer Melodien vollzog.

Er brachte den Buchstaben ihr Schicksal wieder, ließ sie zerspringen und abermals zu sich zurückkehren, in ewigen Täuschungen des Auges und wiederum Tausenden Gewissheiten des Blickes. Alles trat in Gleichzeitigkeiten zusammen und spielte sich in diesem konzentrierten und gereizten Winkel ab, diesem einen Winkel des Wunderlichen.

Seine Lehren hatten sehr früh begonnen, als Kind schon erhielt er Unterricht. Von seinem Vater Sayed Ismail Hussaini, der die *Naschki*-Schrift im Stil des *Mirza Ahmad-e Neyrizi* und des *Aqa Ebrahim-e Qomi* mit großer Kraft und Klarheit schrieb. Danach hat er als Schüler eines berühmten Kalligraphen seiner Zeit, *Sayed Ata Mohammed Shah-e-Hussaini-e-Kandahari*, weitere Erfahrungen gesammelt. An den Schulen *Habibia* und *Dar al Mu'allimin* führte er seine Studien dann zu Ende.

Die in der damaligen Zeit üblichen Kenntnisse und Grundlagen einer wissenschaftlichen Bildung erwarb er ebenfalls bei seinem Vater und bei einigen anderen Gelehrten seiner Zeit, wie *Maulawi Abdul Wase' Khan* und *Maulawi Abdul Ra'uf Khan*. Diese Namen klingen allesamt nach Wissensbeflüsterung und uraltem Überreichen von Kunstgesetzen, und genauso war es auch, all dies fand in elementarer und heiliger Konsequenz statt. Umso verklärender waren also Da'uds Blätter, weil sie ohnehin Geheimnisse besaßen und zusätzlich, durch die sprengende Erleuchtung seiner Begabung, abermals und abermals über vieles andere siegten, ohne die Tradition abzubrechen.

So erinnerte seine Handschrift vor allem an einen Meister der Kalligraphie, Mir 'Imad, der im 14. Jahrhundert in Qazwin, der safawidischen Hauptstadt Irans, geboren wurde, später nach Tabriz übersiedelte, sich eine Zeit lang in Aleppo aufhielt, überhaupt viel reiste und schließlich wieder zurückkehrte. Ein trauriges Ende fand sein Leben, als man ihn in der zutiefst schiitischen Atmosphäre der Sunnitenwirtschaft beschuldigte und hinrichten ließ. Undenkbar, einem solch genialen und hundertfach gesteigerten König der Schrift den Schaffensatem zu nehmen ...

Maulana Chal Mohammed Chasta bezeichnete Da'ud, welcher die Schriftformen *Nastaliq, Naschki, Schekasta, Tulth* sowie einige Varianten der *Kufi*-Schrift erlernt hatte, als einzigartig in seiner Zeit. Und *Qari Abdullah Malek-u-Schu'ara* hat in seinem Lobgesang auf die Schreibkunst dieses Künstlers Folgendes gesagt:

Die Schriftkunst unseres Da'ud ist von schöner Art.
Sie ist mit der Schriftkunst des Mir 'Imad vergleichbar.

Da'ud schrieb zudem in der Zeitschrift *Saradj ol Achbar* seit ihrem Erscheinen, machte Bekanntschaft mit *Mahmud-e-Tarzi*, dem Vater des afghanischen Journalismus, dessen Tochter *Soraya* die Gemahlin König *Amanullah Khans* wurde. Auch mit der Zeitschrift *Aman-e-Afghan* arbeitete er eng zusammen und war Lehrer für Kalligraphie und persische Literatur an mehreren Schulen. Bereits König *Amanullah*, unter dem er seinen größten Erfolg genoss, betraute ihn mit dem Amt des Schuldirektors der *E'tehad*-Schule, woselbst der König Unterricht gab.

Unter den Frauen, die bei Da'ud die Kalligraphie erlernten und später berühmt wurden, war *Tadjwar*, die Frau des *Abdal Qudus Khan E'temad od Douleh*. Als Leiter der Abteilung für Schriftgestaltung der öffentlichen Druckerei in Kabul hatte er schon in den Zwanzigern über einen Zeitraum von zehn Jahren hinweg hervorragende Dienste für Kalligraphie und Tabellenzeichnung erbracht. Die Oberaufsicht über das Druckereiwesen war demnach nur noch eine Folge all dessen. Er hat nebst einigen weiteren Persönlichkeiten niemals zugelassen, dass die ästhetischen Regeln der Schrift, der Einbandgestaltung und des Buchschmuckes aufgegeben werden. Diese Mission hat er ein halbes Jahrhundert hindurch auf sich genommen, und dadurch wurde verhindert, dass es zu einem Bruch in dem allmählich einsetzenden Entwicklungsprozess des Schrift- und Buchtums kam.

Der Heilige Koran, der in der Regierungszeit von König *Nadir Shah* unter Aufsicht der Gebrüder Sayed Eschan
und Sayed Da'ud in der Druckerei Kabul gedruckt wurde,
gehörte hinsichtlich seiner künstlerischen Druck- und
Einbandgestaltung zu den auserlesensten und prachtvolls-
ten Ausgaben in dieser Region. Jene Druckerei übrigens,
von der aus sie den Todesschuss auf *Nadir Shah* vernommen hatten …

Auch der erste moderne Kalender Afghanistans
wurde von ihm erarbeitet, mit Tabellen versehen, kalli-
graphisch ausgestaltet und in der Zeitschrift *Saradj ul Achbar*
veröffentlicht. Dass seine Hände ebenso das Zeichnerische
beherrschten, beweisen seine graphischen Entwürfe für
Staatswappen, Medaillen, königliche und nationale Fah-
nen, Militärflaggen verschiedener Zeitepochen sowie
Banknoten und Münzen, die alle, von unmittelbar nach
der Erringung der Unabhängigkeit bis zur Errichtung
des republikanischen Regimes, das Werk seines Könnens
bildeten. Inschriften seiner Kalligraphie zierten das Sie-
gestor in Paghman, *Taq-e Zafar*, das Minarett *Nadjat-e Wa-
tan* an der Straßenkreuzung *Kenar-e Bala Hisar*, in der Mitte
der Straße *Djadeye Bozorg-e Tshaman-e Hozuri* − die später zerstört werden sollte −, die zwei Minarette zum Gedenken
an den Unabhängigkeitskrieg am Ende der Straße Dar-l-
Aman, das Minarett *Abdul Wakil Khan* in *Dehmzang*, das Minarett der Straße *Djade-ye Arg* auf der *Mahmud Khan*-Brücke sowie eine Tafel über dem Eingangstor des Mausoleums des
vierten islamischen Kalifen *Hazrat-e 'Ali Karamullah* in der
Umgebung von Balch, Grabsteine historischer Persönlichkeiten des Landes, wie *Sana'iye Ghaznawi, Babur Schah-e Mogholi*

und selbstverständlich das Grabmal des *Mirza Abdul Qader-e Bedel*.

Er forschte zudem gemeinsam mit Gleichgesinnten an einer sehr umfangreichen und glänzenden Sammlung historischer Dokumente, die den Wiederaufbau des Grabmals des Dichters *Bedel* bezweckte und somit die von Da'ud Hussaini zeit des Lebens auch durchaus wissenschaftlich verteidigte Annahme bestätigen sollte, *Bedel* habe im Kabuler *Chodja Rawasch* seine letzte Ruhe gefunden, läge ebenhier begraben und nicht in Indien.

Die letzte Grabtafel, die Da'ud entwerfen sollte, war nebst seiner eigenen, die des *Salahoddin-e Saljuqi*. Die Grabplatte unseres Kalligraphen, die in kühlem Silbergrau den Himmeln entgegenstach, trug keine Sure, trug kein Gebet − sondern ein *Bedel*-Gedicht in sich.

Die Verwandlung der Epen

Besonders aber die Miniaturkalligraphie verzauberte ihn. Sie war seine nobelste Herausforderung und die Erhöhung all seiner Fähigkeiten – in einem kostbar köstlich Kleinsten. Und in der Mitte seines Lebens gelang ihm ein Lichtsriss von erstaunlichster Art, von unsterblichster Schönheit. Dies trug sich nun folgendermaßen zu:

An einem kalten und dunklen Abend, der Himmel verhielt sich zur Erde wie die Erde zum Himmel, alles funkelte in einem schwerfälligen Schwarzblau, schickte Da'ud nach Jakob Benta.

Dieser kam und setzte sich, obschon bereits ein wenig müde. Zwei Lampen erleuchteten das Zimmer in seiner Zimmerfolge, von dem das weitere jedoch ganz im Dunkeln lag.

Es war leise um sie herum, jene plastisch fühlbare und beinahe ängstliche Stille des Hauses, welche immer dann begann, wenn Da'ud sich in sein Schaffen zurückzog.

Das Zimmer war geheizt, trotzdem waren sie beide viel zu warm gekleidet, Jakob in einen dunkelgrünen Pullover in wunderbar großzügig gestrickten Mustern, die an die geflochtenen Zöpfe der Mädchen erinnerten. Seine weiße Haut, die sich vom ebenhölzernen Haar schied, drang stark hervor. In seinen weichen Zügen lag etwas zugleich Befehlendes, und dabei war er so vereinzelt und schwebend anzuschauen, ganz wie ein Watteau in orientalischem Spiel.

Da'ud in seinem gefütterten Chapan, einem auffällig bunt bestickten Umhang, dessen Farben flüchtig und grell heraussstachen, bei den Arabesken in feinsten Silberfäden umnäht und an den Borten golden aufglitzernd, nebst vereinzelten Spiegelplättchen, in denen sich Jakob zu Dutzenden kleineren Wiedergaben fand – auf den Kopf gestellt und der Wirklichkeit geraubt –, sprenkelten ihr Prisma über die Wand hinweg. In den Glasperlen des Gewandes sammelte sich irgendein bizarres Verhängnis.

Ein Herrscher eben, ein Künstler, von unzähligen und ungeduldigen Farben übersät, schimmernd in seinen knochig kupfernen Wangen, mit kristallweißem Ziegenbart am zunehmend spitzer zulaufenden Kinn, wie es schon an seinem Vater und Großvater zu beobachten war.

Übrigens war er auch im Besitz eines sogenannten *mystischen Kostüms*, es war ganz in Weiß – Kappe, Umhang, Hose. Mit einem solchen Gewand drehte er sich dann in den Rausch, einem Derwisch gleich.

Dies verlangte nach allerhöchster Choreographie seiner Konzentration. Einmal hatte Rafat den Vater zufällig dabei gesehen und war danach für Stunden –, für Tage wie angehalten ...

Nun also öffnete Da'ud Hussaini ein Schubfach des Schrankes, entnahm ihm ein kleines Gläschen und leerte es auf einem dunklen Seidenstoff, über einem Tischlein und unterhalb der Lampe aus.

Mit einer Bewegung verwies er darauf, sodass sich Jakob erhob und dem Geheimnis entgegenschritt.

Zunächst beugte er sich nur leicht herab, dann aber deutlicher, und schließlich musste er seinen Rumpf ganz und gar herabsenken, um sehen zu können, was da vor ihm lag.

Und es war dies ... ein *Reiskorn*, ein weißes Reiskorn, auf dem in rings umlaufenden, zartesten Buchstaben irgendetwas geschrieben stand.

Er empfand von dieser allerersten Sekunde an heilloseste und wildeste Bewunderung – seine Augen *griffen* nach diesem undenkbaren Bild, nach dieser unbeschreiblichen Verkörperung, nach dieser dramatischsten Eröffnung und nach diesem überleuchtenden Kunstwerk! Er bat mit flüsternder Stimme, denn all seine Kraft hatte sich bereits für den ersten Anblick des Reiskornes verausgabt, ihm doch vorzulesen, was dort stünde. Schwach und erschöpft vor diesem delikatesten Altar, brach er das erstarrte Staunen nicht ab, sondern schaute immerfort und mit donnerndem Herzen.

Da'ud holte indes eine Lupe hervor, um den genauen Wortlaut vorzutragen, den er dem Reiskorn verliehen hatte:

Bismillahi – r rahmani – r rahim.

Im Namen Allahs, des Allerbarmers, des Barmherzigen.

Alles Lob gebührt Allah, dem Herrn der Welten,
dem Allerbarmer, dem Barmherzigen,

dem Herrscher am Tage des Gerichts,
Dir dienen wir und Dich bitten wir um Hilfe.

Führe uns den geraden Weg, den Weg derer,
denen Du Gnade erwiesen hast,
nicht derer, die Deinen Zorn erregt haben,
und nicht den Weg der Irregehenden.

Amin!

Unterhalb der endenden Sure hatte er zudem seinen Namen und das Datum niedergeschrieben.

Es war unbegreiflich.

Jakob besah das Reiskorn von allen Seiten, drehte es mehrmals und war erschüttert, erschüttert von diesem so vollständig gereiften Kalligraphen, der die wohl enthusiastischste Formel seines Glaubens auf dem zerbrechlichsten Grund äußerte, sie auf dem Zartesten und Harmlosesten aller Dinge angeordnet hatte und als Nachfahr des Propheten die sittlichste, berührendste und unvermutet filigranste Darstellung des Islam suchte.

Jakob empfand in diesen zauberischen Momenten alles auf zwar unempfundene, aber so lichte Weise, dass es ihm vor lauter Gefühlsschauder zitterte und er sich leis zu fragen begann, in welcher Hoheit des Erfahrens und des Erlebens seine Reise wohl endlich beschlossen sein würde, zu groß war die Süßigkeit dieses Kunstwerks, zu unerhört dies monumentale Wissen, als dass er hätte noch länger aushalten können, aushalten vor diesem Genuss an Wahrheit, dieser Wendung zum Eigentlichen, die-

ser künstlerischen Waschung und Freigabe des ursprüng-
lichsten und ältesten Zuckers dieser Religion, mit der er
sich nun ins Maßvollste und Lieblichste träumte und dabei die ganze Wirklichkeit spürte, die ihn umstand.

Da'ud Hussaini hatte das Mächtigste mit der fried-
lichsten Gestalt überzogen, hatte den *Größten* auf das *Zier-
lichste* erwähnt.

Und er hatte sich als Mohammedaner lediglich an-
gemaßt, an den freiesten Obstbaum seines Glaubens zu
erinnern, dessen Früchte keinen Mythos spendeten, sondern lebensvolle und anzuwendende, wenn auch ein-
same und lang zu erklimmende Proben und Prüfungen
des Herzens.

Allein er hatte als Künstler seinem Glauben an die
Kunst gehuldigt und hatte, wie es die Pflicht eines Schaf-
fenden ist, ihrem zeitlos belehrenden Gewicht an verführ-
erisch verklärender Schönheit vertraut.

Da'ud lächelte ein wenig, erst jetzt, denn die ganze
vorangehende Zeit hindurch besaß er eine geradezu un-
nahbare Miene des Ernstes.

Jakob versuchte zu sprechen, aber wagte kaum etwas
zu sagen, diesem Künstler etwas zu entgegnen, er wagte es
nicht, nun, nachdem Da'ud mit einer jeden erdenklichen
Hingabe für die Kunst und für den Glauben gebürgt hatte,
wie man nur bürgen kann. Und Jakob wollte am liebsten
fortlaufen, davonrennen – sein Herz schwamm irgendwo
in seinem Leib herum, nicht mehr an gewohnter Stelle,
sondern schlug in allen Gliedern und Knochen und Muskeln, schlug in den Augen zuallererst und ließ darüber
Hunderte, Tausende weiterer Herzen entstehen.

Er war berührt, er war vollständig berührt.

Dieser Moment war vollkommen und wiederum so zum Flüchten, weil sich alles in ihm so bloß und sanft und golden anfühlte, weil in einer jeden Sekunde der Atem in eine andere Richtung gezerrt – kaum innehalten, kaum rasten konnte.

»Eines meiner ersten Reiskörner schickte ich nach Berlin.« Da'ud bat den matten und verstörten Jakob, wieder Platz zu nehmen.

Das flimmernde Licht hielt sich gebannt in den zwei Lampen auf, der Rest des Zimmers war nun ganz still und verborgen.

»Ich schickte es im Namen meiner Kunst …«, fügte er betonend hinzu.

»Wann war das?« Auf Jakobs Stirn lag ein wenig fiebriger Schweiß.

»Ende der dreißiger Jahre.«

Sie verstummten kurz.

»Wohin *genau* schickten Sie es?«

»In die Voßstraße 1 …«, antwortete Da'ud, das beinahe blendende Saftgrün seines Umhangs aus Atlasseide leuchtete auf.

»Voßstraße 1? Sie schickten ein *Reiskorn* in die Reichskanzlei?«

»Ja …«

Wieder Schweigen.

Plötzlich zog Jakob seine Geldbörse hervor, darin suchend, indem er wie ein Pianist die Fingerspitzen tanzen ließ, ehe er schließlich eine alte Schwarzweißaufnahme hervorholte. Er hielt sie Da'ud vors Gesicht, wortlos und

eben mit der ganzen Unterstellung des unmittelbaren Erkennens.

»Ist das die Straße?«, fragte Da'ud, ohne den Blick
von dem Bild abzuwenden.

»Ja, allerdings vom Wilhelmplatz aus gesehen, hier
hoch ... an der Ecke zur Wilhelmstraße ... dann links ...
dort ... «

Die kleine Photographie zeigte ein verregnet urbanes
Berlin in aalglatter Straße, die sich geschwungen um
verdorrte Bäumchen zog, einen vorüberziehenden Wagen, Männer mit Hut, schattig flüchtige und wieder ver-
schwindende Geister unter einem kalten Porzellanhimmel.

»Ich erhielt auch Antwort auf mein Geschenk.«
Da'ud sah sich lange in das Bild hinein.

»Antwort?«

»Ja, ein Dankschreiben ... von einem gewissen ...
Meissner ...«

»Also vom Staatsminister persönlich ...«, stellte Jakob mit zugezogenen Brauen fest.

Da'ud nickte, in demselben unveränderten Wohlgefallen seiner Züge, ja in derselben Reinheit und dabei von
einer solch *unheimlichen Unschuld* getragen, dass Jakob sich
vor lauter Schauer nicht mehr zu halten wusste und diesen Augenblick zunehmend in seiner fabelhaften Lehre
begriff!

»Die Aufnahme entstand am Ende der Zwanziger,
wenn man so will, ein noch preußisches Berlin, ein noch
besonnenes und zugelassenes Berlin. Die kleine Baum-
allee wurde übrigens später gefällt ...« Jakob hätte Da'ud
gern den eigentlichen Grund seiner Liebe zu dieser Pho-

tographie beschworen, hätte sagen wollen, *es ist mein Bild, weil es mir meine liebsten Namen der Kunst vereint, sehen Sie, da befinden sich Schinkel, Stüler und Schadow auf einem gemeinsamen Fleck!*

»Wer gab Ihnen die Aufnahme?«

»Mein Vater«, sagte Jakob, und endlich vermochte er seine Züge wieder etwas zu lösen, nachdem sein klares und helles Gesicht immer wieder unvorbereiteten Beklommenheiten weichen

Jakobs Photographie der Wilhelmstraße

musste und mehrfach an diesem Abend schon wie festgefahren wirkte.

»In seiner Berliner Wohnung besitzt er eine feierliche Majolikasammlung, wunderbare italienische Keramik.« Jakob hätte ihn an dieser Stelle gern zitieren wollen, indem er sich eines bestimmten Ausrufes erinnerte, den der Vater oft anbrachte, *Berliner Luft ist wie Champagner!*

Außerdem dachte er an die dunklen Wimpern und Brauen des Vaters, dessen Augen von ozeanischem Blau waren, in denen man manchmal sogar der Wellen Rauschen hörte.

Er gedachte seiner liebreizenden Ruhe, mit welcher er einmal einen italienischen Salzspender seiner Samm-

lung mit den vollen und runden Fingern seiner Hingabe
umfasst hatte und lange Minuten den kostbaren Behälter
auf so feine Weise zu streicheln wusste ...

*

Sie sprachen nicht mehr viel.

Allein was bleibt an Worten, was bleibt an Reden,
wenn sich die magischsten Begebenheiten unseres Lebens
in taumelnder Umkehr ereignen?

Wie viel Drehung sollte ihm, unserem Jakob Benta,
noch geschehen?

Wie viel zartester Entrüstung und lyrischster Heraus-
hebung würde er noch standhalten können?

Die große Zerstörung, die seine große Enttäuschung
in ihm anzurichten bereit war, war ja längst verzogen,
wie ein Gewitter, das sich lange nicht entschließen wollte.
Und nun, wieder einmal und ganz und gar, flog er, verlegen wie ein Chagall, über den Erzählungen dieser orientalischen Gestalt hinweg, die einem in ihrer eigenen
Notwendigkeit wie eine Skulptur entgegenschlug – nur
der Sittlichkeit der Kunst folgend, lediglich aus der Verantwortung der Poesie handelnd und meilenweit entfernt
von allem Wirklichen, und doch so wirklich und wirk-
licher als alles Wirkliche.

Jakobs Herz zog sich so eng zusammen, weinte
so vor Glück, vor Freude, an diesem demütigsten aller
Gleichnisse.

Da wird ein *Reiskorn* in die Welt geschickt, ins verdüs-
tert trübe Deutschland hinein. Und erreicht in seiner ta-

delnd schmückenden und mahnend jubelnden Botschaft den wohl versehrtesten Vorabend einer Zeit.

Und geht dann verloren zwischen den schwankenden und schwarzen Dächern des Krieges.

Gesandt als kleinstes Wahrzeichen der Bereitschaft zur Sanftheit.

Versendet als orientalische Verführung, als rhetorischste aller Fragen, als Schönste aller Antworten, als allerhöchste Darstellung dieses damit unsterblichen afghanischen Künstlers.

Ein Suren-Reiskorn in der Art des nach Berlin verschickten

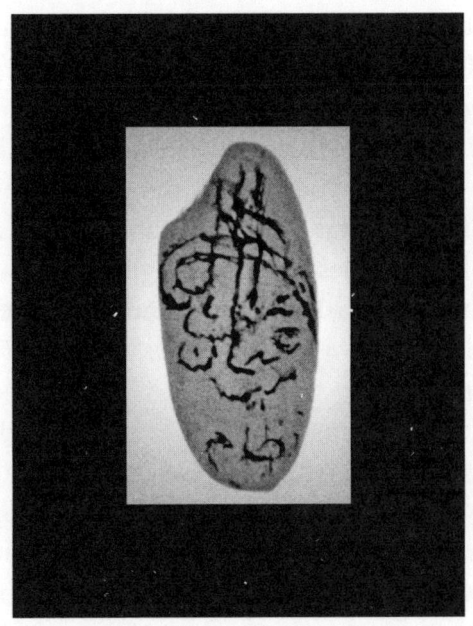

Ein Reiskorn mit Wortzeichnung

Von den Momenten der leeren Hände

Jakob war zutiefst damit einverstanden, zu dem Schluss zu kommen, dass Afghanistan in allererster Linie ein *orientalisches* Land war.

Hierauf folgten dann die Metaphern des Islam, die, wie er fand, nichts Poetisches oder Nüchternes in sich trugen, sondern etwas vollständig *Drittes*. Etwas selbstverständlich Machtvolles und womöglich nie zu Bezeichnendes. Etwas kaum Erfassbares und Durchsichtiges. Etwas beinahe durchweg Mahnendes und Flirrendes und sehr Kostspieliges.

Poetisch aber im Sinne der Poesie war der Orient selbst, als Reich der entgegengesetzten Bildhaftigkeit Europas. Und Kabul sollte ihm immer für diesen Leuchtturm einer strahlenden und anderen Existenz stehen, die sich auf sich selbst bezog, auch wenn sie in der Welt war. Die sich nicht antasten und nicht verändern ließ. Die sich selbst begann und selbst zerstören konnte.

Ein Land, in dem die inneren Befähigungen immer mehr galten als die äußeren und da man immer zu sehr Mensch geblieben war.

Das Reich am Hindukusch, von sattblauen Gestirnen überrannt, ein Reich der Ungeduld und der poetischen Zeit, welche sich sagte, *unsere Eroberung ist das Gedicht!*

In der Tat war es die Nützlichkeit vom Rausch, der sich allzu sehr in den Seelen festgesetzt und ihnen eine ewige

Menschlichkeit einverleibt hatte. Zumindest war das der afghanische Humanismus und Menschenbegriff, an den zu glauben damals noch unbeschreiblich naheliegend war.

Ein Reich, in dem Überlieferung das Maß angab und vieles von einer ästhetischen Qualität zeugte, die sich oft eben darin auch erübrigte, ohne den wirklichen Gebrauch des Zweifels auskam, der ebenso wie alle Infragestellungen oft und eigentlich nur in der Lyrik, in der Kalligraphie erschien, in denen man frei und wissend sprach, in denen ein Rausch nur den ersten Vorhang bildete und die mehr noch als alles andere die Innerlichkeit ihrer Menschen besprach.

Jakob fühlte den Umstand des Ursprungs sehr deutlich, von innen her erlag man fast immer dem alten Gesetz der Tradition, ihren herrlichsten und auch ihren schlimmsten Forderungen, und vielleicht sogar häufiger den Letzteren. Aber so sollte es sein, und dies bestätigte nur abermals den heiligen Unterschied der Welten, den beide zu Beginn bereits erfühlt, im Laufe ihrer Begegnung erprobt und schließlich auf dem Schaum aller Geschehnisse als solchen auch vollzogen hatten.

Und bei allem gesteigert Gegensätzlichen sah Jakob *einen* Gedanken prunkvoll herausragen, jenen Gedanken eines ewigen Missverständnisses nämlich, der vielleicht zuallererst von seiner eigenen Welt ausging – dass *Gleichheit* ja immer die Stelle des Edlen einnehme, was schändlich und unwissend sei bezüglich der Stimmungen von Orient und Okzident.

Ähnlich wären wir einander niemals, aber *vornehm* seien wir alle.

*

Der Tag, an dem Jakob Kabul verließ, war ein verregneter Tag.

Die letzte Fahrt mit Da'ud Hussaini im Wagen war verzögert durch das Unwetter und den wie angehaltenen Verkehr. Die wütenden Tropfen hallten metallen auf dem Dach des Wagens nach. Berg und Stadt trennten stehende Wölkchen.

Der Winter ging seinem Ende zu, das Weiß der schneebedeckten Dächer und Wipfel hatte sich in ein stumpfes Grau gewandelt. Eine zeitlose Zeit, in der alles verging und die Gärten und Tauben *Baghe Nawabs* geräuschlos schliefen.

Viele Sonnenaufgänge und -untergänge hatte er hier gesehen, war manches Mal so tief, so glücklich davon betroffen und so oft auch unwillig ihrem Leuchten ausgesetzt gewesen.

In dem neueren Teil der Stadt erhoben sich weniger Turbane als im alten Teil Kabuls, aber immer wieder suchte sich Jakob seine kaum sichtbaren und schon wieder unterhalb der Regenschirme verschwindenden Pluderhosen und Schleier und *fand* sie ... fand sie einem nicht enden wollenden Versprechen gleich.

Kabul war nach wie vor eine faszinierende Verschachtelung von Parkanlagen und Restaurants, Geschäften und Wegen und Mauern. Die einzigen Bilder waren die Menschen selbst. Selbst schöpften sie plötzliche Abbildungen, Zeichnungen, Genreszenen.

Ein urbanes Gebirge, hoch gelegen, silbrig sandfarben, weit und lang.

*

Am Flughafen herrschte lautes Getriebe.

Um die beiden herum verwischten sich Farben und Engel und Unwesen. Ein dränglerisches Geschobenwerden, ein unruhiges Zittern.

Jakob und Da'ud blickten einander kaum in die Augen. Schmerzhaft verknotet die Herzen, zu gebannt, um zu weinen.

Was war geblieben in diesem Augenblick, was war noch sichtbar? Und wozu hatte man einander erkannt, um sich nun wieder von zwei dunklen Enden beflügelt zu wissen, einander verloren zu gehen im wertvollsten aller Momente?

Von allem war nichts geblieben, außer dem blanken und unmittelbaren Puls, von denen der eine pochender schlug als der andere.

Von allem war nichts geblieben außer dem Einanderausgeliefertsein.

Von allem war nichts geblieben außer den gabenlosen Händen, die kein Geschenk, die kein Gedicht, die keinen Gedanken mehr reichten, sondern die einander mit der gegenseitig versehrten Liebe umkrallten.

Die Gebärde hatte also über das Wort gesiegt.

**Wenn du die Hand des Schreis ergreifst,
kann es sein,
dass er sich sesshaft macht**

Wenn man zum Himmel sah, dann schien es, als trüge er keine Sonne mehr.

Es war aber auch nicht dunkel, sodass Da'ud Hussaini gar nicht recht wusste, im welchem Abschnitt des Tages er sich befand.

Die Landschaft war leer, verlassen, nirgends ein Haus. Etwas dröhnte plump aus weiter Entfernung zu ihm. Ein langes und gleichgültiges Dröhnen, nicht genau zu erörtern.

Er drehte sich mehrmals im Kreis, aber es war wirklich ein menschenloses Feld, und viel mehr noch als ein Feld, eben ein schweigendes Panorama weiter Wiesen und unterschiedlich erhabener Hügel.

Das Dröhnen kam näher, so schien es ihm. Er wartete ab und blickte sich um. Nicht dass es gerade lauter zu werden neigte, aber sein Gefühl sagte es ihm, sagte ihm, dass da etwas sei.

Dann, hinter einem der mittelgroßen und überschaubaren Hügel, kroch ein Wesen hervor. Es war groß, sehr groß, es war riesenhaft.

Da'ud blieb zunächst stehen, er wusste auch nicht, weshalb. Dann, lief das Wesen auf ihn zu!

Es war übermäßig groß, so ein wuchtiges Tier hatte Da'ud noch nie zuvor gesehen, ja sich nicht einmal vorstellen können!

Er rannte los! Rannte in eine unbestimmte Gegend, von der er nicht wusste, was ihn dort erwartete! Aber er rannte, rannte und rannte und rannte, und erst jetzt erkannte er, was ihn verfolgte! Es war eine Maus, eine über alle Maße hinausgewachsene Maus, mit einem zum Platzen aufgedunsenen Bauch und schnellen Füßen, orangenen Augen und sogar einem Mund, der ganz dem Mund der Menschen glich!

Da'ud lief weiter, drehte sich jedoch immer wieder nach dem Tier um, und es mag vielleicht seltsam klingen, aber nicht *Angst* war der Grund seiner Flucht, sondern mehr die erschreckende Größe der Maus, Ekel vor diesem fremden Körper und seiner widerwärtig grauen Behaarung.

Viele Minuten, tausende Ewigkeiten hindurch geschah nur dies. Er wurde von dem Wesen verfolgt, jahrelang schon, glaubte er, würde er auf diese Weise rennen. Er rannte und rannte, aber gar nicht schnell, sondern maßvoll, und auch die Geschwindigkeit des Tieres nahm nicht zu, sondern war gleichbleibend, geradezu träge. Auch der Ausdruck des Mäusegesichtes war unverändert. Es jagte ihn in einer unbeschreiblich sonderbaren Weise.

Da'ud sah vor sich alles in roten Farben. Das kurze Gras, durch das er lief, einzelne Bäume, der Himmel – alles trat nun in dieser neuen Stimmung auf. Er rannte, weiter verfolgt von dem Unwesen. Rannte und rannte, schaute immer wieder dem Tier zu, wie es ihm doch so

unbeholfen folgte, aber es war nicht wichtig, ob es unbeholfen wirkte, wichtiger war, dass er von der Maus auf
keinen Fall verschleppt werden wollte. Aber warum war
er sich so sicher, dass sie ihn gar nicht fressen wollte, sondern womöglich irgendetwas anderes mit ihm vorhatte?

. . .

Dann erwachte Da'ud.

Nicht im Schweiß oder im Entsetzen, sondern im
Ahnen, im Ungewissen, im Dunklen.

Shirins seidene Haut, rauschend irgendwo.

FÜNFTES BILD

Putsch

Verloren in einem Brunnen,
dessen Sinn keinen Raum fand

Der Blick von jener Anhöhe aus, von welcher man Aussicht auf die dichter bewohnten Teile Kabuls besaß, erlaubte eine herrliche Darstellung dieser Stadtlandschaft. Gerade jetzt im Winter war Kabul zwar nicht durchgängig, so doch zum größten Teil weiß bestrichen, lediglich mit Ausnahme der Straßen und Wege und manchem flachen Dach, die sich in blassem Hellbraungrau, wie ein nicht zu Ende geführter Bauplan, dazwischenlegten.

Das war von oben betrachtet.

In sich war Kabul sehr elegant und rätselhaft und immer wieder pulserhöhend, wenn sich über den Dächern ohne Vorherwissen ein Berg erstreckte, in seiner fellartigen Anmutung, in seinen Hermelingipfeln.

Das Ungefeilte der Architektur schob sich ohne Schonung in den Berg hinein. Alles war miteinander verwachsen und auf etwas bezogen, und alles war verschwindend und wieder auftauchend und abermals verschwindend ...

Da'ud schaute lange von der Anhöhe herab auf die Stadt, die Beine eng an sich gezogen, den Spazierstock fest in der Hand. Er war in einen langen, ihm bis zu den Knöcheln reichenden Mantel aus dunkelschönem Stoff gehüllt. Seine Karakul-Kappe saß auf dem Kopf, der Zie-

genbart leuchtete auf im Licht, und sogar die sonst so
bedächtige und verschlossene Eigentümlichkeit seiner
Physiognomie war aufgehoben durch ein bleibendes Lächeln.

Die Anhöhe verlief in geschlängelter Weise hinab, wo
sie dann die Straße aufnahm. Da'ud beobachtete diese
Stelle aus irgendeinem Grund heraus sehr lange. Eine
Schar von Hähnen lief unten entlang, in Reih und Glied,
unzählige, Dutzende, hintereinander her.

Er konnte sie nicht zählen, es waren zu viele. Er sah
einfach hin, als könne er seine Verwunderung über diesen grotesken Moment gar nicht anders zeigen als im be-
wegungslosen Verweilen der soeben eingenommenen
Haltung.

Als sich aber in diesen Zug der Hähne ein riesiger
blauer Büffel reihte, erhob er sich jählings. Der Büffel war
eigentlich im Inbegriff, mit den Hähnen von dannen zu
ziehen, blieb aber stehen, blickte wie eine verständnislose
Notwendigkeit drein, ja wie der Tod selbst es womöglich
nur vermag, und schaute immerfort so weiter.

Die Bedrohlichkeit, die er aussandte, bestand vielmehr aus der füllig plumpen Masse seines Leibes. Dann,
mit einem Mal, schnellte er los und auf Da'ud zu, die Anhöhe hinauf! Dieser glaubte seinen Augen nicht, schrie
auf vor Angst, ließ den Stock fallen, riss sich die Kappe
vom Kopf, als könnte sie ihn am Laufen hindern, und
rannte los. Der Büffel ihm hinterher, schnaubend, bald
bellend! Als Da'ud die Gartenmauer sah, sprang er seltsa-
merweise darüber hinweg und ließ das schwerleibige Tier
somit hinter sich zurück.

Im Garten spielte unterhalb eines kahlen Feigenbaumes ein junges Mädchen in rotem Kleid. Sie drehte sich und sang dabei, ihre Stimme besaß in sich schon etwas Reifes und beinahe Reizvolles.

Da'ud spürte etwas Unmenschliches in sich aufsteigen. Er griff sich an die Kehle, versuchte zu atmen, aber es half nichts, es war ja wie zugeschnürt! Ächzend, tobend und mit beinahe vollständig verkrampfter Zunge fuchtelte er wie wild mit den Armen in der Luft, des Mädchens Miene war von unverändert verwundertem Hohn, als sie ihn auf diese Weise leiden sah. Sie hörte nicht einmal auf zu summen, nur ihre Bewegungen verloren ein wenig Spielerei. Da'ud schnappte nach Luft, aber der Garten war wie leergesogen.

Er deutete verzweifelt auf seinen Hals, das Mädchen lächelte nur und neigte ein wenig den Kopf, ihr glattes schwarzes Haar streifte die Schultern und das Rot ihres Kleides war eigenartig blendend. Er wurde bleich, bewegte den Mund, schrie stimmlos!

Da streckte sie ihm schmunzelnd ihre Hand aus, zunächst nur die kleine, bösartig geballte Faust, die etwas zu verbergen schien, sie dann jedoch öffnend und einen zwischen ihren Lebenslinien zermalmten Falter darin offenbarend.

In diesem Moment wurde alles dumpf um Da'ud herum.

Das Gehör entflog seinem Kopf – hinaus, hinweg.

Der Atem löste sich auf.

Beine und Arme versagten.

Nur die Augen sahen weiterhin zu … sahen diesem

Gelächter des eigenen Traumes zu und erwachten erst aus dem Schlaf, als der vom Knirschen der Zähne schmerzende Kiefer ihn der Wirklichkeit übergab.

**Unter anderem: Du erinnerst mich an mich,
wenn du lachst.**

Ihr weicher Hautton war etwas zwischen Pfirsich
und Vanille. Dabei vollständig übersät mit schweren
honigdunklen Sommersprossen, ein wunderbares ovales
und ganz stilles Gesicht. Die Augen in ganz leichtem, im
Grunde nur angehaucht usbekischem Schnitt, tiefbraun
und klein, aber dafür von breiten, schönen Lidern überzogen. Die Nase allzu fein, sehr gerade, spitz zulaufend.
Über dem schmalen Mund zierten zwei nebeneinan-
derstehende kleine Muttermale die Lippen. Sie war sehr
schlank, groß und hell – und eben so, in dieser elfischen
Anmutung, wurde sie Rafats Frau.

Malalai Turabaz, Tochter des Siddique Turabaz und
Enkelin des berühmten pashtunischen Generals Turabaz
Khan, kehrte als junge Lehrerin in die Familie Hussaini
ein. Sie war dem Sohn Da'uds auf der Kabuler Universität begegnet.

Rafat, der zunächst Medizin studierte, das Fach dann
aber abbrach, weil ihm die Pathologie nicht bekam, sich
dann für die Archäologie entschied, welcher er ebenfalls
wieder absagte, da Da'ud sich weigerte, seinen Jungen für
Monate an irgendeiner Grabungsstelle der Erde zu ver-
muten, woraufhin er dann Pilot zu werden gedachte, was
er aber auch nicht antrat, da ihm Shirin unter Tränen ihre
mütterlichen Ängste vor solchen gefährlichen Flügen

ans Herz legte, und er sich schließlich und dem Wunsch der Familie gemäß ganz dem Studium der Rechtswissenschaften widmete.

Das Studium selbst mochte er gern, es stand keineswegs, wie so oft beschrieben, seiner lyrischen Sehnsucht entgegen, die noch immer eine innere Angelegenheit bedeutete, will sagen, dass er sich noch keineswegs publizierend äußerte. Es betraf ihn allein, und noch wollte er es so.

Im Übrigen sorgten die freistellenden und Erkenntnis fordernden Unternehmungen der Jura für eine noch subtilere und verständigere Wertigkeit seines Denkens, ja riefen ein gedankliches Behagen und eine gedankliche Gelenkigkeit darin hervor, die ihn nochmals steigerte.

Besonders ein französischer Professor namens Monsieur Gardot genoss die vollste Aufmerksamkeit Rafats während der Vorlesungen. Gardot sprach auf Französisch, die gesamte Zeit hindurch. Seine Vorträge wurden dann zur selben Zeit von Moses Nohmat übersetzt, der meist mit einer qualmenden Zigarette zwischen den Fingern auf und ab lief und durchaus treffende und gelungene Entsprechungen fand, der sich jedoch unter einigen wenigen auch unbeliebt gemacht hatte, nachdem das Gerücht umging, er verlange von nicht vorbereiteten Studenten Geld vor Beginn der Prüfung, um ihre Antworten, ganz gleich wie dürftig sie auch ausfielen, dem Franzosen ins korrekt Juristische zu übersetzen. Mit dieser moralischen Versehrtheit hatte er es zumindest unter den Nichtehrgeizigen sehr schwer.

Die Hochzeit der beiden fand in bescheidenem Zusammenkommen statt. Neben den Familien waren es nur einige wenige Freunde, die kamen, Rafat lud gezielt nur solche ein, mit denen ihn eine tiefe und gewissenhafte Freundschaft verband, und nicht, wie es im Orient fast zum Brauch sich verhält, im Grunde schon demjenigen eine Einladung auszusprechen, dem man um fünf Häuserecken herum *Guten Tag* zu sagen pflegt, samt dessen gesamter Familie, versteht sich, welche ja sonst beleidigt wäre, und es womöglich noch hieße, man hätte aus *Mangel an genügend Essen* auf Gäste verzichten müssen.

Die Tatsache, dass Kabul ebenso auch ein brodelnder Gerüchtetopf war – solche, die durchaus der Wahrheit entsprangen, und solche, die ganz frei und virtuos erfunden wurden –, empörte Rafat schon seit jeher, im Grunde seit seiner Kindheit, und darum setzte er, ohne Rücksicht auf die Bitten seiner Mutter, in strengstem Auswahlverfahren Menschen zusammen, die ihm gefielen, die er mochte, die er um sich haben wollte, eben all jene, die an diesem Akt des Glückes und des Lebens, an dieser Bekanntgabe der Absolutheit der Liebe zu einem *einzigen* Menschen, an diesem heiligsten aller Vollzüge, an dieser Erhebung des Daseins – auch teilnehmen durften.

Da waren die Eltern versammelt, da waren Brautschwester Laila, eine kleine, sagen wir französisch anmutende Feengestalt, mit ihrem Ehemann Zabi, dessen phantastischer Humor, dessen Aufrichtigkeit und Zuneigung zu den Brautleuten sich ein ganzes Leben lang halten sollte.

Da waren die zwei Brüder der Braut, Wali und Haroun, einige wenige Freundinnen aus namhaften Kabuler Familien, hier ein Cousin, dort eine Cousine.

Da waren die Brüder des Bräutigams mit Frau und Kind, Seradj nebst Gattin, hier ein Onkel, da eine Tante, ein wenig Musik – nicht viel, gute maßvolle Tafel, Gespräche der Genauigkeit, geschmückt von den hübschen Frauen, von Gedichten, den Süßigkeiten, der Bemalung der Brauthand, den Tränen, dem Abschied, dem Beginn, den Wünschen, Träumen, Augenblicken, den Gebanntheiten und Hoffnungen, den Plänen, den Geschenken, der Wohligkeit, dem Mut, den Herzen, den Worten, der Heimat ... der *Heimat.*

*

Malalai, die oft in ihrer Koseform angeredet wurde, *Malal*, allerdings das zweite a nicht als *a*, sondern als *o* gesprochen, wie das o der Orchidee oder des Ornaments, strahlte in ihren Zügen einem Licht gleich. Sie besaß einen wunderbar großen Mund, ein liebliches Lachen, in dem das ganze Antlitz funkelte und leuchtete. Sie war wirk-

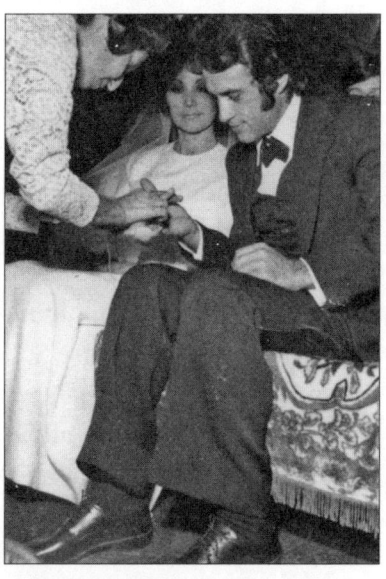

Rafat und Malalai

lich ausgesprochen schön, ungezwungen und geduldig, äußerst bescheiden und liebenswürdig. Das alles paarte sich mit zarter Geradheit zu einem sehr seltenen Menschen.

Und *wichtig* wird ein Gesicht ja gerade erst dann, wenn es Lichter zu entsenden weiß, wenn es zu glänzen fähig ist, so wie bei ihr, in ihrem Gesicht, wo es einen Frühling der Züge gab, ein Immerblühen, einen Sternenbericht, eine Sonnennachricht …

Die Einfachheit ihrer Bemühungen, die Anmut und die samtenen, so stillen Zuwendungen waren an ihr wie etwas köstlich Luxuriöses und vornehm Schlichtes anzuschauen. Allein am Abend ihrer Trauung trug sie nicht ein einziges Schmuckstück; obschon reichlich beschenkt durch die Familie, vermochte sie sich einzig durch ihre edle Gestalt zu verzieren. Es genügte da bereits vollkommen ihre seidene, leicht rosige Sommersprossenhaut, um ihr ebendas zu verleihen, was kein anderes Antlitz besaß.

Eines jener Gesichter, in denen man lange sucht und schaut und niemals findet, weil zu vieles zu kostbar ist und zu vieles einem immer wieder und zu rasch entschwindet.

Eine nicht festzuhaltende Schönheit, eine niemals greifbare und berührbare Schönheit. Und in diesem ständigen Schwanken der sanftesten und holdesten aller Widersprüche verhielt sie sich, das lachende Generalskind, das sich sein Maronenhaar an dem besagten Tag wild über dem Kopf zusammengesteckt hatte, den verspielten Pony über der glatten Stirn, den Hals trotz aller Zurückhaltung des Wesens streng, die Augen wach, verhalten, dunkel, dann wieder strahlend, ach – ein furchtbar herrliches Kind!

Eine ganz eigene Beschreibung aber gebührt ihren Händen. Es waren immer ganz leicht gebräunte, zierliche und doch nicht zu zierliche Hände. Sie durfte sich auf die klare und feine Form ihrer Finger doch recht etwas einbilden, auf die Geschmeidigkeit, mit der sie, unwissend über die Pracht, gestikulierte, wobei sie, nebenbei gesagt, niemals allzu auffällig gestikulierte, denn das schickte sich nicht – ganz so, als übermale sie ihre Bewegungen nur, lasierend und wie in einer Collage der Bewegungen.

Und es gibt da etwas, das sich *zwischen* Poesie und Prosa ansiedelt, etwas, das sich zauberischerweise *inmitten* von Spiel und Tugend aufhält, man mag es kaum bezeichnen können und doch ist es da, ganz sichtbar, als unsichtbarer Grundsatz all jener Geschöpfe, die sich immer außerhalb von lyrischer oder erzählerischer Dramatik befinden und doch von dramatischer Allegorie sind, und mitunter sind diese Wesen sogar noch fabelhafter als die Vorangehenden, weil sie etwas Drittes darstellen, etwas Ungewöhnliches und Unbekanntes, etwas *Freies*.

Reichtum des Herzens

Diese Hände hatte Malalai ganz gewiss von ihrem Vater Siddique, einem Oberst, der später noch zum General aufsteigen sollte. Er zeichnete sich durch eine ungemein friedvolle Erscheinung aus, sie umgab ihn zu jeder Zeit, es war ganz unbegreiflich, wie jemand, der sich dem Militär verschrieben hatte, ein Mensch von solch heilender und besänftigender Wirkung war, sodass seine bloße Gegenwart im Grunde schon ausreichte, um niemals einen Disput entstehen zu lassen, ja dass in seiner Nähe raue und vergeltende Gedanken erst gar nicht aufkamen.

Er sprach immer in einem gleichmäßig angenehmen Ton, in einer sogar stets bestärkenden Absicht. Tadellos war auch sein Auftreten. Enger geschnittene Anzüge, meist fein gestreift, mit eleganten Accessoires und einer aufwendigen Geputztheit.

Er war zudem von auffällig europäischen Zügen, sehr hell, auch das Haar, welches in lichtem Nussbraun, sorgfältig und in schimmernden Wellen, über der hohen Stirn lag. Ansonsten muss die Ähnlichkeit zur Tochter beschworen werden, besonders Augen und Nase sahen sich zum Verwechseln ähnlich. Mittelgroß, sehr attraktiv und beizeiten auch ein Schmeichler. Übrigens bestritt die liebevolle Vorsicht seines Verhaltens keineswegs eine mitunter recht süße Zynik.

Das Besondere aber war sein enges Verhältnis zum Glauben, den er seit seinen Knabenjahren in routinierter Genauigkeit gefestigt hatte. Sofern es einzurichten war, legte er täglich seine Gebete ab, und dies in einer Konzentration, wie sie selten ist unter Gläubigen, äußerst selten. Im Übrigen verlangt der Glauben, nur dann ein Gebet zu verrichten, wenn man sich dem in vollkommener Sanftheit, in Mühe und Sorgfalt ergeben kann, nicht aber, es zur falschen und toten Gewohnheit zu treiben, welche dann leer und womöglich auch noch unverstanden ausgeübt würde. Solches Vorgehen ist sogar *gefährlich* zu nennen, weil es keine *innere Auseinandersetzung* in sich trägt und somit auch keinen *Frieden* kennt, denn Frieden bedeutet *Beruhigung durch Wissen*.

Siddique Turabaz verstand es aber seit Kindertagen, sein Leben mit dem Glauben zu vereinen. Dies war seine Form der Intimität und des Rückzugs, seine Ruhe und seine Quelle. Man könnte und man sollte ihn einen *zarten Moslem* nennen, der niemals in seinem Leben den Glauben mit dem Leben tauschte oder das Leben mit dem Glauben, sondern der beides lebte und an beides glaubte. Außerdem befand er sich so immer in einem Zusammenhang, in einem Lichtraum, in einem Maß, in einer Wirklichkeit, denn Religiosität stellte in seinen Augen zuallererst den *Anspruch an das Leben selbst*, dieses nämlich als Heiligkeit zu begreifen und jeden Atem zu feiern. Weswegen er denn auch mit Freuden verheiratet war, seine Familie wachsen sah, gerne reiste, gut aß und nichts mehr liebte, als stets vortrefflich gekleidet zu sein. In diesem Aufwand des Auftritts stand ihm seine Frau Safia allerdings in nichts nach.

Die stolze Schönheit aus Badakhshan, jenem nordöstlichen Gebiet Afghanistans, dessen Menschen als äußerst *feinhäutig* und *wohlgestaltet* gelten und die gelegentlich in ihrem *Dari* einen Hauch usbekischer Tonart zum Klingen bringen, war ganz wunderbar empfindlich gebaut, dergestalt, dass man glaubte, sie zerbreche in ihrer weiß durchsichtigen Haut bei der kleinsten Berührung. Sie besaß eine Kabuler Stadteleganz, die sich seit den Fünfzigern und Sechzigern entwickelt hatte. Das Kleiden in französisch anmutende Couture aus Röcken, Tüchern, Kleidern und manchmal auch Hosen, die an diesen Kabulerinnen jedoch niemals frauenkämpferisch wirkten, sondern womöglich noch weiblicher als alles andere, was die *causa* einer uralten, sozusagen ihnen *innewohnenden Fraulichkeit* war, die hier schlicht selbstverständlicher gelebt wurde, weil sie sich dem *Frausein* unmittelbarer hingaben.

Gewiss gab es solche, die sich dem durchaus immer wieder eintretenden Ungleichgewicht einer zutiefst männlichen Gesellschaft widersetzten. Dies aber waren Einzelfälle, wie schon erwähnt war im Kabul *Zahir Shahs* die Frau zu deutlich mehr Möglichkeiten, Beweglichkeiten und Entscheidungswegen gelangt als jemals zuvor. Und den größten Teil der Stadtgesellschaft bildeten ohnehin alte Familien, in denen die Mädchen eine orientalische Erziehung genossen hatten, folglich die *Erziehung zur Frau*, was ihnen somit ein *Bewusstsein* eingab, ja eine gewisse Rollenverteilung vermittelte, die für die Inniglichkeit und Dauer eines gemeinsamen Lebens ungemein geeignet, tief greifend und liebend ist. Neben dem Studium oder dem Beruf war dies ein sie begleitendes Wissen, allein man

x

sprach über all dies nicht, man war ganz einfach Frau und sah dies in der Seele auch ein.

In dieser nun, wie eingeführt, entzückenden Sicherheit und dem hohen Gefühl einer unnachahmlichen Kenntnis für Stoffe und Schnitte bewegte

Siddique Turabaz mit seiner Frau Safia und den Töchtern Malalai und Laila auf der Treppe vor seinem Haus

sich Safia ihr ganzes Leben lang. Sie war Schneiderin, leidenschaftliche Schneiderin, die sich bereits mehrmals die Nasennebenhöhlen entzündet hatte, weil sie nächtelang an Abendroben genäht und diese dann bis zur Vollendung fertiggestellt hatte. Getragen wurden sie von ihr selbst, auf Botschaftsdiners oder Nachmittagsempfängen, von denen es immer wieder zahlreiche gab, hatte sie doch in eine Generals- und Diplomatenfamilie eingeheiratet.

Vollendung bedeutete an dieser Stelle ganz einfach Beherrschung, Verfügung und klassische Anwendung. An ihr saß alles in ursprünglichem Guss, wie ein Erfinder sich seine Schöpfungen zu eigen macht. Den Frauen ihrer Schwager, der zwei Brüder Siddiques, hatte sie bereits zu einem erhobeneren Aussehen verholfen, indem sie ihnen zur Schule des Blickes wurde, an der sie sich ein feines Beispiel daran nahmen, wie sich eine Frau herzurichten habe. Und nicht nur das, die *Attitüde des Weiblichen* war das Entscheidende. Es bedurfte also einer Haltung graziösester Geschmeidigkeit, und wer sagt, dass Anmut nicht auch ihren Zweck haben sollte, etwa die *Funktion des Wohlgefallens?*

Gern stolzierte sie mit sinnlich unnahbarer Miene, sie besaß etwas sehr Delikates in ihrem Gesicht, das immer weiß gepudert war und sich vom massiven, stechend schwarzen Haar so demütig und flächig absetzte.

Sie war im Vergleich zu Siddique sehr viel widersprüchlicher, geheimnisvoller und dunkler ... Außerdem verfügte sie über einen ausgezeichneten Instinkt für Menschen, sodass nur wenige Augenblicke genügten, um jemanden in seiner ganzen Beschränktheit oder aber in seiner ganzen Pracht zu durchschauen. Auch die Erziehung ihrer Kinder war sehr aufrichtig. Sie war eine herausfordernde Mutter, die einen immer und überall zum Duell ersuchte. Überhaupt schien es doch irgend-

Safia mit einer Cousine im Garten

Siddique und Safia vor ihrem Haus

wie so, als würde sie zu jeder Zeit *siegen*. Worin, danach soll nicht gefragt sein, aber in diesem Geschöpf mussten wohl so manche Gemüter auf das Goldenste zusammengefunden haben, zu einem einzigen, großen, überwältigenden und sinnlichen, ja so *nächtlichen* Herzen, das, nebenbei bemerkt, von unbeschreiblicher Großzügigkeit und Mitgefühl war.

Ihre Hochzeit, die drei Tage und drei Nächte hindurch gefeiert worden war und auf der Safia, kaum sechzehnjährig, als bestürzend schöne Braut erschien, blieb vielen ein Beispiel für wundervolle Festlichkeit. Die groß gewachsenen, rothaarigen Pashtunenfrauen der Turabaz trugen ihre langen Trachten, mehrere *Attan*, jene berauschend afghanischen Kreistänze, wurden in ihrem verfeinert freien Charakter antiken Wunders aufgeführt, der Garten des Anwesens war mit unzähligen Girlandenketten geschmückt, die sich dann wie ein buntes Firmament über das eigentliche Sternenbild gelegt hatten und die man manches Mal, anhaltend im Tanze, nicht mehr voneinander zu unterscheiden wusste …

Ashem Khan, der bereits erwähnte Onkel *Zahir Shahs*, war ebenfalls geladen gewesen und hatte gemeinsam mit dem Vater des Bräutigams das junge Brautpaar in die Zeremonie hineingeführt, begleitet vom Koran, den man gemäß dem afghanischen Brauch während des bedächtigen Eintretens der beiden Eheleute über ihren beiden Köpfen hielt.

In der Familie gab es nebst den drei Söhnen, Faruq, Siddique und Sachi, auch eine Tochter, Siddiqua, ein ungewöhnlich gut aussehendes Weib, mit großen grünen Augen, einer weich das Gesicht bestimmenden Nase und einem Rosenmund, der zwar klein, aber dafür voll war und knospenhaft lächelte. Sie war zurückhaltend und scheu und sie liebte den Generalsvater abgöttisch, ja bis zur Grenzenlosigkeit, noch nie hatte sie sich seinen Forderungen, die mitunter viel Disziplin verlangten, widersetzt.

Verheiratet mit Fazl Khairzada, dem Sohn des Khair Mohammed Khairzada, einem namhaften Pashtunen aus der Familie der *Tanai* und ehemaligen Freund König *Amanullahs*, der gemeinsam mit Majid Zabuli die Nationalbank Afghanistans gegründet hatte, der *Bank Millie Afghan*. Fazl sollte, wie schon sein Vater, mit Erlangung der *Habibia* Lycée Bankier werden, was er denn auch nach seinem Kabuler Jurastudium und dem Besuch der Columbia University in New York sowie der Westminster Bank in

London tat und sich darin durchaus als brillant erweisen konnte.

Turabaz Khan selbst, ein groß gebauter Edelmann mit kurz geschnittenem Haar, Reiterhosen und hohen Stiefeln, deren scharf nachhallendes Echo auf dem steinernen Gartenweg seines Hauses alle benachbart wohnenden Enkel und Urenkel verstummen ließ, aus der Pashtunenfamilie der *Safi* stammend, enger Freund des *Ashem Khan*, weitergehend General der Armee und stets in der europäischen Uniform eines höheren Offiziers, kühl und glänzend unnahbar anzuschauen.

Dieser hohe Mann des Militärs, dem man ein hartes Durchsetzungsvermögen nachsagte, ließ die Wände seines Ess-, Sitz- und Schlafzimmers in Farben wie *Gold–Altrosa*, *Neapelgelb–Lavendel* oder *Karmesin –Pistazie* streichen, ein Heerführer mit Rokoko-Seele eben.

Turabaz Khan in Kabul

Vom Tanz der Pappelzweige

Kabul glitzerte in seinem Steinsand unter der Sommersonne. In den unzähligen Gärten der Stadt wucherten die Blumen in ihren intensivsten Farben. Es ist ganz undenkbar, all die Sorten und Arten zu erwähnen, die dort gediehen! Man stelle sich nur ein Paradies vor, in dem dieses Blühen wie ein Versprechen duftete, wo Rosen und Levkojen etwas bedeuteten, nämlich ein *ewiges Afghanistan* ...

Die Atmosphäre, die sich jedoch zwischen den Gassen, auf Dächern, in Parks oder unterhalb von Sonnenschirmen sammelte, war eine ungewöhnliche. Überall lag ein Geflüster. Etwas kreiste ... schwebte über diesem Ort, und es verfolgte einen. Ein Summen, das nicht endete, etwas Stilles ... schmerzlich Trommelndes.

*

König Zahir war in Rom. Ein Augenleiden hielt ihn dort zur Behandlung auf. Außerdem gipfelte bereits die Anhäufung von unglücklichen Machtspielen innerhalb des afghanischen Parlamentes in äußerster Spitze, um nicht zu sagen, Unbehagen und Missgunst hatten sich beinahe überall festgesetzt, nichts schien zu funktionieren, jeder zerrte in eine andere Richtung, hier tarnten Marxisten sich als Demokraten, dort beschimpfte man den König und seine nur zur eigenen Machtwahrung angeordneten Sanktionen, wer sei überhaupt *Afghane* und dürfe sich als solcher bezeichnen, Linke gegen Konservative, Glaube gegen Gesetz, es war ungewisser denn je.

Da'ud Hussaini, der vor einigen Jahren Senator des Oberhauses war, spürte da bereits die vergilbende Sicherheit unter den Regierenden. Sein König – mag dieser auch gefehlt haben, mag er nicht genau genug gewesen sein, mag er leichtsinnig und verträumt gehandelt, mag er vergeudet und verschwendet haben, mag er vor den Missständen geflohen sein – war dennoch und trotz allem und für alle Zeit sein König, und dieser König, dachte Da'ud, hat Feinde, viele Feinde im eigenen Land sitzen, und was nur würde werden, wenn es so weiterginge?

Erst kürzlich, bevor *Zahir Shah* nach Italien flog, war etwas zutiefst Unglückliches geschehen. *Ustad Sarohang*, ein Meistersänger von *Bedel*-Gedichten, der dessen Verse in allerhöchstem und wundervollem Verständnis wiedergab, geboren in der *Khadja Khordak-Gasse* von Kharabad, welches in der Literatur des iranisch-tadschikischen und afghanisch-indischen Kulturkreises viel besungen ist und so viel wie *Schenke* oder *Taverne* oder auch *Welt* bedeutet und in dem traditionellen Künstlerviertel der Kabuler Altstadt lag, hatte den König in dessen Palast *Arg* ersucht, um ihm seine Dienste als Musiker anzubieten.

Zahir Shah besaß keine allzu große Leidenschaft, was dies anging, sogar Hofnarren soll es gegeben haben und viele erdenkliche Festlichkeiten obendrein, aber *Sarohang*, so begnadet er auch sang – und er besaß ganz unbestritten eine objektive und reiche Begabung dafür –, schien des Königs Neugier nicht sonderlich zu wecken.

Dem Sänger hatte man zuvor geraten, an diesem Tage und besonders zu dieser königlichen Stunde nichts zu trinken und dem König in einem dezenten und ordentlichen Aufzug entgegenzutreten. Woraufhin er im Trenchcoat erschien, den er während des gesamten Gespräches vor lauter Aufregung nicht mehr ablegte!

Nach der Begegnung dann soll *Zahir Shah* bekundet haben, dass da noch immer kein Interesse sei und dass dies keineswegs an der taktlosen Kleidung des Sängers läge.

Öffentlich soll *Sarohang* einmal über Da'ud Hussaini, den er um dessen Handschrift verehrte, gesagt haben, *Ustad Hussaini sei ein ehrenwerter Mann, leider sei er aber auch ein Freund des Königs.*

Da'ud, dem diese Nachricht zu Ohren kam und vor dem sich *Sarohang* doch stets in liebenswürdiger Ehrerbietung verneigt hatte, war zutiefst traurig darüber. Als er ihm zufällig auf der Straße begegnete und *Sarohang* wie üblich nach Da'uds Hand griff, um sie zu küssen, zog dieser seinen Arm widerwillig und gekränkt zurück – mit der Begründung, *dass dies ja schließlich die Hand des Königsfreundes sei!*

Sarohang, der dies sogar zunächst bestritt, um aber dann unverzüglich den Dichter *Sojeb* zu rezitieren, *es sei dieser verfluchte Wein gewesen, der ihn habe alles vergessen und Unsinn reden lassen!* Er bat Da'ud Hussaini mehrmals um Vergebung, lief ihm sogar nach bis zu dessen Haus, ließ nicht ab und beteuerte immer und immer wieder seine Verehrung. Was denn auch stimmte, denn nur wenige Wochen zuvor hatte der Sohn des Sängers in einem Radiointerview auf die Frage hin, ob er eines Tages in die Fußstapfen seines Vaters treten wolle, geantwortet, *dass er dies ebenso wenig vermag, wie etwa einen Buchstaben in der Hoheit des Da'ud Hussaini niederzuschreiben.*

Ach ... wie quälend war es gewesen, den Handkuss zu verweigern, und wie unbeschirmt und losgerissen alles war ... und was war nur geschehen? Unter den Menschen hatte sich Unzufriedenheit kund getan, etwas verschob sich so eigenartig, eine Wut lag über ihnen allen.

Zwar war Kabul zu dieser Blumenzeit prachtvoll und vornehm, viele ausländische Besucher bewegten sich auf den Straßen, aus dem alten Teil der Stadt rauschten die Kronen, die außergewöhnlich blauen afghanischen Himmel flossen sanft und wehmütig dahin ... aber etwas wie ein Riss, ein leiser und tiefer Riss, erreichte diese Stadtbergidylle.

Ein junges Paar lief schlendernd, die Bücher unterm Arm und verliebt, ohne Sinn und ohne zu wissen, wohin, ja ganz ohne die Angst, gesehen zu werden, auf dem Weg des Kabuler Flusses, etwas abseits des Getriebes, entlang.

Ihr kurzes, nur bis zu den Knien langendes rot-grün getupftes Kleid bewegte sich beim Gehen auf und ab. Rehbraunes Haar, schulterlang, die Augen spielend.

Seine Hand hielt die ihre und der warmweiche Wind, der immer wieder dem dunklen Sommergras eine Richtung verlieh, sammelte auf seinem Weg ihre Gefühle ein. Einem Strudel gleich, der immer mehr und mehr und mehr seinen Sog in die Tiefe zieht.

Seine Stimme hallte durch die Straße –
wie ein Donner

Es war Morgen.

Der Himmel hing frisch und weit herab, die Nacht hatte zu dieser warmen Jahreszeit keine Spur hinterlassen. Noch unbelebt die Straßen, nur leise quietschend, ein Fahrrad irgendwo ...

Rafat und Malalai, die in ihrer gemeinsamen Wohnung im Stadtteil Mekrojan wie an beinahe jedem Morgen das Radio anstellten, um davon begleitet in den Tag zu gehen – sie in die Schule, um zu unterrichten, er in die Universität, um zu lehren –, begannen diese frühe Stunde in einer schon fühlbaren Vertrautheit zueinander, die sich jedoch noch ein wenig befangen und schüchtern äußerte.

Ihre Hochzeit war nicht lang her, das Leben aber vollführte sich bereits in einer jeden Sekunde. All die Freiheiten des Elternhauses, die Verwöhnungen Rafats und die Sorglosigkeiten Malalais waren nun der wertvollen *Übergabe aneinander* gewichen, dem Schenken des Lebens, indem man *sich* schenkte.

Sie bereitete in der Küche ein kleines Frühstück. Süßen Tee, etwas Marmeladenbrot. Rafat stand vor dem Badezimmerspiegel und rasierte sich vorsichtig und langsam den weißen Schaum vom Kehlkopf. Auf seiner weichen, weißen Haut lag nicht eine einzige Versehrtheit. Das sauber geschwungene Kinn verlieh diesem Gesicht jenes wunderbare Oval, für das man ihn so gern betrachtete.

Er lauschte aufmerksam, während er vor dem Spiegel stand. Der Radiosprecher, der sonst immer eine angenehme Monotonie aussandte, die einem zu dieser frühen Tagesstunde recht gelegen kam, war heute, wie soll man es sagen, zerstreuter. Und dieses Geheimnis kannte man nicht an ihm, etwas war anders.

»Die spielen heute nur diese Volkslieder, auf und ab ...« Rafat neigte den Kopf. Das immer wieder rhythmisch zarte Plätschern des Rasiermessers im lauwarmen Wasser des Beckens war beruhigend und ebenso das Klirren des Geschirrs aus der Küche. Geräusche, an die man sich nun sein ganzes Dasein lang gewöhnen würde – überhaupt entstanden ja nun erst ihre gemeinsamen Gewohnheiten; was zuvor noch Spielerei und Traum war, wurde allmählich zu einer Fühlbarkeit und Tatsächlichkeit, die einen emporriss, allein die Vorstellung, sein ganzes Leben lang den *einen* Menschen lieben zu *wollen* und nur ihn lieben zu *können* ... ließ das Herz in einem übersinnlichen Glück erbeben. Dem Herzen sich anzuschließen, ihm zu folgen, das Herz in allem entscheiden und walten zu lassen und als Mensch, als *Körper* dieser Vorgabe zu folgen ... ihr nur nachlaufen zu müssen! Als Leib und Fleisch diesen inneren Goldordnungen nachzueilen und überhaupt nur atmen zu können, in der Obhut des *einen* Menschen, der einem zum Lebensmenschen wird.

Plötzlich verstummte das Radio.

Völlig unvorhergesehen kündigte der Sprecher dann einen gewissen *Mohammed Da'ud* an.

Rafat hielt inne. Malalai kam zu ihm geeilt.

Beide standen da, wie gebannt.

Dann ... nach kurzen Augenblicken ... übernahm er, *Da'ud Khan*, Cousin des Königs *Zahir*, das Wort und damit die gesamte Gewalt über das Land. Sein rau hölzerner Tonfall drang tief unter die Haut, noch tiefer hinein, bis hin zum brennenden Leibesinneren, eben dort, wo nur selten etwas hineingelangen kann!

Das junge Ehepaar starrte sich fassungslos an.

Es gab keinen König mehr, es gab auch keine Monarchie mehr!

»Du hast dich geschnitten!«, rief Malalai und wischte ihm mit einem nassen Handtuch das Blut vom Gesicht, welches sich auf der feuchten Wange, in den winzigsten Furchen, rot verzweigt verteilte. Rafat stand bewegungslos vor dem Spiegel, und mit einem Ernst, der ihm zwar eigen, der aber noch nie auf solch erschrockene Weise erschienen war.

»Das ist ... das ist doch ... wie kann das ... sein ...?!« Stockend und den nackten und schmalen Oberkörper atemlos, zog er sich in Eile etwas über, packte seine junge Frau und fuhr mit ihr augenblicklich in ihrem kleinen, grünen Volkswagen zu seinem Vater nach *Baghe Nawab* hinaus.

Da'ud Hussaini saß im Schatten des Gartens. Kerzengerade, vollständig versteift in seiner sonst so zierlichen Haltung. Das dünne Haar lag wüst an den knochigen

Schläfen, das spitze Kinn zitternd, die Lippen blass, die Augen entsetzt und die schönen Hände zu Fäusten geballt.

»Padar-jan ...« Rafat kniete sich vor ihm nieder und legte seine Hände auf die alternden Fäuste, »Padar-jan ... Vater ... vielleicht ... vielleicht ist das gut für unser Land ... vielleicht ist das ein guter Weg ...«

Da'ud sah ihn wütend an und weinte. »Das verstehst du nicht! Das wirst du niemals verstehen!«

Malalai lehnte an einem Kirschbaum, dessen weiter oben hängende Früchte bereits schwarz und voll das Geäst erschwerten.

»Padar-jan, Vater, mein über alles geliebter Vater ... es ist bestimmt besser so, für unser Land ...« Rafat wusste, indem er dies sagte, dass es nicht viel brachte. Da'ud blickte in seiner versiegelten Miene und völlig abgeneigt in den Himmel. Der Schweiß lief ihm an der Stirn herab, er war trotz der Hitze in eine Decke gehüllt.

»Ihr werdet sehen ... ihr werdet noch sehen, was hierauf folgt ... werdet all die Leichen sehen, die auf den Straßen liegen ... verwesen ... und ... und stinken werden ... und man wird sie nicht bestatten lassen und man wird sie den Müttern nicht zur Klage geben ... ihr werdet schon noch sehen ... ihr werdet es noch sehen, und das ist erst der *Anfang* ...«

Rafat erhob keinen weiteren Einspruch mehr, er sah zu seinem zerbrochenen Vater mit hoffnungsvollen Augen auf, glaubte an so vieles!

Für Da'ud aber war dies bereits das Ende, die Verderbnis und Bestattung all seiner Erinnerungen, all seiner

Geschichten, seiner Tage und Stunden, seiner Sinne und
Kräfte und seiner Liebe zum gestürzten König, jenem lä-
chelnden König mit der herrlich stolzen Hakennase und
dem unverstellten und jungenhaften Gemüt eines Menschen.

*

Die Sonne schien heiß herab. Auf den großen Hauptstra-
ßen, den Paradewegen Kabuls, waren Dutzende Panzer
aufgestellt. Es waren die Anhänger *Da'ud Khans*, die ihren
Sieg über die Monarchie feierten. Die Menschen liefen
bunt gekleidet in Wirrungen zusammen, überall standen
Leute herum.

Es war lärmend, tosend, brausend … Und die Gemüter waren zwar geschwollen von diesem Ereignis, aber
wenn man so durch die Menge lief, dann hörte man immer wieder jemanden sagen, *was soll's, der König ist weg, aber an*
seiner statt kommt nun Da'ud Khan!

Wussten sie, ahnten sie, was dies bedeutete?

Viele schlossen sich diesem nun endgültig durchge-
drungenen Hitzkopf an, vor dessen radikalem Charakter
sich die meisten wohl schlicht fürchteten. Lange hatte der
König ihn aus seinen Regierungsangelegenheiten heraus-
halten können, nun wurde er von seinem eigenen Cousin
davon abgehalten zurückzukehren.

Dieser unerschrockene Afghane mit dem altpersischen Miniaturgesicht, der sich bereits lange vorher
schon in regelmäßigen Abständen mit *Freunden* getroffen
und diesen Akt mit den nun verbündeten Königsgegnern,
die zum größten Teil aus Mitgliedern der kommunistisch

gesinnten Demokratischen Partei bestanden, genauestens durchgesprochen haben soll.

Der nun die sich in Luft aufgelösten, neudemokratischen Versprechen des *Zahir Shah* in der Überzeugung des *traditionellen Machtmannes* überging, was ihm wiederum die Sympathien der konservativen Pashtunen und ranghohen Militärs einbrachte, so auch des General Turabaz Khan, den er freundschaftlich liebte und dessen Sohn Siddique unter seiner nun kommenden Präsidentschaft zum General ernannt werden sollte. Außerdem hatte man ihm seine aufrechte, gezielte und auch so stolz afghanische Position in der Pashtunistanfrage nicht vergessen.

*

Was für ein Tag …

Rafat und Malalai, die diese veränderten Stunden aus der Sicht des unmittelbaren Erlebens ja noch gar nicht als *veränderte Zeit* ansahen, einer Zeit nämlich neuer politischer Triebe, welche keine eigenen Triebe mehr waren, sondern sich aus künstlichen und sich immer mehr verschleiernden Entwicklungen zusammensetzen würden, gingen ein wenig aufgelöst, aber hochgestimmt daraus hervor.

Inmitten einer solchen Geschichte ist man lediglich Betrachter. Um die Gefahr aber, die sich ja in unserem Da'ud Hussaini so selbstverständlich erklärt hatte, ebenso wahrnehmen zu können, hätte man ein fortan Verlorener sein müssen, ihm gleich, in der ganzen Ahnung seiner Seele, in der ganzen Vollstreckung ihrer Schönheit.

Man hätte, ihm gleich, mit diesem Sturz – bereits in Staub zerfallen müssen.

SECHSTES BILD

Das ist der Tod

Die Wolke und dein Name

Ihr erstes Töchterchen, Sahar, war ein gesundes und prächtiges Mädchen, deren kleines, rundes Gesicht einen zu jeder Zeit erfreuen konnte, und die launisch niedliche Koketterie, mit der sie alle Erwachsenen um sich zu scharen wusste, verblüffte nicht wenig.

Tagsüber hielt sie sich meist bei der Großmutter Safia auf, wo sie dann immer auf das Entzückendste verwöhnt, geherzt und geliebt wurde, wahrlich geliebt, ja *verehrt*. Überhaupt besaß sie etwas beinahe schon Eitles, freilich immer bis zum Grade des Mädchenhaften, was dennoch ungewöhnlich ist für ein Kind, was aber gewiss daher rührte, dass sie gern eine raffinierte kleine Dame gab, die all die berührenden und hellen Bewegungen der Mutter in ihrer eigenen Intimität nachahmte.

Ihre Kabuler Kindertage waren behütet vom Hause der Großeltern. Hier erfuhr sie nur Schützendes und nichts von der Welt außerhalb ihrer Menschen. Es war vor allem ihr Herkommen, das Entspringen dieser zwei alten Kabuler Familien, in dem sie sich so sorglos und frei verhielt, ganz im Unterbewusstsein dieser beginnenden Ahnung.

Ihr Name bedeutet übrigens *Morgen* ... und damit nicht genug, denn der Morgen bringt ja *Licht, Atem, Weite, Hoffnung*, bringt den *Tag*, den *Ursprung*, den *Beginn*, die *Erhebung*, *Kraft* und *Reinigung*, bringt das *Glück*.

All das brachte sie auch mit sich, der Name verlieh ihr diese Aufgaben in dem ganzen Zauber ihrer Kindlichkeit, und Sahar stand bald schon für etwas Großes und Heiliges in der Familie, etwas Geliebtes.

Die ganze Familie wuchs und es zogen immer wieder Enkel nach. Sher, der älteste Bruder Rafats, der mit seiner Frau und seiner Schar an kleinen Kindern im Haus in *Baghe Nawab* lebte, ein fleißiger Lehrer und mitunter Kalligraph für Staatsaufträge, hatte in dieser gesellschaftlichen Tüchtigkeit alle Hände voll zu tun und war dabei einer dieser ehrbaren Väter, die ihre Söhne und Töchter allein im Vertrauen auf Zärtlichkeit erziehen. Sogar das Haar seiner Frau färbte er selbst mit Henna ein, so sehr lag ihm das Wohl seiner Menschen am Herzen.

Auch Nejat schenkte dem Hause Kinder, darunter einen wunderschönen, schwarzhaarigen Jungen, Lèqor, der den Vater vollständig in sich einspann, ihn umtobte und mit seiner ganzen Liebe belagerte – es gibt nun einmal dieses eine Erschütternde in uns, dieses tiefste Geschehen in uns, das mit keinem anderen Wort beschrieben sein will als mit *Liebe*, weil *Liebe* allein ebendas, was wir mit *Liebe* meinen, sprengend zu erläutern weiß und womöglich das einzige Wort auf der Erde, welches kein Wort, sondern eine *Regung*, eine *Entscheidung*, eine *süße Verzweiflung* ist.

Einmal lag Lèqor mit gefährlich hohem Fieber tagelang im Bett und Nejat war nicht von seiner Seite gewichen, ja ließ darüber überhaupt niemanden, nicht einmal die Mutter, zu dem Jungen, so sehr verlangte er nach dessen Ruhe und Ungestörtheit, ging nicht von ihm, aß und trank kaum, verweilte in starrer und brütender Hoffnung,

nahe dem kleinen Schlafenden. Diese orientalische über-
große Liebe zwischen Kind und Eltern war im Grunde
durchgehend der Fall. Überhaupt liebt man hier auf eine
sehr starke, zutiefst *sichtbare* Weise, und Liebe ist immer
auch ein Ausdruck des Wesens und der Persönlichkeit. Sie
verleiht ihnen erst Bedeutung als Mensch, sie machte sie
schön und strahlend. Muss ein Kind doch ständig *sehen*
und *fühlen*, dass man es liebt und umschwärmt.

Mittlerweile arbeitete Nejat für das afghanische Pla-
nungsministerium als Vorsitzender des Bereiches für so-
ziale Dienste, besonders um die Kinder des Landes be-
mühte er sich, war aber sonst noch immer von demselben
störrischen Zug seiner Jugend, grüßte auf dem Nachhauseweg nur an Tagen, an denen zu grüßen er gestimmt,
und nur solche, die er auch zu grüßen gewillt war. Ansonsten unterließ er es kalt, fest und mit verschwöre-
rischem Gleichmut, weshalb er auch immer wieder von
den gekränkten Greisen leise dafür verflucht wurde.

Hashmat, der mit Frau und Kind ebenfalls im Hause
des Vaters lebte, war Dekan der Fakultät und Ustad für
das Fach *Deutsche Sprache und Literatur*. Die Tochter des Präsidenten *Da'ud Khan*, Salasht, eine freundliche junge Frau,
die mit dem Bus zum Studium fuhr und wieder zurück,
studierte hier die *Feinen Künste*.

Da'ud Hussaini aber, der seit dem Staatsstreich Jahre
zuvor all seine Hingabe für das Land verloren hatte, all
seine Macht und Einfühlung in das Leben, die metapho-
rische Weise zu sein, den Tag als weißes Papier zu beginnen und als Sieg, als Feier, im Schaffenstaumel zu been-
den, all das war vorbei.

Auf dem alten Gesicht lag eine schöne Zerstörung, das kurze und weiche Haar war rötlich-silbern ergraut. Auf den zerbrechlichen Schläfen hatte die Sonne seiner Erinnerungen sich eingebrannt. Die Mundwinkel hingen herab, waren dunkel und ohne Lächeln. Und manchmal sagte er für Stunden kein Wort, sondern schwieg, schwieg, dass es schmerzte ...

Shirin, deren langer und geschmeidiger Körper älter geworden, deren kohlefarbenes Haar längst ergraut war, sich aber noch immer in dem wunderbar vollen Knoten im Nacken sammelte, war ganz und gar dem Leben ihrer Kinder zugetan, gerade jedoch in eine Art mütterlich gehetztes, ganz leicht angestrengtes Nachdenken gehüllt, da sich ihr Lieblingssohn Rafat für ein ganzes Jahr zum Studium in Australien, in Perth aufhielt, von dem sie nun furchtbare und quälende Entfernungen trennten.

*

In der Stadt herrschte derweil ein sich legendes Andauern. Nach einem langen Winter schwoll bereits das Geäst der Gärten wieder knospig an und die trübe und stehende Eisluft erwachte in tauenden Lerchenhimmeln.

Bluejeans und Twiggy-Wimpern, Schwimmbäder mit Bikinimode, Tanzlokale, Kinos und Bibliotheken. Staatschef Da'ud Khan, der in seiner Wiederkunft nun bestärkter denn je handelte, sich in der Welt gewissermaßen selbstbezogen und selbstbewusst, erhaben und besonders der Sowjetunion gegenüber auch gehäuft widersprechend verhielt, kehrte, nun an der Macht, die berühmte und mitunter auch rein aus Stolz handelnde afghanische Natur hervor.

Allein die Darstellung seines Willens und seiner politischen Empfänglichkeit war nicht zuletzt auch *Empfindlichkeit*, die durchaus daher rührte, dass er sich, nunmehr als sein eigener Herr, ungern und immer seltener Bedingungen stellen ließ.

Besonders der zynisch heikle Zusammenstoß mit *Breschnew* in Moskau, bei dem sich *Da'ud Khan* mit einer klar abweisenden und ausbremsenden Stellungnahme von diesem distanzierte, der laut einem Zeitzeugenbericht während der Konferenz heftig geschwitzt haben soll, zeugte von der unbeschreiblichen Deutlichkeit *Da'ud Khans*, die etwa durchaus fragwürdigen russischen Ehrgeizbewegungen um eine Vereinigung der zersplitterten Kommunistenparteien Afghanistans oder jegliche politische Interventionen von Seiten der russischen Delegation mit einem Mal zu verwerfen und in dem riesigen Konferenzraum den Anspruch zu erheben, als Afghane *selbst* über Afghanistan entscheiden zu können. Es sei ein *schwaches*, aber ein *freies* Land, das seine Entscheidungen *selbst* träfe, und er gestatte *niemandem*, seinem Land Vorschriften zu machen, dies sei eine *schamlose Einmischung*.

Samad Ghauz, afghanischer Vizeaußenminister, der ihn nebst anderen begleitet hatte, beschwört in seinem Buch die Disziplin der Bereitschaft *Da'ud Khans*, mit düsterer Anmut des Antlitzes sein Land als wahr und unabhängig zu erklären.

Nach diesem nüchternen Ausspruch erhob sich *Da'ud Khan* und alle Afghanen mit ihm. Sie verließen den Raum,

trotz *diplomatischer* Verabschiedung, aber mit der Beteue-
rung von Seiten des afghanischen Präsidenten, nach diesem Ereignis im Grunde kein *Bedürfnis* nach weiteren Be-
gegnungen und Bemühungen mehr zu haben.

Im Laufe seiner Regierungszeit hatte er sich immer
mehr von den Hilfeleistungen der Sowjetunion entfernt
und die so vordergründige und zunehmende sowjetische
Aufdringlichkeit als ungemein unangenehm betrachtet. Stattdessen neigte er sich auch anderen Ländern wie
dem Iran, Arabien oder Indien zu und gewährte weiterhin, trotz Warnung *Breschnews*, Nato-Experten freien Zu-
tritt, von denen die Russen glaubten, es handle sich dabei
ausschließlich um Spione.

Was jedoch das Schönste und zugleich Fatalste an
der ganzen Sache war, die endgültige Wirklichkeit *Da'ud
Khans*, das Erleuchtende und Entscheidende in ihm, was
sich eben anhand dieses unbeugsamen Handelns bewiesen hatte, dass dieser Mensch kein Ideologe war.

Ein Patriot, ein Alleinherrscher, ein Sturkopf – aber
nicht der Vertreter einer Theorie, die sich letztlich gegen
sein Volk und gegen ihren Geist und gegen ihre bunte
Farbigkeit stellte.

Leider aber war das Land nicht mehr von *gleicher Leidenschaft* geprägt, sondern von Misstrauen und von einer
wachsenden Romantik der Kommunisten, endlich einmal
abzusetzen, was jemals regierte, denn schließlich gehörte
Da'ud Khan trotz all seiner verführerischen Freiheitsparolen
der Königsfamilie unmittelbar an, entsprang dieser Dy-
nastie im Blut. Zudem entschied er über vieles hinweg,
allein und jegliche andere Meinung nicht duldend.

Trotz guter Ernten hatte sich auch die wirtschaftliche Lage nicht verbessert, und gerade unter den einfachen Menschen, unter denen, deren Seele am verletzbarsten war, verfinsterte sich das Seelengestirn ...

Ich weiß nicht, wie oft die Blume an deiner Hand gerochen hat

Da'ud Hussaini erhob sich trotz Bitten von Siddique und Safia Turabaz, doch sitzen zu bleiben, um ihnen entgegenzukommen. Sie küssten seine Hand und setzten sich dann zu ihm, es lagen nicht mehr die herrlichen, türkisen Sitzkissen herum, sondern andere.

»Gut, gut ... danke ... es geht mir gut. Ich sitze viel im Garten ... jetzt im Frühjahr kommt wieder alles zu mir, Blumen, Blüten, und dann der Duft zwischen den Bäumen ... es ist ein Parfum ...« Er räusperte sich, lächelte nur allzu verhalten und schaute manches Mal lange weg.

Seine Kappe saß, wie zu den hohen Zeiten seines Lebens, unverändert prachtvoll und steil auf dem langen, spitzen, wunderbaren Gesicht, dessen Mund sich gekränkt nach vorn schob und orientalisch schmollte.

»Oh, was war das?« Safia hatte einen, sagen wir, menschlich entstellten Schrei aus dem Garten vernommen.

Da'ud lachte, während Shirin den Tee hereintrug. »Das ist nur unser Pfau, keine Angst!«

Alle lachten.

»Nein, wie schrecklich albern von mir ...!

Verehrter Ustad, Sie müssen wissen, ich liebe dieses Haus und Ihren Garten – es erinnert mich so sehr an

meine Kindheit, wir lebten da nicht so schön, aber etwas in seiner Stimmung hat es, darin ist es sogar ganz
gleich. Irgendetwas ... Altes ... hmm ... und wie es
riecht!

Wirklich! Ich sehe meinen Vater vor mir ...« Safia
trug einen farbgemusterten Rock zu einer weißseidenen
Bluse, unter der ihre weiße Haut stechend durchglänzte,
das schwarze Haar in offenen Wellen, die mädchenhafte
Figur keusch und dennoch sinnlich gehalten von ihrer
belebten und belebenden Art.

Immer wieder küsste und herzte sie Shirin, die sich
hin und wieder das herabrutschende Kopftuch überwarf,
und dann verschwanden sie in flüsternden Gesprächen.

Da'ud gab sich einen Ruck. »Und wie steht es mit
der Arbeit, ich nehme an, gut?«

Etwas verlegen antwortete Siddique, der als Militär-
attaché nach Moskau fliegen sollte, in seinem abendländischen und aufmerksamen Gesicht: »Vielen Dank der
Nachfrage, Ustad, es geht voran. Die Verantwortung ist
eine große ... Sie wissen das besser als ich, allein manchmal wird einem das klar.

Aber sonst ... sonst bin ich guter Dinge, Ustad, guter
Dinge!«

»Das freut mich. Ich freue mich für Sie ... möge Allah Sie beschützen, Siddique, möge er Sie bewahren, ich
bete für Sie ...«

»Vielen Dank, Ustad, ich kann nur darum bitten,
denn Sie sind ein so ehrenvoller Mensch, und wenn Sie
für mich beten, dann bin ich gesegnet und fühle mich irgendwie ... sicherer ...« Siddique trank vom Tee in klei-

nen genießenden und vorsichtigen Schlucken, seinen hellen Anzug streifte das Licht ...

Höchst ironisch, ja von einem Meisterwerk an Tragödie muss man sprechen, war diese Wendung des Schicksals: Der Kalligraph des Königs empfängt den Boten seines Gegenspielers. Nichts ist phantastischer, nichts ist rührender, nichts ist grausamer!

»Ah, da kommt Nejat!« Shirin erblickte ihren Sohn am Fenster.

Er verneigte sich mehrmals vor den Gästen, ganz leicht, nur vage und kaum merklich, aber er tat es, und das war beinahe ungesehen an ihm. Shirin sprach unauffällig zu Safia. »Das tut er eigentlich nie, nie! Er sagt, ihm könnten alle gestohlen bleiben! Und jetzt sieh sich das mal einer an, da kommt er ganz von allein zu euch und bringt auch noch die Kinder mit!«

Lèqor und seine jüngere Schwester Butul setzten sich nebeneinander zu ihrem Großvater. Sie waren sehr hübsch, so hübsch, dass man den Blick gar nicht mehr von ihren ungewöhnlich langen Wimpern nehmen konnte.

»Nein, wie elegant du doch bist in deinem Kleidchen, und immer schöner wirst du von Tag zu Tag!« Safia winkte das Mädchen zu sich, nahm sie auf ihren Schoß und strich ihr über das lange Haar.

Der blutrote Lippenstift ließ Safias Zähne wie eine Klaviatur aufleuchten.

Butul reichte ihr eine winzige Blume aus dem Garten, geriffelt an den Seiten, mit weichem Flaum versehen. Safia nahm sie mit Freuden, roch an ihr, ließ sie über das gepuderte Gesicht gleiten, von den fast blutlos blas-

sen Fingerkuppen streicheln ... sodass man sich irgendwann fragte, ob nicht womöglich die Blüte allerzärtlichst
nach ihr verlangte.

»Und was für ein großer Junge, unser Lèqor, *nom-e
khoda, nom-e khoda* ...« Siddique führte am Ende eine Re-
densart ein, *im Namen Gottes*, die man gern beim Lob hin-
zufügt, um den Gepriesenen vor dem bösen Blick zu
schützen.

Nejat schaute schmunzelnd ernst in seinem rötlich-
braunen Gesicht drein, die wunderbar tyrannischen Sma-
ragdaugen ließen einen erschaudern. Beide Kinder hatten
dieses Grün geerbt, allein an ihm war es noch mit gra-
ziler Torheit angereichert.

Wind und frühzeitige Abendkühle erinnerten einen
daran, dass es Frühling war in Kabul.

Das letzte Lied

Eine der ältesten Gassen Kabuls war die *Pojon-Tschauq-Gasse* in *Baghe Nawab*. Da'ud Hussaini liebte sie, wann immer er Gelegenheit fand, suchte er sie auf, in der Hoffnung, über ihren Anblick und die Vertrautheit wieder ganz zu sich zu finden, wenn ihm alles Geschehen wieder einmal zu schwer das Herz erdrückte.

An diesem wunderbar ruhigen Nachmittag wusch er sich, weil es ihn irgendwie danach verlangte, mit eisig kaltem Wasser, nahm ein frisch gebügeltes, weißes Hemd aus dem Schrank seines Schlafzimmers und kleidete sich in einen dünnen, mandelfarbenen Anzug, seine rot-weiß gepunktete Krawatte.

Die Karakul-Kappe saß unumstößlich auf seinem feinen Haupt, und das Gesicht unseres Kalligraphen zeigte nunmehr eine Färbung, die die Summe all seiner Tage und Jahre in sich verbarg, ein samtenes und filigranes Bronze, in dem man die hohen Geheimnisse seiner Nachrichten und Botschaften an die Kunst gewahren konnte, *seiner* Kunst, die er immer seltener, noch immer aber schuf. Darum verhielt es sich umso bedeutsamer mit seinem wunderbar glitzernden Ziegenbart am spitzen Abschluss, dieser ewig ernsten und wundervollen Miene.

Es war ein warmer Frühlingstag, noch nicht heiß, schlicht wohlig. Die Sonne schien grell herab, abgesehen von den flächig gezackten Bergen begegneten sich Licht und Schatten in harten Kontrasten, sodass es beinahe nur schwarze oder goldene Augenblicke gab.

Seit einiger Zeit stützte sich Da'ud an einem Spazierstock, der aus einfachem Holz gearbeitet war und an seinem Griff eine florale Schnitzerei aufwies. Zwei Herzanfälle hatte er in den vergangenen Monaten überstanden, das Herz war nun allzu schwach verfasst und schlug in steilen Bögen, so kam es ihm vor.

Er ging jetzt langsamer, ein wenig trippelnd, in kleinen Schritten, die den Kabuler Straßenstaub unterhalb ihrer dunkelbraunen Schuhe erweckten und wie im gelben Nebel mit sich bliesen.

Der blaue Himmel tauchte die Gasse in ein wertvolles Licht, die winzigen Lädchen, die sich wie an einer Kette schnürten, bestanden im Grunde nur aus Winkeln oder Kämmerchen, in denen ältestes Handwerk verkauft wurde. Den mystisch enthusiastischen Geräuschen zu lauschen, diesen märchenhaften Lauten und Plötzlichkeiten, das war ein geheimes Spiel ...

Wie verabredet wartete am Beginn der Gasse bereits der Sohn eines befreundeten Photographen auf ihn, mit seiner Kamera in der Hand und in Schlaghose an einer Laterne lehnend. Auf dem Kopf eine bunt glitzernde, nuristanische Rollmütze. Als er Da'ud Hussaini entdeckte, schritt er eilig auf ihn zu und begrüßte den Ustad.

»Also, mein Junge, da vorn, dort, da ist es. Du kannst mit dem Ding ja sicher gut umgehen! Kannst du das auch wirklich?« Da'ud lief schon wieder eilig weiter.

»Natürlich, Ustad Hussaini! Seien Sie ganz beruhigt, ich bin der Schüler meines Vaters!« Der junge

Mann grinste und verzog das Gesicht im Sonnenschein.

»Das soll man auch sein!« Da'ud schlug ihn neckisch an den Hinterkopf.

»Siehst du«, begann er plötzlich flüsternd, als sie die Gasse ein wenig abgeschritten hatten, »dort sitzt er, und schau nur, *wie* er da hockt, dieser alte Engel ...

Komm, na komm schon! Und halte dich eher ein wenig im Hintergrund, er soll sich nicht bedrängt fühlen ... sei ganz *zart*. Ach, und sobald ich dir ein Zeichen gebe, machst du ein Bild, verstanden?«

»Ja, Ustad, verstanden!« Der angehende Photograph willigte ein, obschon er wusste, dass das Bild einfach entstehen würde, wenn es an der *Zeit des Bildes* sei, von selbst, ganz im Augenblick ...

Zu beiden Seiten hin gab es Geschäfte, es war eng und holprig. In entzückender Gewissheit lief Da'ud geradewegs bis hin zu einem mittlerweile leerstehenden Raum, in dem es dunkel war, nur einige wenige, objekthafte Einzelstücke standen dort herum.

Vor dem leeren Laden saß *Abdul Rafur*, ein Greis mit weichem grauem Bart, der sich blumig um das prophetische Gesicht wand.

»Mein Verehrter! Mein lieber, verehrter Rafur-jan ...« Da'ud suchte seine Hand, um sie zu küssen, bekam sie jedoch nicht, denn der uralte Mann zog sie immer wieder demütig zurück.

»Sie beschämen mich, Rafur-jan, Sie beschämen mich − warum lassen Sie mich nicht Ihre Hand küssen?«

Rafur nickte nur mehrmals mit seinem lieblichen Zeitenkopf, etwa so, als bejahe er das Kommen Da'uds im innersten Innern seiner Freude, und bat ihn, sich zu ihm zu setzen.

Das sittliche Zeugnis von Augen, Nase, Mund – dieser jahrhundertealten Stirn, deren Gedankenlinien sanft entstanden waren, in Demut und Wahrheit sich abzeichneten und in denen der Staub zu einer vornehmen Schicht erglimmte, war zutiefst bemerkenswert. Das Gewand des alten Mannes reichte ihm bis zu den Füßen, es war pastellene Minze, die ihn umschmiegte und bedeckte.

»Mein Rafur-jan, so lange … komme ich nun schon zu Ihnen … so lange … und Sie sind … noch immer die leuchtende Gestalt … am Ende meiner Straße …« Da'ud fühlte, wie das Herz sich immer wieder aus Krämpfen löste.

Hinter dem Greis, im Lädchen selbst, stand eines der typisch afghanischen Kugelkännchen in einem Blumenmuster herum. Die benachbarte Teestube brachte Rafur mehrmals am Tage frischen Tee. Seit Jahren saß er täglich an dieser einen unveränderten Stelle der Gasse, vor seinem ehemaligen Geschäft. Er war einmal ein Fensterbauer gewesen.

»Und ich kann Ihnen nicht sagen, ich kann es womöglich niemals zeigen … wie viel Sie mir mein ganzes Leben bedeutet haben und … und immer bedeuten werden, Rafur-jan …«

Rafur, in seinem goldenen Gesicht der Wahrheit und Reinheit, der tiefen, tiefen Menschlichkeit, nickte abwechselnd, nickte so stille eifrig, so verständig, so klug, so frei.

»… darum wünsche ich mir so sehr … ein Bild mit Ihnen, gemeinsam, Sie und ich … auf einer Photographie.« Da'ud erforschte die mögliche Antwort des Alten. Vielleicht würde er ablehnen, vielleicht würde er kein Bild wollen. Doch als hätte Rafur längst die Gemächer der Welt verlassen, um in ein höheres Gedächtnis einzukehren, öffnete er seine Handflächen, jene betende Geste des Islam, die viel mehr wie eine Erwartung nach Regen anmutet, und begann nun ein Gebet zu sprechen, nur hörbar, wenn man alle anderen Sinne ausschaltete, alle anderen Blicke schloss und alle anderen Welten beendete.

In den tausendmal vernommenen Abschnitten des Glaubens, aber aus einem so unverbrauchten Mund gesprochen, in dem der ganze Puls sich am Gebet beteiligte, in dem alles andere anhielt und *verschwand*.

Mit einem Gefühl, in dem sich alles neu fand, in dem sich nichts weigerte oder widersetzte. Und in einer süßen, ewigen Dankbarkeit für diese Pracht der Existenz.

Hatte Da'ud mit diesem Tag und dieser Stunde sein Herz für immer verriegelt und nur noch seinen Tod erwartet, nur noch seine Rückkehr dorthin, wo er es weit und duftend glaubte, wo er vielleicht niemals mehr frieren, niemals mehr weinen würde?

An diesem Nachmittag, an dem sich Da'ud Hussaini, an dem sich der *Orient* ein Bild gewünscht hatte, legte sich ein großer schwarzer Traum über seine Seele … zitternd hinweg über seine Gedanken … über die Lippen … über

die Brust und damit – über die endlose Versuchung zur
Kunst, zum Buchstaben, zum Wort!

*

Tage später schrieb Da'ud Hussaini ein Gedicht *Bedels* auf
der Aufnahme nieder:

Sei das Gebet, sei der Wunsch,
sei der Atem aus dem Munde eines Einsamen,
eines Unschuldigen auch nur kurz dir geschenkt,

So wölbt sich selbst daraus schon und immer wieder der Morgen empor.

Da'ud Hussaini mit dem alten *Abdul Rafur*

Heute ist ein bitterer und kummervoller Tag

Malalai verließ gegen Mittag die *Ariana*-Schule, an der sie die Oberstufe im Fach *Dari* unterrichtete. Seit dem Putsch war der Name der Schule geändert worden, ursprünglich nämlich nach der zweiten Tochter König *Zahirs* benannt, Mariam, so wurden schließlich viele alte Institutionen und Gebäude verändert, im Bau wie in der Bezeichnung.

Die Schule war weder besonders modern noch allzu vergangen, sie war etwas dazwischen. Erschöpft und ein wenig von der Migräne belastet, unter der sie schon als junges Mädchen litt, nahm sie den Bus und es folgte die gewohnte Strecke nach Haus.

Als der Bus jedoch am Palast *Arg* entlangfuhr, nebst dem sich der eigentliche Wohnsitz *Da'ud Khans* befand und die nur durch ein Gartentürchen voneinander getrennt waren, bemerkte sie Rauch und graue Nebel in den Straßen.

Auch andere Menschen um sie herum fuhren bestürzt auf und blickten aus den Busfenstern hinaus.

Panzer und bewaffnete Soldaten umstanden den gesamten Bereich, immer wieder Schüsse aus einer nicht zu erörternden Richtung, Geschrei, Rufe, Befehle, wieder Nebel.

»Was ist hier los?!«, fragten alle durcheinander. Malalai und einige andere stiegen aus, auch der Busfahrer konnte nicht anders und mischte sich unter die wilde Menge, Leute liefen eilig an ihnen vorbei. »Geht bloß nach Hause! Macht schon, geht bloß nach Hause!«, warnten sie.

Niemand wagte die Soldaten um Auskunft zu bitten, denn unbeschreibliche Aggressionen und Ängste lagen in der Luft.

Malalai hustete vom Qualm der Waffen und blickte besorgt die Fahrt über auf die Straßen. *Sahar*, dachte sie ... *Sahar* ...

Das Anwesen ihres Großvaters Turabaz Khan lag nicht weit vom Palast entfernt. Als sie ankam, stürzte sie umgehend ins Haus. Er stand, groß wie er war, am Fenster mit Blick nach *Arg* und breitete die Arme wie ein Vogel aus, als er sie weinend hereinstürmen sah. Sahar saß auf dem Sofa des Wohnzimmers, malte in einem kleinen Heftchen und sprang auf, als sie ihre Mutter erblickte.

»Modari!«, rief sie fröhlich, was *Mami* bedeutet.

»Gott sei Dank! Bin ich beruhigt ... lieber, lieber Großvater ... bin ich beruhigt, bei Ihnen zu sein ...« Malalai ließ den alten Mann beinahe nicht mehr los, gleichzeitig drückte sie den Kopf des Mädchens fest gegen ihren Schoß.

»Du tust mir weh, Modari ...« Die Kleine hatte ihre Mutter noch nie so verzweifelt gesehen und fürchtete sich.

»Was ist passiert, Großvater, was passiert hier?« Malalai sah ihn versteinert an. Ihr rötliches Haar lockte sich knapp über den Schultern.

Turabaz Khan hielt sie fest bei sich und sie schauten

beide in besorgten und leidend ahnenden Augen hinaus zum Schloss.

Stunden vergingen auf diese Weise.

Sie saßen zu dritt in dem einen Zimmer des Hauses und warteten. Was sonst blieb ihnen auch übrig?

Sahar war darüber eingeschlafen. Und wie verstrichen diese Minuten, die Eltern Turabaz waren in Moskau, Rafat in Australien, die Geschwister verreist. Wie einsam kamen sie sich vor.

»Mein Gott ...« Mit kühlen und starren Blicken ging Turabaz Khan zum Fenster, und was er sah, war grauenhaft.

Malalai schritt langsam zu ihm, mit der Hand fasste sie sich an den Mund, um nicht zu schreien.

Stumm sahen sie zu, wie der Palast *Arg* von mehreren einfliegenden Hubschraubern beschossen wurde.

Immer wieder, ohne Unterlass, ohne Gnade.

*

Eine ganze Nacht lang hielt man Präsident *Da'ud Khan* samt seiner gesamten Familie sowie seinen Verbündeten, seinen engsten Freunden und Anhängern in seinem Hause fest, seine erst wenige Monate zählenden Enkel, Mädchen und Jungen, Erwachsene, Verwandte, seine Kinder, seine Frau, sein Leben.

Überfordert waren die Verschwörer ohnehin, denn *wie beseitigt man einen afghanischen Staatsmann? Ergib dich endlich den Forderungen, ergib dich, ergib dich!* — hatte es geheißen, aber *Da'ud Khan* gab nicht nach, im Gegenteil. Er scharte seine ganze Familie um sich und beugte sich keiner einzigen Forderung.

Die Tage und Wochen zuvor war es vermehrt zu Kündigungen diverser Ämter von Parteileuten und anderen Funktionären gekommen. Er entschied über das meiste selbst, verfügte allein über die Gewalt, erklärte ein für alle Mal, kein Kommunist, kein Ideologe, sondern ein *Afghane* zu sein, und übersah dabei die Feinde unter den Freunden. Selbst auf Bitten und Flehen seiner Kinder ging er nicht ein. Er hatte den Entschluss gefasst, lieber zu sterben, als dem Russen oder dem, der dem Russen diente, zu gehorchen.

Wie ein Felsen war er nicht von dieser tödlichen Entscheidung gewichen, ganz in seiner Moral des Mächtigen, der aus Eigensinn und Trotz, aus grober Herzlichkeit, aus charismatischer Rebellion, aus Laune und Stolz und vor allem aus *Liebe* zu Afghanistan regiert hatte, aus *Liebe* zu diesem unbezwingbaren Land, diesem von scheinbar immer dem Sturz verdammten Wächtern bestimmte Land, das sich in einem Zustand unbeschreiblichster Überreizung befand – diesem Lande zu *entsprechen* war das Einzige, was er gewollt hatte, und das Einzige, was so undenkbar schwierig und rätselhaft war, so beinahe schon unmöglich.

Die geheimnisvolle Arbeit seiner Seele war der hochfliegende Mut, den er dem Land schenkte. Das Scheitern an sich selbst war dabei Teil seiner Macht.

Und dennoch, welch grässliche Stunden hatte er durchleben müssen, als man ihn immer wieder zu bezwingen suchte. Wie hässlich war die List, mit der man ihm begegnete, und wie anspruchslos war die uneingeschränkte Todesgier nach seiner ganzen Sippschaft unschuldiger Kinder und Frauen.

Das große Unglück lauerte in den dunkelroten Wolken über der Stadt.

Es stank nach Dreck, nach Fieber, nach Hass.

*

Malalai, die kein Auge zutat, weil sie in einer jeden Minute davon ausging, jemand klopfe an die Tür und verlange nach Turabaz Khan, nach Siddique, nach seinen beiden anderen Söhnen ...

Oh, wie erstickend war die Luft, war dieser Tag, war diese Nacht! Angst ... überfließende Angst ... jagende, laute, ungeheuerliche Angst!

Jetzt, jetzt gleich wird jemand kommen ... jetzt ... bestimmt jetzt gleich wird uns jemand holen ...!

Stehend, liegend, seufzend auf einem schwankenden Boden, der jederzeit fortgerissen, vernichtet, zerstört würde!

Bomben, Schüsse, Verhaftungen.

Sekunden ohne Zeit, zu dritt in einem Zimmer. Mit trockenen Lippen, schweigend, im bittersten Geschmack des Gaumens.

Kein Licht, sonst sieht man uns vielleicht − kein Wort, sonst hört man uns noch!

Oh bitte, bitte, Allah ... beschütze uns ... beschütze Sahar ...

Gegen Morgen des darauf folgenden Tages hatte man Präsident *Mohammed Da'ud Khan*, jeden einzelnen Enkel, die

Söhne und Töchter, die Ehefrau und die Angehörigen, seine Freunde und Gleichgesinnte – die allesamt wie Jünger an ihm hafteten, in einem flammend aufstäubenden Kugelregen ermordet.

Sie waren tot. Lagen wie Staub auf der Wiese, übereinander, untereinander, verflochten in abgeflachten Leibern, durchlöchert, blutend und verstummt. Männer, Frauen, Kinder, dazwischen versteifte Säuglinge … in zwei Gräbern, die lange, lange Zeit unentdeckt, verloren und verschlossen bleiben würden.

Und inmitten ihnen allen *Da'ud Khan*, der sentimentalste, der boshafteste und zugleich so wunderbar bedrohlichste aller abstrakten Helden, an dessen Hals ein kleiner vergoldeter Korananhänger *unversehrt* und Schicht für Schicht unter schnaubend geschaufelter Erde unterging.

*

Auf dem kleinen Tisch in Rafats Zimmer in Perth lag wenige Tage später, zerrissen und zerknüllt, immer wieder zurechtgefügt und abermals zerrissen und zerknüllt, die Zeitung mit der winzigen, kaum hervorgehobenen Meldung, *Afghanistan under red rule*.

Von den zerstörten Zeilen

Die Farbe der Linsen seiner Augen war verändert. Das lebenslange Braun war nun von einem gräulich blauen Schimmer benetzt. Und ein bisschen war es, als hätte er den größten Teil seiner Seele bereits erhoben ... und verhaucht.

*

Rafat und Malalai fuhren zwar umgehend nach dem Anruf Shirins, der gegen Abend einging, los, nur leider verzögerte sich die schreckliche Autofahrt durch das herbstliche Kabul, Rafat fuhr ungenau und gedankenlos, an den großen Kreuzungen stehende Soldaten musterten ihn misstrauisch, ihn, den Sohn Sayed Da'ud Hussainis!

Verstimmt und traurig kamen sie an im Haus in *Baghe Nawab*.

Da'ud lag in seinem Bett, atmete schwer.

»Wo ist meine Kappe?«, fragte er mehrmals, als wolle er sich vergewissern.

»Sie liegt hier, neben Ihnen, mein geliebter Vater ... sie ist hier ...«

Außer Rafat und dem Arzt, der sich beobachtend im Hintergrund hielt, weil dies ein natürliches und ein unaufhaltsames Sterben war, war keiner im Raum. Shirin hatte es nicht ausgehalten, ihn unter dem Dach des bevorstehenden Todes zu sehen, sie konnte es einfach nicht, und auch den anderen war es nicht gestattet, alle verbargen sich irgendwo in der Nähe des Zimmers, klagten leise und gedehnt.

»Habe ... habe einige Photographien ... habe einige im Garten vergraben ... im Garten ...« Da'uds Hand lag ruhig auf der an- und abschwellenden Brust, Rafat hatte seine darübergelegt.

»Ist gut Vater ... ist gut, Padar-jan ... ist gut ...«

»Und auch einige ... einige Arbeiten ... im Garten ... von mir, Arbeiten von mir ...« Da'ud sprach schnell, als besäße er keine Zeit, als schleiche jemand ... *etwas* hinter ihm her.

»Ich weiß nun darum, Vater, es ist gut so ... ich werde mich darum kümmern ...«

»... auch die ... die ... die *Reiskörner* ... alle meine Reiskörner ... im Garten ... begraben ...«

Rafat konnte sich nicht mehr halten, er weinte, weinte schluchzend. »Ist gut, geliebter schöner Vater, niemand wird sie finden ... ich verspreche es Ihnen, niemand wird sie finden, ich werde sie zu mir nehmen ... ich, *ich allein* ... es ist gut ... Padar-jan ... es ist ja gut ...«

Da'ud fuhr auf, wie im Schlag nach Luft verlangend. »Trag mich! Trag mich ... raus ...! In meinen Garten!«

Der schwache alte Mann war über seine letzten Tage noch fragiler geworden und leicht zu stützen. Rafat lief mit ihm bis zu einem Liegestuhl, legte ihn dort ab und kniete sich dann vor ihm nieder, ganz dienend und liebend und den nächsten und womöglich letzten Wunsch abwartend.

Die eintretende Nacht war milde und der Garten, in seinen Granatäpfeln, den riesigen Flächen von Wiesen und den reifen Blumen, kreiste ab und zu im Wind, Da´uds Derwische eines − *seines* − zur Neige kommenden Tanzes.

Und ihm, unserem Da'ud, schien es beinahe so, als sähe er sich hier überall erscheinen, zwischen den Bäumen und dem Gesträuch, als sähe er sich dort sitzen und laufen ... zu Dutzenden ... Hunderten.

»Vater, Sie sind stark ... Sie bleiben uns ... Sie bleiben mir am Leben!«

Da'ud hatte den Kopf gesenkt und blickte den Sohn mit ausleuchtenden, zu Ende funkelnden Augen an.

Rafat erschauderte. Sah er den Tod ... den Vater? Sah er sich?

»Geliebter Vater, erst Bibi Shokoko − ich habe ihren Tod ja kaum verkraftet ... bitte ... nicht auch noch Sie, Vater, bitte ...!«

»Habe auch nur noch ... nur noch auf dich ... auf *dich* gewartet, Junge ... auf dich ... und ... deine Haare sind viel ... viel zu lang ... schneid sie!«

Rafat lachte in Tränen. »Vater, das ist Australien gewesen − ich habe sie mir ein ganzes Jahr lang nicht mehr geschnitten!«

Bestürzt griff sich Da'ud ans Herz!

»Vater!«

»Trag mich rein ... rein!« Wieder begann er pfeifend zu atmen. Bleich in dem kleinen Gesicht.

Im Bett fragte er wieder nach seiner Kappe, trank etwas Wasser und lauschte, als höre er jemanden oder etwas sprechen.

Rafat strich ihm über die Hand, über die Finger, über den schlaffen Arm, der kalt und dünn war.

»Ist gut ... ist gut, Padar-jan ... ist gut mein Vater ...«

Ein zweites Mal richtete sich Da'ud verstört auf, unwillig, dem Tod zu folgen.

»Trag mich ... trag ... mich ... in den Garten ...!«

»Vater, geliebter Vater ... bleiben Sie liegen ... es ist besser so ...!«

»Nein! N-nein! Keine Luft ... hier ist ... keine ... Luft ...«

»Das ist Ihr Herz, Vater, Ihr Herz nimmt die Luft ... Oh Gott ... bitte ...!«

Rafats Brustkorb umschnürte das Innere so qualvoll, dass er glaubte, von seiner Trauer gesprengt zu werden, so voll war das Leid in ihm, den über alles geliebten Vater zu verlieren.

Er umfasste ihn von hinten, sodass Da'ud sich auf den Leib seines Sohnes fallen ließ, mit halb geöffneten Lidern, einem spaltbreit geöffneten Mund und hängenden Armen.

Ein kleines Lämpchen wies die kaum sichtbaren Falten der Morisot-blass-silbernen Wangen dieses Künstlergesichtes auf.

Dann, ein drittes und letztes Mal, hob Da'ud den Arm. »Trag ... trag mich ... hinaus ...«

Der befehlende Ton, den er stets seiner Stimme mitsandte, die ungeduldige und gereizte und so groß berechtigte Anmaßung seiner Lebensbegabung, das zürnende sanft Raue darin war nun ebenmäßig.

Unbekannt.

Erobert.

Das ganze Haus in Schweigen getaucht – versunken ... wie ein Schiff schwankend.

Ein stumpfes, fernes, nicht zu einem durchdringendes Heulen, wie unter Meereswasser.

Wellen ...

Rauschend unter Wellen ... keinem Wasser, sondern Wellen des Gleitens ... Flächen einer sanft ineinander übergehenden Bewegung.

Und sie empfingen ihn, nachdem er für den Bruchteil eines Augenblicks, in einem nur winzigen Stöhnen, auf der festen, glühenden Brust des Sohnes sein monumentales, sein herausragendes, sein triumphales Wunderleben aushauchte.

SIEBENTES BILD

Scherben, Scherben, Scherben

Tag ohne Trauergesänge

Das zweite Kind, wieder ein Mädchen, Samra, kam mit solch kleinen Augen auf die Welt, dass einige Betrachter, die das Frischgeborene zum ersten Mal sehen durften, scherzhaft die Anwesenheit dieser bezweifelten. Darunter Haroun, der Bruder Malalais, der die zweifache Mutter gern dafür neckte. In der Tat aber besaß sie winzige und ganz stille blinzelnde Äuglein, die viel und gut schliefen und der Mutter nur allzu wenig Mühe bereiteten.

Samra bedeutet *die Frau mit der Weizenhaut*, ein orientalisches Sinnbild für die Schönheit einer zart gebräunten Gesichtsfarbe. Sie glich im frühen Aussehen der Mutter Rafats, Shirin, darum bedeutete ihm das Kindelein eine so still-schöne Stimmung, obschon er auch Sahar, als älteres und ihm bereits so vertrautes Wesen in seinem Leben, mit dem ganzen Überschuss des Herzens *liebte*.

Seine Arbeit als Sekretär des afghanischen Schriftstellerverbandes im Bereich der Lyrik hatte sich als äußerst bedeutend erwiesen. All jene Gedichte und Gedichtbände, die zuvor in Zeiten verschiedenster Herrschaft zensiert oder gar abgelehnt worden waren, holte er gemeinsam mit einigen Mitarbeitern von neuem hervor, durchstreifte sie in seiner literarischen Kenntnis und ließ sie drucken. Allein die Anzahl der damit erschienenen Bücher übertraf bei weitem die Zahl derer, die während der gesamten Periode des Druckwesens veröffentlicht worden waren!

Gedichte aus allen Volksgruppen Afghanistans, aus allen Schichten der Stände, freilich mussten diese einen gewissen sprachlichen Rang und eine tiefe und bewegende Sprache aufweisen – das war die unabdingbare poetische Bedingung dabei.

Eine Tätigkeit als Anwalt konnte er sich schon mit Abschluss seines Studiums schlichtweg nicht mehr vorstellen und verneinte sie offensichtlich, indem er sich der Sprache zuwandte, seinem ja immer schon *eigentlichen* und würdigsten aller Stürme.

Zwei eigene Gedichtsammlungen waren unter einer fulminanten Titelei herausgekommen, das erste, *Bild der Stimme*, und das zweite, *Im Ohnedichsein*. Letzteres setzte sich aus einem vollkommen neuen Stil der *Dari*-Dichtung zusammen, an den sich einige erst noch gewöhnen mussten und der der klassischen Vers- und Sprachmethodik feinste und kraftvoll verschobene, dabei einfühlsame Variationen zufügte.

Außerdem war er Vorsitzender einer Sprachfakultät und arbeitete in diesem Sinne eng mit internationalen Universitäten zusammen.

Das Land bot seit dem Kommunistenputsch immer wieder eine Bühne für lächerliches Regieren, für Menschen, die sich wie Puppen verhielten und deren Bewegungsschnüre allesamt aus dem Puppentheater der Sowjets herabgelassen waren.

Glaubhaft war kaum mehr etwas. Besonders den armen Leuten bot man Geld, wofür sie dann als Gegen-

leistung einzelne Familienmitglieder ans Messer liefer-
ten.

Verloren ... es schien alles so sehr verloren und beschmutzt und immer deutlicher, immer fühlbarer aus den
Fugen geratend. Wenn man der Partei nicht beitrat, so
war das den meisten fraglich und obskur, politisches Un-
interesse, schlicht Verrat.

Turabaz Khan, der in hohem und gesundem Alter
verstorben war, hatte man in Frieden gelassen, so auch
die Söhne, um die man jedoch immer bangen musste.
Siddique, der seither nur noch im Hause war, war längst
nicht versichert darüber, inwiefern man ihn nicht noch
zur Rechenschaft zöge, einer der engsten Freunde *Da'ud
Khans* gewesen zu sein.

So viele verschwanden spurlos, ohne Warnung, ohne
Beweise. Und so fürchtete man zu beinahe jeder Stunde
das aufschmetternde Klopfen an der Tür, das eben nur das
eine bedeuten konnte ... den Tod.

*Wenn heute nicht, dann morgen vielleicht, morgen nicht, dann wo-
möglich übermorgen ... oder jetzt gleich.*

Nirgends schien es sicher, in den Wänden gab es
Mäuse, und die Mäuse hatten Ohren. Spitzel, Wahn und
ständiger Verdacht − kann ein Afghane, kann eine freie
Seele so leben?

Samra aber, in ihrer weichen Anwesenheit, brachte
Frische und Lieblichkeit in diese Wogen der Unruhe. Sie
brachte das Lachen und das Versunkensein. Sie brachte ihnen all das, woran man zu denken, woran man zu hoffen
allmählich beschlossen sah.

Rafat, der an so vieles hatte glauben wollen, war sehr verletzt vom Anblick seiner Heimat.

Das waren ihm fremde und neue Zeiten, ohne Luft und ohne Sinn.

Jener Berg, jener Berg, jener Berg bin ich!

Lèqor Hussaini überquerte mit einigen Freunden die Straße. Seine Schwester Butul, in Begleitung einiger Mädchen, plaudernd und witzelnd, ihnen folgend.

Es war ein kühler Nachmittag, trüb, windig, ungemütlich. Die Berge zogen sich fanatisch hoch, wie steile Burgen.

Aus der Ferne her, stumpf dröhnend, vernahm man gewittrige Himmel.

In den Restaurants saßen Menschen, aßen und tranken. Tanzen ging man auch, aber vor Jahren war es noch wesentlich schöner gewesen, im frei atmenden Kabul, wo sogar Leute aus Istanbul für nur eine Nacht hier abstiegen, um die Stadt zu erleben, ihre Bars, ihre Tanzsäle, die Atmosphäre!

Von diesem Duft Kabuls, jenem nur kurz geglückten Zauber aus Orient und Okzident, war kaum mehr etwas da.

Ein bleicher Schatten hatte sich stattdessen dort eingefunden, wo einst noch Festlichkeit schwirrte. An den Hauptkreuzungen der Innenstadt waren sowjetische Soldaten aufgestellt, am Gurt Handgranaten, über dem Arm die Kalaschnikow. Ab acht oder neun, später ab zehn Uhr des Abends durfte man das Haus nur noch zu Notfällen verlassen, und selbst dann wurde man angehalten und nach dem *Wort* gefragt. Jeder Tag erhielt einen Namen, wusste man diesen beim Überschreiten der Uhrzeit nicht, wurde man mitgenommen und verhört.

In diesen wirren und kalten Zeiten war Nejats Sohn zu einem groß gewachsenen und sehr stattlichen jungen Mann geworden, vom Körperbau wahrlich hoch, gesund und trainiert, denn er schwamm mehrmals die Woche.

In den Augen aber, in diesen großen und von schwerschwarzen Wimpern behängten Augen, die die bräunliche Haut oberhalb der Wangen kitzelten, wann immer er zwinkerte, hatte sich etwas schrecklich *Eitles* festgesetzt. Es konnte nichts Gutes bedeuten, es lauerte wie in sich selbst und war zum Ausbruch, zu irgendeiner Explosion bereit.

Ein heftiger und leidenschaftlicher Dickkopf, der den Leuten ins Gesicht sagte, was sie waren, was sie nicht waren, was sie niemals sein würden. Der sich ohne Furcht, jedenfalls ohne das sichtbar zu machen, zu den Menschen verhielt.

Sein mittellanges, schwarzes Haar legte sich um den starken Jünglingsnacken. Er bewegte sich lässig, geschmeidig und in jenem zarten Größenwahn der späten Jugend und des frühen Erwachsenseins, in dem wir der Welt alles entgegnen und sie uns nehmen und in dunkelsüßen Träumen badend, voll sehnsüchtigstem Hochmut, das Leben beschreiten.

Äußerlich mag er beschwingt, bisweilen gar zutraulich erschienen sein. Innerlich jedoch, da glitzerte das wilde Widerstreben dieses stolzbeschuppten Wesens.

– »Lèqor!!« In diesen unerwarteten Ruf von irgendwoher fiel auch zeitgleich der Donner.

Er drehte sich um.

Nur einige Passanten. Sonst nichts.

Er lief erzählend weiter.

Die Wolken in ihrer wildseidenen Überlagerung drückten auf die Stadt.

»LÈQOR !« Wieder rief jemand nach ihm, diesmal wandte er sich blitzschnell um, als erwarte er den Angriff eines Löwen.

Dann fiel der erste Schuss.

Die Mädchen schrien auf, Lèqor blieb unverletzt, die Kugel hatte nur die Lederjacke, die er so mochte, gestreift.

Es roch nach bevorstehendem Regen. Menschen waren merkwürdigerweise beinahe von der Straße verschwunden.

Er konnte zwei oder drei junge Männer in seinem Alter erkennen, der eine hielt weiterhin eine Pistole auf ihn gerichtet.

Wütend schritt Lèqor auf diesen zu.

Dann fiel der zweite Schuss, den er während des Gehens mit seiner Handfläche und wie im Reflex von sich fernzuhalten suchte.

Sie war zerschmettert.

Mit aufgerissenen Augäpfeln – man bedenke, dies spielte sich in *Sekunden* ab – starrte er auf seine rot unterlaufene Hand, auf diesen grässlichen Anblick der eigenen Versehrtheit, riss die Augen vor Zorn noch weiter auf, biss sich auf die Zähne, dass es höllisch schmerzte, und lief mit brüllenden Lippen, mit vielleicht schon wahnsinnig gewordener und verkrampfter Miene – geradewegs der Pistole und dem weich verschwimmenden Bild des zielenden Täters entgegen!

Der dritte Schuss fiel.

In seinen offen schreienden Mund hinein, durch den Mund hindurch und aus seinem jungen, strammen und sommerlich gebräunten Hinterkopf, an dem der fast noch kindliche Flaum schimmerte, wieder heraus.

Er fiel rücklings.

Die Augen offen im Regen.

Blieb liegen, bewegte sich nur noch in kurzem, zaghaftem Zucken und schließlich gar nicht mehr.

Wieder Donner, dunkelgraue Wolken über der Stadt, über der Straße.

Eines der Mädchen warf sich nieder auf die Knie, blickte ihn gespenstisch an, weit, weit weg von ihrer sonst so rehhaften und verliebten Scheu ihm gegenüber.

Butul warf sich zu dem Bruder, griff seinen Kopf, aus dem das hellrote Blut strömte, als ströme es aus einer Fontäne.

Er ist wie der Untergang der Morgenröte – in Blut getaucht

In der von ihm so geliebten schwarzen Lederjacke, dem weißen Hemd und der Jeans, ganz so, wie er gestorben war, lag Lèqor zur Klage seiner Familie ausgestreckt auf seinem Bett des zweiten Geschosses im Hause seines Großvaters in *Baghe Nawab*.

Alle waren an diesem späten Abend da, die ganze Familie.

In gramvoll dunkle Schleier waren die Frauen gehüllt, die die verzweifelte, um sich schlagende Mutter des Jungen, Swaila, von allen Seiten zu halten versuchten. Ihr Gesicht hatte sie sich beinahe vollständig zerkratzt, den Hals und auch den Busen. Stundenlang wehklagte sie über den toten Sohn, der kaum achtzehnjährig, *vor* seiner Zeit, *vor* ihren Augen begraben werden sollte!

Und was würden sie Nejat sagen, sobald er aus Singapur zurückgekehrt sei, wo er sich eines Seminars wegen aufhielt, was würden sie ihm entgegnen, wenn er kurz nach seiner Ankunft fragte: *Wo ist Lèqor?*

Einige standen im Zimmer des Verstorbenen herum, ratlos und aufgelöst ob dieses übermächtigen Verlassenseins.

Die anderen irgendwo murmelnd auf den Gängen des Hauses, das zu einem Geisterhaus geworden war in dieser angstvoll angespannten Gewitterstunde.

Der Regen wollte gar nicht mehr enden, er fiel und fiel auf den Garten herab, tränkte das Gras und rauschte in seiner lärmenden Einsamkeit dahin, noch nie war er einem so unwillkommen, so störend und so ungewollt vorgekommen. Noch nie war einem der Regen so gleichgültig, so nutzlos und leer erschienen.

Lèqors untere Gesichtshälfte war zerschellt.

Man vermochte kaum hinzusehen, und sah man hin, so verlor man die Kraft in den Beinen. Seine langen, schweren Wimpern hatten sich vom verspritzten Blut verklebt, ineinander verschlungen.

Rafat saß am Bettende, das Hemd bis zum Nabel aufgeknöpft, die dunkel behaarte Brust wundgehauen. Mit nassen und nunmehr *ungläubigen* Blicken betrachtete er den Sohn seines Bruders, den Tod in der Gestalt des Lebens selbst.

Sie alle waren diesem jaulenden Unwetter, diesem Unheimlichen, das sich in das Haus schlich, unterlegen als Mensch. Und was bedeutete es noch, *Mensch* zu sein, wenn der Strahlendste unter ihnen allen in seiner noch lauwarmen Haut bald schon erkalten würde?

Nein … kein Bekenntnis der Ganzheit und der Ordnung mehr nach dieser Stunde.

Kein Gebet und kein Gedicht für *diesen* Tod.

*

Die Tage darauf, in ihrer bleibenden Erschütterung, in ihrem heillosen Ergriffensein, vergingen ausgehöhlt und stumm. Nichts schien würgender als das Dasein selbst.

Die Gartenwege fegte man leer, hauptsächlich der *Fathia* wegen, der islamischen Trauerfeier, die im Orient immer rasch nach dem Tode stattfindet.

Als der einfache Holzsarg beerdigt wurde, tropfte noch Blut aus seinem Boden.

Man kleidete sich so schmucklos wie nur möglich, keiner wagte überhaupt an *Farbe* nur zu denken.

Das Verschwinden eines Menschen in einer solchen Geschwindigkeit verlangt nach all dem, was wir nicht besitzen. Besonders verloren sind wir dann, wenn unsere hoch leuchtenden und eifervollen Geschöpfe vergehen, wenn wir sie, noch dazu, *vergehen sehen.*

Dann verleugnen wir, woran wir uns doch so wonniglich hielten ... und dann lasset uns verleugnen ... lasset uns verleugnen.

*

Am Tage da Nejat zurückkehrte, hatten alle sich im Haus versteckt, in den Ecken der Zimmer, aus Furcht vor der brennenden Seele des Vaters, der noch nichts von alldem wusste.

Lauernd, spähend an den Fenstern, ihn jede Minute erwartend! Niemand gestattete sich, geschweige denn fand den Mut, *es* ihm zu eröffnen.

Rafat sah auf seine Uhr.

Mit der Nagelspitze seines Fingers spechtenhaft gegen das Holz der Armlehne des Stuhles klopfend.

»Ich muss es tun ... *ich* werd es ihm sagen.«

Der Himmel war von den unverschämten Unmengen an Regen ganz erschöpft. Shirin wippte zittrig auf und ab. »Was soll ich nur tun, oh Allah, was soll ich nur tun?! Er wird verrückt werden … mein Sohn wird verrückt werden, wenn er es hört!«

Die langen braunen Augen Rafats schwebten verlassen unterhalb seiner traurigen Lider. Seine hellen Wangen waren rosa, wie in der Kindheit. Das Haar lang gelockt bis zu den Schultern.

»Er muss es sofort erfahren, Shirin, sobald er da ist. Und als sein Bruder *muss* ich es ihm sagen. Ich werde ganz … ganz und gar vorsichtig mit ihm sein.«

»Ich fürchte mich so vor ihm … was wird er nur tun?« Shirin weinte wie ein kleines Mädchen.

– In diesem Moment kam Nejat ins Haus, und weil es so stille war, ging er, um im Garten nachzusehen.

Rafat fühlte eine steinerne Masse in sich aufsteigen, wie vor einer Prüfung, vor einer solchen, in der einem das Versagen gewiss ist.

Langsam stieg er die Treppe hinunter, durch den Raum mit den Flügeltüren hindurch, in den Garten hinaus, den großen bronzenen Bruder dann im Augenwinkel findend, schattiert und engelsgleich vibrierend sein Bild, den Weg zu ihm halb schleppend, halb benommen beschreitend, diesen Weg, der ihm so qualvoll lang und ewig, so *traurig* vorgekommen war, wann immer er sich dieser wie von Ketten gezogenen Schritte erinnerte.

»Warum sind die Wege gefegt worden?«, fragte Nejat ruhig, aber klar und legte Mantel und Reisekoffer nicht ab, als seien die Steinplatten zwischen dem Gras in Wirklichkeit Gleise, über die sein Zug einfahren und ihn mitnehmen würde, mitnehmen … noch bevor eine Antwort fiele.

Eine stark sichtbare Falte hing ihm in der Stirn, hing irgendwo zwischen Ahnung und Hoffnung, zwischen Not und Hast.

Rafat sah dem Bruder ohne Antwort ins Antlitz hinein, wohin, das hätte er selbst nicht sagen können, so ungenau und schwankend, so schwindelnd war ihm zumute.

Nejat vermochte nicht still zu stehen, lief ein wenig umher.

»Irgendwas … ist hier … *anders* … als sonst.«

Streng und zündend war seine Bemerkung. Der blasse Flieder drückte sich eng gegen die Gartenmauer.

»Nejat-jan …«, begann Rafat, und die Stimme versagte ganz leicht. »Nejat-jan … Lèqor … unser Lèqor … *dein* Lèqor … ist … ist fortgegangen …«

Der Vater des Jungen verweilte regungslos und mit verzweifeltem Gesicht.

»Er ist … gegangen …« Rafat fühlte die Eisigkeit, die nun seine Muskeln, seine Knochen, sein Fleisch durchbrach.

Kein Laut.

Außer den streichenden Blättern der hohen Pappeln, die, sich gegenseitig verachtend, ja heute fast ringend einander befielen, war nichts, rein gar nichts zu hören.

»Lèqor … ist … auf eine Reise gegangen. Auf *seine* Reise.« Damit schloss Rafat. Und er wusste nicht, was in der nächsten, in der kommenden, in der darauf fol-

genden Sekunde passieren, was über den Bruder herein-
brechen würde!

Mit dem Koffer und dem Mantel in der Hand verließ
Nejat ganz unerwartet den Garten, stieg die Treppe hoch
in seinen Teil des Hauses und schloss die Tür hinter sich.

Das Gefühl innerhalb seiner Kehle war ungefähr so,
als drücke der Daumen Gottes seinen Adamsapfel immer
weiter hinein ... und als fließe Gift über seine Zunge,
durch den Gaumen hinab.

In diesem Augenblick, als wäre das alles nicht schon
vernichtend genug, trat seine Frau Swaila in sein Zimmer,
in der Hand – das Blutkissen des Sohnes.

Und das war dann das Ende.

Das Ende des letzten Stückchens Herz, was in Nejat schlug, des letzten Fetzens an noch irgendeinem Nerv
hängender, flatternder Beherrschung. Weinend, oh weinend – wie er noch nie in seinem Leben geweint hatte!
Mit beiden Fäusten rannte er auf die Fenster zu und
schlug auf sie ein, in sie hinein!

Immer und immer wieder.

Im Garten, dem Zeitenecho der Familie, auf der
Straße vor dem Haus ... die Gassen weiter ... überall
quoll sein Rufen nach Lèqor auf, qualmte über den flachen Dächern hoch, drang in die Böden ein, ließ ein jedes Gesträuch erstarren!

Nächstes Fenster, nächstes Fenster – verloren, ein verlorener Mensch, der mit den aufgeschnittenen, offenen
Händen, an denen das Blut herabfloss, in der ganzen Absicht seiner Liebe, seiner so großen, großen Liebe für den
Sohn, dieselbe Menge Blut vergießen zu müssen, ebenso

zu leiden, immer weiter auf die zerbrochenen Scheiben einschlug!

Shirin biss sich in die kleine Hand, unaufhörlich weinend, den sterbenden Worten einer Seele horchend:

Lèqor!! Lèqor!! Lèqor!! Wo bist du?! Lèqor! Komm zurück!! Komm zu deinem Vater zurück!! Lèqor! Lèqor!! Lèqor! Lèqor! Lèqor! Lèqor!! Lèqor! Lèqor! Lèqor!! LÈQOR! Komm zu mir zurück! Komm zu mir zurück! Lèqor! Lasst mich! Lasst mich! Ich will meinen Sohn!! Gebt mir meinen Sohn wieder! Lèqor! Komm zurück! Lèqor! Lasst mich! Ich hasse euch! Ich hasse euch alle! Euch alle! Weg! Weg mit euch!! Gebt mir Lèqor! Ich will Lèqor! Lèqor!! Komm zu deinem Vater zurück! Komm zurück!! Lèqor!! Ich will meinen Sohn! Ich will meinen Sohn! Lèqor! Geht weg! Geht alle, alle, alle weg! Ich will Lèqor! Lèqor! Komm zu mir zurück! LÈQOR!! LÈQOR!! Komm zurück! Komm zu mir zurück! Komm zu deinem Vater zurück!! Lèqor! Mein Lèqor! Mein Lèqor! Lèqor!!

*

Gegen frühen Abend war alles verstummt, so seltsam verstummt.

Wie am Ende eines Krieges öffnete man ängstlich wieder Augen und Ohren. Aber das Bild, das sich einem dann bot, war folternder, bleibender und versteinernder als alles, was Rafat je sah.

Nejat stand im Garten, stand einfach herum. Die Hände rot geschlagen, blutend, sehr stark verletzt.

Das gräuliche Haar war wüst. Das Hemd zerrissen. Die Augen starr, tot.

In diesen nunmehr aufgegebenen Händen hielt er eine neue Lederjacke für Lèqor, er hatte sie auf seiner

Reise für ihn gekauft, es war eine rote, die der Junge sich so sehr gewünscht hatte.

Dann redete Nejat auf sich selbst ein. Nuschelnd, so als gäbe es keinen anderen Menschen mehr auf der Welt, als sei der Sohn das Einzige gewesen, woran er je gebunden, woran er je beteiligt war.

Die werd ich ihm in sein Zimmer hängen. Wenn er zurückkommt, zieht er sie an. Gleich wenn er kommt, kriegt er sie. Hoffentlich passt sie ihm, aber bestimmt … bestimmt tut sie das. Ganz bestimmt. Hmm … das ist merkwürdig, wo ist er denn überhaupt, der Bengel, der treibt sich doch schon wieder herum. Nein, ein Rumtreiber ist mein Sohn nicht. Nicht er. Ihr alle anderen vielleicht, aber nicht Lèqor. Nicht Lèqor … Oh, oh – nicht an sein Lachen denken, Nejat, du verdammter, du verdammter, du verdammter Vater. Nicht an sein Lachen denken. Nicht. Tu es nicht, du Unnützer.

Ja, jetzt bist du unnütz … Jetzt bist du lächerlich … ohne Sohn bist du hässlich! Lèqor? Wo bist du?

Kommst du heute … wieder? Lèqor? Kommst du jetzt?

Komm.

Ich warte hier. Dein Vater ist hier. Bei dir. Bist du auch hier?

Lèqor?

Ich rieche dich … Lèqor … dein Vater riecht dich …

Bitte Lèqor … bitte … ich kann nicht … ohne dich. Lèqor! Ich kann nicht ohne dich sein!

LÈQOR!

LÈQOR!

LÈQOR!!

LÈQOR!

BITTE, LÈQOR!!!

Im Tal des Verschwindens

Mariam wurde das dritte ihrer Mädchen. Mit rosigen Wangen lief sie über der Wiese ihres Großvaters und Urgroßvaters auf und ab, der Wind trieb sie, schob sie, drängte sie zum Spiel mit den beiden älteren Schwestern, die sich eigentlich viel mehr einen kleinen Bruder ersehnt hatten. Nach der anstrengenden Geburt, die Malalai hinter sich hatte, waren sie stumm und mit herabgelassenen Mundwinkeln in das Zimmer getreten, zögernd zum Bett gekommen und hatten sich das wurmgleiche Ding dann angesehen, was da gewaschen und eingebettet im Arm der Mutter geschlafen hatte.

»Ist das *wieder* ein Mädchen«, hatten sie träge gefragt und sich über das Bett gebeugt, durchaus ein wenig interessiert an diesem neuen kleinen Menschen in der Familie und was man alles mit ihm anstellen könne.

Mariam ist der islamische Name für Maria, die Mutter Jesu. Beide besitzen, wie so viele weitere, hohe Gestalten der drei großen Weltreligionen, ihren festen und andächtigen Platz im Koran, unumstößlich und liebevoll wird darin ihre Existenz, ihre Geschichte wiedergegeben.

Geboren wurde Mariam im Hause ihres Urgroßvaters Turabaz Khan, in einem Zimmer des zweiten Geschosses, vor dessen Fenster ein kleiner runder Mandelbaum blühte.

»Unter allen Umständen«, hatte Rafat gestammelt, »wird mein Kind zu Haus zur Welt kommen!« Das Meiden Kabuler Krankenhäuser hatte seine Berechtigung, denn immer häufiger waren Kinder, besonders Mädchen, darin verschwunden, Säuglinge innerhalb ihrer Bettchen vertauscht oder verlegt worden. Solche üblen Machenschaften waren keine Besonderheit mehr in dem brüchigen Land.

Rafat, der durch die Arbeit an der Poesie der Politik entkommen war und den man aufgrund der Eigenart dieser lyrischen Beschäftigung in Ruhe gelassen hatte – womöglich überforderte es die Kommunisten viel mehr, sich mit dem *Anspruch an Schönheit* zu beschäftigen –, war in einen Sorgensee getaucht, aus dem er kaum mehr herausstieg. Wie lang konnte die Familie innerhalb dieses immer mehr zerfallenden Kabuls noch weiter ausharren?

Dabei hatte er seine drei Mädchen im Sinn, einzig seine drei Kinder, für die ein Bleiben in der von Krieg bedrohten Stadt von Tag zu Tag, von Stunde zu Stunde unmöglicher, schlicht widerlicher wurde.

Denn gerade das Kleinste erwachte nachts aus seinem Schlaf, wenn es den Aufprall und das grässliche Aufgehen einer Rakete vernahm, die sofort die Fensterscheiben des ganzen Hauses einmal erbeben ließ!

Manchmal fielen Raketen auch nahe dem Haus, und beinahe regelmäßig war man des Tages und des Nachts von dieser unreinsten, widrigsten Entseelung und Entsinnlichung bedroht, die mittlerweile zwischen den Mujaheddin, den im Lande sich befindenden sowjetischen Soldaten und der afghanischen Regierung selbst ausgetragen wurde.

Zudem ließ man Minen in die Erde ein, vor allem die Mujaheddin waren in dieser Gräueltat weit voraus, weil sie die meisten und größten ländlichen und unberechenbaren afghanischen Landschaften beherrschten und kannten und deren Finanzierung durch den Westen, deren Organisation durch Pakistan ermöglicht wurde.

Landminen sind die mit Abstand schändlichste Kriegsmethode gewesen, denn diejenigen, die Beine oder Arme verloren haben, das waren die afghanischen Menschen gewesen. Einmal im Boden versunken, wachsen die Jahreszeiten darüber hinweg und lassen vergessen, lassen unsichtbar werden, wo in der Erde Gefahr lauern könnte. Die leichteste Regung eines Fußes führt aber bereits zur Explosion. Noch immer sind die Felder, Hänge, Wiesen und Bergfüße voll davon. Und wer beschreitet sie? Die Bäuerin, der Hirte, das spielende Kind.

Es war bei weitem alles noch schrecklicher, als man sich vorstellen kann. Es roch auch alles ganz anders, so ungewohnt und ungewiss.

Rafat sah in dem ganzen Ermessen des Unglücks auf seine Kinder, fühlte, dass sie nicht länger sicher sein konnten, so wie es war, und so würde es sicher eine Zeit lang bleiben. Man müsste vielleicht für wenige Monate fort, einfach fort, und freilich unter einem Vorwand. So würde man dann die Lage beobachten. Von außen. Und man kehrte bestimmt schon nach wenigen Monaten wieder zurück ins eigene Land, wo sie hingehörten!

Einmal ging ein kleines Lebensmittelgeschäft urplötzlich in die Luft, die Menschen darin zersprangen in einzelne Teile. Malalai hatte den Laden nur wenige Sekunden zuvor verlassen. Immer wieder hatte ihn das im Traume heimgesucht und er hatte sich verzweifelt gewälzt, und er hätte darüber gewiss den Verstand verloren, wäre seine Verdrängung nicht ebenso stark gewesen. Überhaupt war diese jetzt allzu nötig, angesichts der Opfer, die man nun für die Heimat, für den geliebten Tempel des Herkommens, für die kostbar goldenen Wurzeln, für diese betörend duftende, feucht gesunde afghanische Erde brachte.

Nein … das Leben in Schrecken musste aufhören, die Kinder gehörten in Sicherheit. Nur so lange, wie dieser Krieg anhalten würde. Keine Minute länger. Mit zwei, vielleicht drei Koffern und viel Geduld und Nachsicht für diejenigen, die immer weiter zerstörten.

ACHTES BILD

Warten

Ich drehte das Blatt um

Delhi war eine getriebene Stadt. In den Gesichtern lag etwas verdunkelt Aufmerksames und sie zogen an einem vorbei gleich einem Schwarm fremder Vögel.

Man musste sich eingestehen, dass man hier etwas Zwischenweltliches erfuhr, einen ganz eigenen und noch ganz anderen Vorgang des Blickes, des Seins und der Gedanken. Hier herrschte geradezu etwas durchweg Einsichtiges, und das in einer Urtatsächlichkeit, die einen immer auch mit Ehrfurcht überfiel.

Diese andere Wertigkeit der Vernunft war nicht zu vergleichen mit morgen- oder abendländischem Tugenddenken, sondern einem allein indischen Willensgewicht entspringend. Was heißt, dass man hier weniger auf störrische Empfindlichkeiten stieß, ja diese einfach gegen eine *unabhängige* Empfänglichkeit und Moral eintauschte.

Gemeinsam mit den Eltern Safia und Siddique sowie der Schwester Laila und dem Schwager Zabi bezog Malalai hier mit den drei Töchtern eine kleine Wohnung. Zur Miete nur und ganz unter dem Vorwand der Erholung. Um aber keinen Verdacht auf sich zu ziehen, war Rafat selbst zurückgeblieben.

Indiens Hauptstadt tat ihnen allen gut. Hier erlebte man den sinnlichen Maßstab einer Gegenwart, die, so aufnehmend und gefasst zugleich, einem ein geradezu entspanntes Bleiben bot. Wie bereits gesagt, nur bis zu einer Besserung dieser unfassbaren Lage im eigenen Land, dann würden sie umgehend zurückkehren.

Und so streiften sie mit der Kleinsten an der Hand gemeinsam über die sonnendurchfluteten Straßen, die so *bedeutend laut* waren, voller Rufe und Tätigkeiten. Ein Lärm, der ihnen lange innebleiben würde ...

In forschender Beobachtung besahen die afghanischen Augen alles Geschehen. Diese ungeplante Auseinandersetzung mit Indien war freilich nur eine leibhaftige, denn in ihrem jungen, beginnenden, gerade erst keimenden Geiste waren die Mädchen schon vertraut mit der klassischen indischen Musik, die ihr Vater in Verehrung an so manchem Abend und hier und da auch mal in einer frühen Morgenstunde, in der die Welt, noch roh und ungelebt, einen ganz scharf delikaten Klang erzeugen kann, hörte.

Im Verständnis dieser Dauer der Musik Indiens, in der ein jeder Laut bis zu einer zierlichen Ewigkeit anhalten kann, in dieser Gewissheit indischer Musikeigenschaft bewegten sie sich denn auch in der Stadt. So wie der Mensch überhaupt viele Bewusstheiten in sich besitzen kann, die sich mitunter so rätselhaft überfallen, hervorschimmern, um dann wieder abzutauchen.

Gerade die filigranen Instrumente dieser klassischen Musik besaßen für Rafat die Erfahrung und Hoheit, seine Seele zu ermitteln. Mit ihnen überformte sie sich schließlich seit seinen Jugendjahren, in denen er begonnen hatte, dieser Kunst zu lauschen.

Diesem Phantastikum an Philosophie, mit welcher eine rein durch Melodik und anonyme Materie erzeugte Transzendenz gemeint ist, entstand ihm in wundervoll langen Bildern der Wesentlichkeit, die sich in keiner Weise körperhaft befühlen, sondern lediglich *bekennen* ließen.

Wenn nun eine solche Unendlichkeit nochmals stimmlich durchdrungen wird, erfährt man beinahe schon etwas Absolutes, zumindest wölbt und klappt sich das Innere weit auf und etwas einem Lichtstrahl Ähnliches strömt ein. Die treppenartig hoch- und hinabzitternden Ragasänger streben eine immer weiter emporgleitende Achtung vor dem Klang an, Ton und Musik überziehen einander rivalitätslos und in vergeistigtem Bund, woraus die schon erwähnte Sittlichkeit an uns herantritt, eine Lehre durch Wohlgefallen eben, wie sie stets die beste aller Schulen sein wird, erinnern wir uns nur an die reiche Sendung unseres Kalligraphen ins Deutschland der dreißiger Jahre.

Das Muster dieser musikalischen Mystik fand sich auch häufig im Wirrwarr Delhis wieder, in ihrer teils beklemmenden, teils aufkochend ungeordneten Konzentration. Da lag etwas zwischen Heimatlichkeit und Fremde, mit all den eigenen Widersprüchen, die ein jeder von ihnen mit sich brachte. Aber nochmals, dies war lediglich eine hinzukommende Tatsächlichkeit nebst der längst vorhandenen unbewussten Kenntnis Indiens durch seine Musik. Rafat wusste, dass die Mädchen das alles aufgesogen hatten. Aufnahmen der großen Meister aus ihren Weltkonzerten hatte er sich oft in Kabul besorgt, einer hatte sich ihm beinahe schon *organisch* eingeprägt, der überwältigende *Vilayat Khan*, dessen vornehme Sitar sich als silberne Spitze über sein Trommelfell legte und seine vertraulichsten und verborgensten Hörnerven auf das Ergreifendste kitzelte, in wiederkehrendem Ausbruch der Zartheit selbst, und was ist *Zartheit*?

Es ist nur ein anderes, ein weiteres Wort für Wissen. Für Glanz. Für das Eigentliche. Für das Hohe in uns.

*

In dieser Hoffnung einer möglichst baldigen Rückkehr nach Kabul setzten sich die Gedanken fest. Indien hatte wunderbar weise Orte zu entdecken und die Zeit würde schon vergehen. Sicher so schnell, dass man die Tage, die sich um dieses Fernbleiben häuften, gar nicht mehr so recht vor Augen hätte. Dann würden es schließlich nur noch Bilder eines Abseits sein, Abschnitte bloß – eh das Leben selbst wieder begänne, wieder schlüge, unterhalb der überlegenen Sonne ihrer Bergstadt.

So lange diente Delhi als Kreuzung zwischen Vorbehalt und Beruhigung, in die sich das Grinsen einzelner Indergesichter mit ihren so schneeweiß hervorstrahlenden Zähnen schlich und hier und da auch mal ein stampfender Elefant, der wie in einem dieser seltenen und fernen Märchen in einer der Vorstellungskraft huldigenden Selbstverständlichkeit, wie sie uns doch eigentlich nur in Fabeln widerfährt, erschien.

Dein Schweigen ist wie tausend Feinde

Wenn man sich im andauernden Schwebezustand befindet, dann kann es sein, dass man wunderbar leichte und geradezu ungebundene Denkbilder über sich entstehen sieht, von denen man dann umschmiegt, in ein freies Heiteres aufsteigt.

Es kann jedoch auch ebenso das Entgegengesetzte geschehen, dass sich nämlich aus dieser Schwebe heraus viele einzeln feine Gewissheiten finster aufzulösen beginnen.

Letzteres war bedauerlicherweise zutreffend für Sayed Rafat Hussaini, der die sich keinesfalls bessernde Kriegsstimmung seines Landes bald nicht mehr auszuhalten wusste. Viele Familien hatten Kabul bereits verlassen und waren weit noch über Indien hinaus in die Welt geflüchtet. Rafat aber hatte ausgeharrt, bis zu den letzten Sekunden eines Hoffnungswunsches immer wieder darum gebangt, allein getrübt waren seine Augen nicht, und er sah die rachsüchtige und bereits tief beschmutzte Intrigenpolitik.

Raketen durchschossen die Himmel über dem Land, Minen sprengten sich und mit sich alles in die Luft, der Boden trug Gewitter, der Wind roch nicht mehr nach Wind.

Eines Nachts im Bett, eine Zigarette in der Hand, blickte er lang in Richtung des Fensters, in den zerbombten Regenfrühling hinaus.

Die langen Rosengitter vor den oberen Fenstern des Turabaz-Hauses, wo er jetzt ganz allein lebte, standen ganz still, und für kurz war dieses Gitter das Gitter seines Herzens.

Niemals hatte er Ähnliches geahnt oder vorhergesehen, niemals ein solch schreckliches Ausmaß befürchtet.

Die blauen Tropfen schwirrten an der Wand, gespensterhaft marmoriert im Qualm des Rauches seiner Zigarette und im verzogenen Glas der Scheiben.

Fliegend sah er vor sich seine drei Mädchen, Elfen seines Blutes, Nachkommen Da'ud Hussainis.

Wieder griff die tyrannische Faust des Lebens in seinem schmalen Leib nach den Innereien und zerdrückte sie. Und diese stumme Feindschaft zwischen Seele und Krieg trat ihm als brennende Magensäure bis hoch an den Gaumen und wieder herab. In ihm war alles wie aufgeweicht. Das Federgefühl seiner Vergangenheit war verschwunden, war einem sumpfartigen Sog der Gedärme gewichen, etwas Ängstliches, das er nie gekannt hatte, war geboren.

Wusste er, sah er bereits ein, dass dies sein womöglich letzter afghanischer Regenfall war?

*

An dieser einen Stelle des Bettes verblieb er, vielleicht waren es Stunden, vielleicht aber auch nur eine einzige Minute. Die Zeit ist ja ohnehin täuschender, als man gestehen mag. Aus allen Richtungen floss sie über ihm zusammen, fiel an ihm herab, geschmolzenes Gold einer langen großen Verehrung, zu einem Land der Sonnen.

Ja, womöglich ist *Gold* die Farbe und Stofflichkeit der Zeit. Oder aber es ist nur das spöttische Material aller Irrtümer und ausschweifend langsamer Tode.

Und würden wir so oft nicht so gern, so sehnsüchtig an *Menschen* glauben statt an Götter?

Was würden wir alles wollen, wenn wir könnten! Was würden wir die Zeit begreifen lernen, wenn wir es vermöchten. Was würden wir erkennen, würden wir sehen. Wie wundervoll würden wir anschließend sterben, wenn wir das alles täten.

Rafat schloss die Augen.

Er sah den Kalligraphenvater, sah, wie dieser ein Parfumfläschen voll Tausenden … voll Millionen beschriebener Reiskörner über dem Kopf des Sohnes leerte, und es kam nicht zum Ende, sondern es wurden immer mehr und mehr Reiskörner, die sich in seinem Haar, in seiner wohlgeformten Ohrmuschel dem zerbrochenen Rauschen weinend anschlossen.

In ihnen schwamm er dann dahin, getragen, wie von den dünnen Armen des Vaters. Heimlich zu weinen und ganz stille zu klagen, danach war ihm jetzt zumute. Es war ja ohnehin niemand bei ihm, die Einsamkeit des Verlustes hatte begonnen, und an diese würde er sich ein ganzes Leben lang gewöhnen müssen. Zum Preise dieser wohl einzigen und künftigen Gewohnheit nämlich, alle bisherigen Rhythmen abzulegen.

Abzuschließen.

Und dann zerbrechen.

Im blauen Hirn entfernter Seen

Dem Schriftstellerverband gegenüber hatte er erklärt, das jüngste seiner drei Mädchen sei erkrankt und nun müsse er unbedingt und unaufschiebbar nach Delhi. Die Wohnung in Shor-e-naw vermietete er so lange, einen oder zwei Koffer packte er mit Büchern und Wäsche sowie den in seinem Besitz sich befindenden Kalligraphien des Vaters und fuhr dann mit seinem grasgrünen Volkswagen zum Familienhaus nach Baghe Nawab hinaus.

Die meisten Mitglieder beider Familienzweige befanden sich bereits irgendwo im Ausland – Frankreich, Amerika, Deutschland. Und die Glücklichen, wie es oft hieß, waren ihrer natürlichen Tode wegen von der Welt gegangen, als das Land noch nicht zerfallen war. Unser Künstler, Sayed Da'ud Hussaini, Safura, Turabaz Khan, Sher. Der Rest der Spur dieser zwei machtvollen und einst so bedeutenden Familien Kabuls verlief sich in der Welt.

Als er in das Haus eintrat, fand er zunächst keinen vor.

Fast glaubte man, niemals Menschen in dem Hause gesehen zu haben, so fleischlos wirkte es jetzt.

»Shirin! Shirin!«, rief er mehrmals und mit einer leidenden Falte auf der Stirn. »Shirin!«

Sie eilte in süßlich kleinen Tapsschritten herbei, ganz

wie es ihr eigen war. »Aber ja, aber ja – ich komme, ich bin schon da!

Rafat, mein Sohn …« Sie streckte die Arme nach ihm aus, er küsste die Hände seiner Mutter, *länger* als sonst, *bewusster* denn je, und mit geschlossenen Lidern einer noch unterdrückten, aber gewiss bald über ihn ausbrechenden Verderbnis roch er an ihnen, atmete sie ein und aus, spürte ziehende Schmerzen im oberen Bereich des Magens.

»Shirin … ich muss gehen …«

Ohne laut zu werden, ohne Heftigkeit nickte sie und hielt den vor ihrem Stuhl knienden Sohn fest bei sich.

»Ja, du *musst* gehen«, erwiderte sie und bemerkte die ersten gräulichen Fäden zwischen dem kurzgeschnittenen braunen Haar ihres Sohnes. »… aber setze mich vorher in ein Flugzeug, denn das hier ist doch sowieso schon ein Totenhaus geworden, und wenn du nun auch fort bist, dann werde ich den Verstand verlieren! Versprich es mir, versprich mir, dass du mich wegbringst von hier, dass du mich mit dir nimmst!«

»Ich verspreche es, Shirin, ich verspreche es dir, du mein liebstes kleines Mütterchen. Ich werde dich nach Berlin, nach Deutschland schicken, zu Hashmat, dort wirst du erst einmal bleiben. Delhi ist zu heiß und zu anstrengend für dich.«

»So machen wir's! Ganz wie du sagst, mein Sohn, ganz wie du sagst. Aber … lange werde ich dort nicht bleiben können, denn … mein Herz … ist doch so sehr an *deines* gebunden … so sehr!«

»Ich weiß! Und ich werde nachkommen, ich werde kommen und dich zu uns holen, ich verspre-

che es dir, *Modari-jan*, ich verspreche es dir mit meiner
Seele!

Schau nur deinen Schleier an, wie sauber er ist, ich
erinnere mich, dass er immer schon so weiß war.

Ach ... nie hab ich da jemals einen Fleck entdeckt ...
nie! Mutter, meine kleine Shirin ... du meine *Heldin* ...«

Sie sagte noch etwas, sprach etwas vor sich hin, aber
er hörte ihre murmelnden Worte ja kaum. Es schüttelte
ihn, er schwitzte. Unregelmäßige Wortfetzen drangen zu
ihm durch, mehr nicht. Seine Haut brannte, die Mandelaugen waren rot unterlaufen, die Wangenknochen stark
eingefallen.

»Mutter, wo ist Nejat?«

»Ach, wo soll er schon sein, ist oben bei sich.« Sie
seufzte und wies zur Treppe hin. Ihre wunderbar langen
Augen blickten schwer. Das Haar silbern schwarz im Nacken zusammengebunden.

Die Stufen gaben noch immer den zerbrechlichen
Laut von sich, den Rafat aus seiner Kindheit und Jugend
erinnerte.

War das alles nicht erst *gestern* gewesen?

Aber war gestern nicht auch heute und war nicht alles längst vorbei?

Er schwankte kurz, der Magenschmerz wandelte sich
zu einer sehr lästigen Übelkeit. Er rauchte zu viel, und
dann diese Gedanken ... all diese Sorgen.

Er öffnete das Hemd und war froh, an diesem Tage
keine Krawatte zu tragen, wie er es gerne im Schriftstellerverband tat, er mochte sich gern so putzen, und es
stand ihm ungemein. Jetzt aber war er in einen dünnen,

lachsfarbenen Pullover und eine etwas breiter geschnittene graue Leinenhose gekleidet. Die Luft drang zu ihm durch, schneller als durch einen Anzug.

Er klopfte nicht, sondern trat ohne zu überlegen ein.

Nejat saß auf seinem mit einem Fuchsmuster gepolsterten Sessel, vor den großen Fenstern, die die Wand beinahe aufrissen, und schaute in den Garten und über die Gartenmauer hinweg. Messerscharf zerschellte eine Bergesspitze, eine *bestimmte* Bergesspitze, die er oft betrachtete, am Horizont.

Das vollständig verblichene Haar hing starr herab, die Augen teilnahmslos von sich gerichtet.

Rafat nahm sich einen Stuhl und setzte sich etwas weiter hinter ihn, dem Älteren gebührte schließlich die vordere Reihe. Er zündete sich eine Zigarette an und lächelte, als er das vertraute Fell entdeckte.

»Turabaz Khan hatte einmal einen Chapan, weißt du, Nejat-jan, einen mit Fuchsfell, so wie dein Sessel hier. Innen dann blaue Seide. Er war hoch gewachsen, ich glaube, fast einen Kopf größer, als ich es bin. Da ist jedenfalls ein Bild von ihm, in diesem Umhang, ich werde es nie vergessen. – Es war so, er rief mich im Büro an, sagte, *Rafat – ich möchte heute Mittag mit dir essen!* Na, und du weißt ja selbst am besten, Nejat-jan, das war der Befehl eines Generals, mir blieb nichts andres übrig, als seinem Wunsch zu folgen. Ich hatte Termine, aber die sagte ich ab und fuhr pünktlich zum Mittagessen zu ihm in sein Haus.

Er erhob sich, als ich das Zimmer betrat, normalerweise erhob er sich für niemanden, für *niemanden* – so stolz war er! Mir aber, mir kam er sogar entgegen, eine

Karakul-Kappe auf dem Kopf, *lachend* und reichte mir die Hand. *Rafat-jan*, sagte er ... *Komm und setz dich zu mir*, sagte er ...«

Kaum war die Zigarette ausgeglimmt, als Rafat sich bereits die nächste in den Mundwinkel steckte.

»Du gehst?«, fragte Nejat. Der rötlich graue Bart oberhalb seiner schwungvoll gezeichneten Lippen schmückte dieses afghanische Gesicht.

Rafat wollte antworten, wollte etwas sagen, aber seine Zunge war plötzlich wie einbetoniert.

»Das ist gut ... das ist gut für euch ... du musst weg von hier.« Nejat verschränkte die Arme vor der Brust.

»Was ist mit dir, Nejat-jan?«

»Mit mir? Na, was soll denn sein, ich bleibe. Ich bleibe *hier*.«

Dann erhob er sich von seinem Platz, verschwand im anderen Zimmer und kam mit einer kleinen Tüte zurück.

»Hier, das sind Zitronendrops für die Mädchen.« Er setzte sich wieder und nahm den schon geschauten Blick nach draußen wieder auf.

Rafats Augen, sein Herz, seine Adern, seine Knochen – alles füllte sich mit Tränen. Seine Fäuste zitterten, als er das sorgfältig verpackte Tütchen sah.

»Und küsse sie von mir, hörst du. Und grüß auch Malalai.«

»Das werde ich, Nejat-jan, das werde ich ...«, versprach Rafat flüsternd.

»Hm, hab doch die Kleinste noch vor wenigen Wochen auf meinen Schultern zum Auto getragen.«

Nejat schmunzelte tatsächlich.

»Ja, Nejat, ja … das hast du, und … und ich danke dir, dass du auf deinen … deinen müden Armen … mein Kind gehalten hast …« Rafat konnte nicht mehr an sich halten und schluchzte auf.

»Und ich … ich … ich werde auch die Reiskörner an mich nehmen, wie es Vater wollte.«

»Ist in Ordnung …« Nejats Stimme kannte keine Nuancierung mehr, alles klang bedeutungslos, im Grunde war es so, dass er seit dem Tod seines Sohnes jegliche Empfänglichkeit für Freude verloren hatte und in monotoner Abwesenheit das Leben, den Atem seiner Lungen lediglich erduldete und ihnen gleichzeitig mit Verachtung begegnete. Denn am liebsten hätte er sich diese Luft schon längst entzogen.

»Es wird alles wieder gut werden … wir werden – werden zurückkehren, ich weiß es! Ich lasse dich für's Erste allein, Bruder, vergib es mir – aber ich werde zurückkehren zu dir!«

»Unsinn. Geh schon und mach, dass du wegkommst aus dieser … dieser Höllenstadt. Du darfst jetzt keine Zeit mehr verlieren, irgendwann lassen die hier niemanden mehr raus und auch keinen mehr rein.« Nejat schaute ihn kurz und ohne Ausdruck an.

»Ja, Nejat-jan, ich … ich werde jetzt … jetzt … gehen …« Rafat trat von hinten an ihn heran, vergoss so viele, so schlimme Schreckenstränen. Wie ein kleiner Junge, nein – wie ein ganzer Mensch legte er die Hand auf das Haupt des Bruders, das wie ein Feuermagnet die Finger des nun ziehenden Dichters an sich zu heften schien.

Draußen im Garten suchte Rafat dann die Stelle auf, die er ganz genau kannte. Jene Stelle der Erde, in der die Reiskörner begraben lagen, beerdigt von ihrem Meister selbst.

Seine Wangen unterhalb der Augen rötlich wund von den heißen Tränen.

Er zog die Ärmel seines Pullovers hoch, kniete sich nieder, drückte die Knie fest ins Gras und schippte die Erde etwa einen halben Meter tief heraus.

Dann griff er blind hinein – fühlte so lange darin herum, bis er ein mittelgroßes Kästchen erfasste und mit endgültiger Absicht zu *gehen* den Boden wieder glattstrich.

*

Die Ankunft in Delhi war katastrophal.

Rafat hatte sich mehrmals im Flugzeug bei der auf- und abfallenden Landung übergeben müssen und war gelblich bleich, als ihn die Familie am Flughafen erwartete. Alle waren bestürzt über seinen erschlafften und mageren Anblick.

»Du sollst nicht so viel rauchen – schau dich doch an, du bist dünner geworden! Das ist nicht gut.« Malalai sah mit Sorgen auf ihn. Ihr rötliches Haar war kürzer geschnitten. »Denkst du denn, ich leide nicht? Denkst du denn, ich fürchte mich nicht?«

Er schwieg, sagte nichts darauf.

»Die Lage hat sich nicht verbessert, und Sahar, sie fühlt das alles schon, sie hat Angst. Und mein Vater, was wird aus meinem Vater? Wie lange noch sollen wir hier bleiben?«

Noch immer sagte er kein Wort, starrte gegen die Wand, den Tee kaum angerührt.

»Warum sagst du denn nichts? Sag doch etwas ...« Sie blickte ihn mit ihren frischen Augen an, unter denen, edel liebend, die schwere Schar der Sommersprossen geduldvoll auf eine Antwort wartete.

Es gibt Filmaufnahmen aus dieser Zeit in Indien. Darauf sind alle zu sehen, die Großeltern Turabaz, die drei Mädchen, Tante und Onkel, Mutter und Vater.

Man sieht sie, mal lässig heiter und sehr elegant gekleidet, ganz so, wie sie es aus ihrem Leben in Kabul kannten, dann unerwartet innehaltend, immer im Wechsel.

In ihrem Innern aber bangten sie. Bangten sekündlich um ein Wohl des Landes, um eine Ruhe, um traumlose Nächte, in denen einmal nicht die Ängste des Lebens ihnen erschienen.

Besonders Rafat hatte sich in eine Wesensverpuppung zurückgezogen, in der er nur so auf eine Aufforderung wartete, die ihn zurückriefe, die ihn heimkehren ließe. Leider jedoch nahmen die unseligen Nichterwiderungen zu, das Ausbleiben, ja *Absterben* der afghanischen, so grenzenlos anmutenden Hoffnung war die wahre Entgegnung.

Die Momentaufnahmen zeigen einen sich im aussichtslosen Dämmer befindenden Mann, der mager, beispiellos schweigsam und permanent ausweichend – sein Leuchten, seine Leichtigkeit, seine Tauben verliert.

Was aus den Tauben wohl geworden ist?

Wären die Kinder nicht gewesen, wäre gewiss eine noch viel drückendere Stimmung aufgekommen, die sie ja ohnehin schon belagerte, die aber dank des natürlich kindhaften Glücksverdienstes der drei Schwestern zumindest in kleineren Erlebnissen des Lachens aufgebrochen werden konnte.

Es war dies aber nicht die Suche nach Trost, vielmehr die Flucht dahin, denn aus ihrem *Befürchten* wurde allmählich *Bedauern*, die Berichte und Nachrichten aus Afghanistan hatten ihr menschenfeindlichstes Ausmaß erreicht.

Sucht den Garten nicht mehr auf

In Rafats Erinnerungen gluckste Delhi später wie eine Blase auf, in der ein ganzes Jahrhundert gesammelt war. Das Jahrhundert seiner Väter und Großväter und all die Jahrhunderte davor waren nunmehr erstickt.

Es hilft nichts, das Leid etwa *verringerter* darzustellen, es geschähe sozusagen nicht zum Vorteil der *Wahrheit*, jener also neu hinzugetretenen Wahrheit unseres Kabuler Dichters, der eingesehen hatte, abermals nicht zurückkehren zu können. Die Mädchen hätte wahrscheinlich eine nationale Erbschaft des Leides erwartet, und das konnte er um keinen Preis verantworten oder aushalten.

Von Delhi aus musste es nun weitergehen. Aber wohin? Wo um alles in der Welt sollten sie denn nur hin, wenn nicht nach Kabul? Und wie ging doch gleich eines seiner Kriegsgedichte: *Liebe wäre das einzige Land zum Leben, wenn Afghanistan nicht wäre.*

Die poetische und damit grausam süße Bedeutung für das Wirkliche nahm undenkbar zu.

*

Die Großeltern Siddique und Safia folgten der Tochter Laila nach Amerika, wo ihr Schwiegersohn Zabi, ein zauberhafter, unübertrefflich sittlicher und sanft orientalischer Humanist, bei Besuchen seiner sich zum größten Teil dort aufhaltenden Verwandtschaft Arbeit gefunden hatte.

Das Gefühl in Rafat weigerte sich, in die Vereinigten Staaten zu gehen, irgendetwas daran missfiel ihm gründlich, vielleicht eine Art Widerwillen gegenüber der Geschichtslosigkeit Amerikas. Nein, es musste ein Ort des Gedächtnisses sein, es musste Europa sein.

Zabi drückte ihm daher einen ganzen Packen von seinem erarbeiteten Geld in die Hand, versicherte ihnen, baldiges Geld nachzuschicken, sobald er wieder genug beisammen hätte, kaufte der Familie Flugkarten nach Deutschland, woselbst seine Schwester Ärztin war, und verabschiedete sie damit in seinen heilsam wissenden Blicken.

Da sah er sie, sah seine Menschen – seine Frau, seine drei Mädchen und im Spiegel des Misstrauens sah er auch sich, einen Abgetrennten, einen Fortgerissenen.

Die Splitter, die Fetzen und das nun vollständig zersprungene Glas in Rafats Glauben an Afghanistan, an die freie Meisterschaft der hohen Söhne und an die Beherrschung des Menschlichen machten ihn zu einem fortan Gefangenen der Geschichte.

Der Einschnitt des Unheils, welches über ihnen aufstieg, war grauenvoller, als man sich vorstellen mag, denn man bedenke nur das ehemals so umstandslose und sinnvolle Kabuler Leben, im weit zurückreichenden Zusammenhang des Namens der Familie, die Möglichkeiten, die sich einem eröffneten, allein über den Telefonanruf des Vaters mit einer jeglichen Institution, da hatte immer ein

Machtwort schon genügt, um dem Sohn einen Weg zu eröffnen.

Oder aber die Sorglosigkeiten im Schoße der Mutter, das Beständige, Vertrauliche an den Gezeiten des Wetters, die ständige Sonneneinwirkung, die vielen bunten Feste und das Hochhinaus der Wünsche, denn stets waren es *Wünsche* nur gewesen, zu keinem Zeitpunkt hatte Rafat so etwas wie Ehrgeiz besitzen müssen.

Hinzu kam die größte und schmerzlichste Last, seine über alles verehrte *Sprache* aufzugeben. Nun mussten Brücken bestiegen werden, die eine Zwischensprache, eine so genannte *Verständigung* zum Zwecke hatten – für einen Lyriker ist das die Übergabe ans Totenreich.

Trauer würde nun zu seiner Gewohnheit werden, sie würde seine einzige Heimat bleiben, ihn vor möglicherweise noch bedenklicheren Schmerzen bewahren. Nein, er würde eben zu *keiner* Gewohnheit mehr finden, in *keine* Heimat mehr kommen, vor *nichts* mehr beschützt sein.

Der vollherrschende Raumreichtum seiner Sprache, seiner grundsanften Gedanken und seines doch eben noch so lebenslachenden und damit anscheinend siegenden Daseins wurde ohne Beweise beendet, denn es gibt nun einmal für die Seele, für den *Sieg* kein Dokument.

Natürlich war dies das Ende.

Denn Rafat Hussaini zählte nicht zu denen, die sich plaudernd, die sich beschönigend oder die sich ganz einfach mimend und darstellend als Schauspieler in einer neuen, in der *anderen Welt* einfänden.

Wer würde *seine* Sprache sprechen, wer würde darin *versen*, wer würde das Wort seiner Sprache *feiern*, und wer würde ihn *erkennen* als den Sohn Sayed Da'ud Hussainis?

Als den Enkel Sayed Ismail Hussainis?

Als den Nachkommen des *Hussain*, als ein Blatt am Mohammedgeäst?

Für die Absolutheit eines solchen Zeugen der Schönheit seiner eigenen Welt, eines solchen Geschworenen der orientalischen Poesie, dem *Turme seines Glaubens,* folgte auf jede folgende Welt, mochte sie auch noch so schimmernd, auch noch so tanzend, mochte sie auch *Europa* sein – nur noch Zerstörung, und es fällt mir nicht schwer, meinen Vater auf diese Weise zu porträtieren:

Man nehme einfach einen Pinsel, nehme Himmel und Meer, Wort und Staub und Sand und ein großes Fass an schwarzer Farbe.

NEUNTES BILD

Süddeutschland

Die Namen der Hüter der Entfernungen

Die Sommerobstwiesen in Neuffen, jenem klitzekleinen Städtchen im schwäbischen Deutschland, verhielten sich zu ihren Böden, zu ihren Wanderern und überhaupt zum Licht wunderbar gewandt und prächtig.

Neuffen war die Schwelle der Töchter zur neuen, zur *anderen* Welt. Zum Feiersaal sollte ihnen die heiter dramatische Alb, sollten ihnen all die ehrwürdigen, herb vornehmen Burgen, die fein leuchtenden Täler und all die tuschelnd nah gerückten Dächerchen werden.

Neuffen lag süß verschwiegen, wenn man von hier aus die Nachbarstädtchen durchlief, ließ man sich vom Wege leise wiegen ...

Die von dunkelgrünen, im Wind säuselnden Tannenhainen dicht und huldvoll aufgeschobenen Jahreszeiten bescherten einem glänzende Landschaften.

Zweifellos einer der holdesten Plätze der Welt, besonders in seiner Kenntnis geographischen Zaubers. Hier bemaß sich *Schönheit* auf eine entscheidend sanfte Weise. Verlegen und einfach und darin zutiefst ewig.

Es ist so, dass das Gedächtnis der drei Schwestern keinesfalls mit Neuffen beginnt, denn die hohe und anmutige Geschichte ihrer Familie floss ihnen im Puls. Aber zugleich *teilte* sich ihre Wahrnehmung hier. Der Aufenthalt auf Brücken ermöglicht mehr Schau, man sieht in *beide*

Welten hinein. Das ist Glück, soviel wie es Unglück bedeuten kann, denn fortan ist das auf zwei gewaltige Hälften ausgerichtete Urteil des inneren und des äußeren Auges ebenso verzweifelt wie grenzenlos erhaben.

Es gibt nicht immer zwei Seiten, manchmal ist es so, wie es nun einmal ist. Aber in diesem Fall geschah es, dass sich den Mädchen der Blick scheitelte – ein Lid für das Abendland, das andere fürs Morgenland.

Die Witterung eines solchen Schicksals ist denn freilich nicht immer sonnenhaft. *Gerade* die Beobachtung beider Welten kann manches Mal zu viel Aufschluss darüber geben, woran es im Grunde so mangelt, am Verständnis nämlich, genau genommen dem Verständnis davon, dass es kein Verständnis geben kann.

Stattdessen wird immer wieder aufs Neue diese *Irrfahrt* aneinander erprobt, aber nur von oben betrachtet erkennt man, dass dies keiner Auseinandersetzung, sondern einem tölpeligen Schlachtfeld gleicht.

Austausch hieße, zu bekennen, dass man einander nicht gleicht und dass man einander nicht versteht. Dieses *kulturelle Geständnis* wäre allzu sehr vonnöten und nebenbei gesagt auch äußerst kühn. Man erlaube mir also diese Preisgabe einer Beschaffenheit, wie ich sie über den tiefen Weltensturz meines Vaters erfahren durfte, was hoffentlich Berechtigung genug ist. Denn die Kunde der Einsicht ist das Bekunden der Not. Allein, in der unwiderruflichen Hingabe an das Ausschalten des Jubels gelang es dem Vater Rafat und der Mutter Malalai, die Flucht aus der Heimat als den Abschluss ihrer Selbstverständlichkeit anzunehmen. Auch wenn sie sich das alles hätten nie träumen lassen, so war es ja mit dem Zeitpunkt des Ankommens in der Fremde – welches ja nie wirklich ein Ankommen war – bereits ein Vereinsamen und Verlieren.

Der ganze biegsame Reiz des Daseins liegt in seinen Plötzlichkeiten, Überraschungen und Möglichkeiten, welche sich ihnen nur in der eigenen Sprache und unter vertrauten Gestirnen zu vollbringen wussten.

Diesen Gewissheiten einmal entrissen – gelingt Begeisterung, Bewegung, Zerstreuung und *Bejahung* nicht mehr so leicht, so fließend, so gleitend.

Liegt nicht im Sinn des Ausspruches *Nach dem Höheren trachten* so viel Schlimmes? Rafat jedenfalls war einem der gipfeligsten Wagnisse der Seele und des Anspruches beigetreten, der Lyrik.

Die Sprache seines Landes, nennen wir sie *Farsi*, nennen wir sie *Dari*, nennen wir sie Persisch, besitzt Worte, die es im Deutschen gar nicht gibt. Empfindungen, Verwandlungen – die nicht einmal eine ähnliche Entsprechung finden.

Das steile Streben war nun vorbei. Seit dem Beginn des Exils war dieser Mann nicht wiederzuerkennen. Er war nun deutlich beleibter, versunken, betreten, unangenehm nervös und mit zunehmender Zeit auch *böswillig* und *furchtbar*.

Seine Miene hatte sich vollständig verändert, freilich *engelhaft* noch immer, aber dabei so unaufgehoben und dunkel, viel zu ernst und träge, leer und gezwungen, abgrenzend und durchbrochen.

Er trank und rauchte und kam über das Leid nicht hinweg. Das große Begräbnis Afghanistans – denn was seither aus diesem Lande zu uns dringt, ist nicht anders zu bezeichnen – hatte ihm die letzte Klage, die letzte Träne genommen. Das müde Herz gab sich einem stummen Zug des starren Verharrens hin.

Ohne Afghanistan gab es für ihn nichts mehr zu erkunden, zu erforschen, zu bezwingen. Es gab nichts mehr zu erfinden, zu formen, zu wollen.

Die Schärfe seiner Unruhe und die kalte Qual in ihm – waren oft einfach zu bitter für Frau und Kind. Rafat Hussaini war zu einem *Fjodor Pawlowitsch Karamasow* geworden, einem fleischlichen Gespenst, das sich in gewissenloser Selbstsucht ganz und gar in seinem Unglück eingerichtet hatte und alle seine Menschen mit sich hineinzuziehen begann.

Malalai flüchtete sich ganz in die Mutterschaft, umsorgte die Töchter mit liebender Aufmerksamkeit, mit ihrer wunderbaren Anwesenheit, ihrem Duft, ihrer Eleganz und ihrer ausgefüllten unbegreiflichen wertvollen unübertrefflichen ewigen *Geduld* mit dem wohl unberechenbarsten Menschen, zu dem Rafat geworden war.

Was hatten diese beiden Menschen auf sich genommen für die Kinder!

Was hatten sie zurückgelassen und verabschiedet!

Welch Opferformel der Liebe war dies gewesen …

Das unauffindbare Buch deines Lächelns

Um es mit dem Hammer zu sagen: Rafat Hussaini sah im Untergang Afghanistans den Untergang eines Menschengeschlechts. Gewiss musste das Land immer schon mit seinen Widersprüchlichkeiten umgehen, aber diese wurden zu Dämonen, zum Schwindel, zum Übel. Lüge und Verstellung übernahmen die Macht.

An der Beseitigung des Überflusses mag man zuweilen mehr noch zerbrechen, und eine Auslöschung aller Erinnerungen, die wünscht man sich dann sehnlich herbei.

Nicht zu sehr ans Antlitz der Berge denken ... nicht daran, wie man Granatäpfel aufbrach bei den Rosenstöcken. Nicht die flüchtigen Staubkönige unter den Turbanen beschwören ... nicht!

Mittlerweile hatten sie sich im unteren Geschoss eines Hauses eingemietet, welches am Ende einer kleinen Straße lag und dessen Vermieter selbst die obere Etage bewohnte.

Rafat hatte auch Arbeit gefunden. Die Familie besaß nur wenig Geld. Jeden frühen Morgen verließ er unwillig und voll Gram das Haus, die Steinplatten an den vier Fenstern entlang und bei jedem Fenster je einmal fluchend. So böse zischend, so *verloren*, dass die Mädchen ängstlich darüber erwachten.

Die mannshohe Fabrikbohrmaschine, die er einen halben Tag lang betätigen musste und die in ihrem toten Gebrüll nichts als Verachtung in ihm keimen ließ, war eine Zumutung für einen Dichter!

Man macht es einen Tag, fünf Tage vielleicht, hundert Tage – aber schließlich wird man wahnsinnig. Man verliert die Nerven, die Kraft, Arme und Beine gehören einem nicht mehr, waren für so etwas nie geschaffen gewesen! Er hasste sich in solchen Momenten zutiefst, und mit sich gleich die ganze Menschheit. Das war das Unmöglichste, das Furchtbarste für ihn, ihn, den Sohn eines Kalligraphen!

Wie sollte er darüber nur wieder zu sich selbst finden, wo er doch an einer solchen Maschine zunehmend sich von allem entfremdete?

Den Unmut, der darüber erwuchs, den spürte dann die Familie. Rafat litt an bedrängenden Magenschmerzen, wurde immer schweigsamer, und wenn er etwas sagte, dann ohne Zärtlichkeit, ohne Verbundenheit, ja ganz in der Wut seines lärmenden Herzens.

Er löste sich immer schrecklicher auf, er zerging, er zerfiel. Und wenn man seiner Heimat nur noch in der deutschen Tagesschau begegnet, all die Aufnahmen einer aussichtslosen Geisterfahrt betrachtet, sinkt man in ächzenden Schüben dahin.

Die Welt vergisst gern, und solch ein Vergessen ist der Tod. Welche Glocke soll man denn dann noch läuten, welche Banner noch schwenken, wenn alles abgerissen ist?

Die Töchter waren immer zutiefst betroffen, wenn der Vater in unbeständigem und fehlerhaft unzureichendem Deutsch dem Exil ausgeliefert war. Sie kannten ihn in seiner Fatalität des *Dari*, mit der er sich einen

Thron gedichtet, mit welcher er sich doch unsterblich reden wollte!

Und Malalai, mit welchem neuen Vokabular sollte sie sich in dem neuen Land in ihrer Liebenswürdigkeit umreißen?

In den fremden Worten gelangen den Eltern höchstens Knappheiten, Nennungen, Beschränkungen.

Aber was ist mit der Nuance im Kehlkopf, der Verführung von Pointierungen, was ist mit *Erwähnung* und *Gesang* und *Elektrizität* der Sprache – was ist mit dem *Fest* der Sprache, das sie immer so freudig gehalten?

*

Was ward aus meinem Land?, lautete eines seiner Gedichte. Die berechtigte Frage eines solchen Fragenden, der die Finsternis über der Heimat als Virus eines noch lange, lange anhaltenden Kampfes durchschaute. Den inneren Schrei seiner afghanischen Freiheit würde er im Exil verlernen.

Wohin seine Beschuldigungen gingen, wem sein Vorwurf galt? Keinem Menschen … vielmehr den Unbegreiflichkeiten, den verdorbenen Eigenschaften.

Wenn man sich ein Leben lang nur an die Gesetze der Dichtung gehalten, wenn man sich in jeglicher Ansprache nur an das *Wort* selbst gerichtet und sich an den überragenden Raubzügen der Kunst einer Hochsprache beteiligt hatte, können einen die Minuten in einer gräulich sterilen, unterschiedslosen Ausländerbehörde für alle Ewigkeit kränken.

*

Musik war von äußerster Wichtigkeit in der Familie Hussaini. Rafat besaß Stücke aus aller Welt, die Mädchen kannten früh den seiden mächtigen und argwöhnischen Beethoven, die leicht ölige und aufwärmende Stimme Dean Martins, die kubistisch gesprengten und wieder bunt zusammengefügten Holzschnitte des Jazz oder das vollständige Werk der klassischen indischen Musik, daraus Lieder der freien Interpretation ebenso wie denn auch strenge Heiligkeiten einer stundenlangen bloßen Instrumenteinstimmung und Tonübung von Sitar, Sarod oder der Tabla. Eine der ersten Erwerbungen vom erarbeiteten Geld war eine Musikanlage gewesen.

Und Gedichte lagen immer offen herum, Bücher, die aufgeschlagen einem ins Auge fielen. Einmal rief er seine jüngste Tochter zu sich. Sie setzte sich, spitzte die Ohren und blickte den Vater aus ihren erwartungsvollen Augen heraus an.

Dann zitierte er, ohne ins Buch zu sehen, in freien Zügen ein Gedicht.

»Merkst du, wie er einen trägt, dieser Vers? Und wie kostbar *Bedel* die entscheidenden Worte arrangiert? Wie wundervoll er eine Sinnkette schafft aus *Wein* und *Pokal* und *Garten*.

Mariam-jan ... lass dir eines gesagt sein: Poesie ist kein Zufall, sondern Übertragung, Einstimmung, Unruhe.

Und Mariam: *Es gibt keinen Übersetzer* ... «

Zwar hatte Rafat ein wenig an Leuchtkraft der Rhetorik eingebüßt, seit er im Exil lebte, aber das Lodern seines Sprechens in der Muttersprache war nicht erloschen. Zu seinen Töchtern redete er stets auf *Dari*, verbot sogar das Deutsch im Haus, mit welchem sie ja ohnehin in gewichtigste Berührungen kommen würden, also war es seine Aufgabe, ihnen ihren *natürlichen Spiegel* vorzuhalten, und das ist nun einmal die Sprache der Heimat.

»Wenn du deine eigene Sprache nicht beherrschst, Mariam, dann ist das ungefähr so, als schlügest du deine Mutter. Verstehst du mich? Begreifst du das? Es wäre eine Ohrfeige deinem Land … deinen Vorfahren gegenüber. Ich habe diesen Satz neulich gelesen, in irgendeinem Buch, und ich finde wirklich, du solltest ihn dir bewahren.«

Seine Feste galten immer der Literatur, er erklärte seinen Kindern die Notwendigkeit eines höheren Wollens, die Auszeichnung, sich nicht nur in einem nächstmöglichen Wortgefüge darzulegen, sondern in der feinsten sie überkommenden Ahnung, von einem *immer noch höheren Ausdruck!*

»Ihr seid das euren Herzen, ihr seid das mir schuldig.«

Wenn er Lyrik vortrug, dann waren es bestechend funkelnde Gedichte. Es war beängstigend schön, in welch gnadenloser Sicherheit er die ästhetische Auswahl traf. Ein jedes Mal war man dann wie zerrüttet und durchsucht von der hundertfachen Bedeutung einer einzigen Wendung.

Meinte man wiederum, die gefahndete Bedeutung gefunden zu haben, ermahnte er einen wütend und zerlegte das Gedicht in seine eigentlichen Einzelteile.

Wie kann ein Mensch eine solch gewaltige Anzahl an Reimen in seinem Kopf einschließen und in *dem* entsprechenden Augenblick wieder herausziehen? Es ist ganz unbegreiflich, wie dieser traurige Gedankenkorb seines Hauptes so viele Gedichte glitzernd in sich verbarg.

Und umso belohnender war dann das Schmunzeln auf seinen schmalen Lippen, *wenn* man den Vers in seiner verbotenen Sphinx erriet – ein Schmunzeln, das von dem ehemaligen Lachen übrig geblieben war und welches in scheuen Versuchen einer Wiederholung seine Wangen rundete.

Mitunter ist kaum etwas so belebend wie Poesie, weil das Wortbegehren an sich in den verlockendsten Werkstätten unserer Versuchung entsteht.

»Achte auf das Eigentliche, Mariam! Achte auf das Sichtbare im Unsichtbaren …«

Dann, mit einem Mal, wurde er wieder ganz bleich, verhalten, wild beängstigend, wollte allein sein und verzog sich einem Nebel gleich.

Vom Prinzen zum Knecht – das Schicksal eines Dichters im Exil.

*

Vom Fenster des Mädchenzimmers aus hatte man den stimmigsten Blick auf den weit ausladenden Kirschbaum des Gartens vor dem Haus in Neuffen. Dieser Kirschbaum trug im August und September noch so viel Frucht, dass man darob nicht aus dem Staunen kam.

Die drei Schwestern schliefen zu dritt in einem Raum. Wenn man nachts wachlag, so konnte man geradewegs in den Himmel sehen. Ein klares, ungestörtes Sternenbild ist das beste Rätsel, der schönste Unterricht, das größte Versprechen.

Kindhaft schweifend, sich in der erlenhaften Ferne verlierend, manchmal auch begleitet von einem Schluck des am Tage zubereiteten Johannisbeersaftes, der sich rubinschwer um den Gaumen schlich …

Die Nächte hier sind fast schwarz, weit und kühl.

Die Straße hinab gelangte man zu einem schmalen Weglein, welches zu Koppeln und Gärtchen führte, um die herum saftige Streuobstwiesen gediehen. Die Sicht auf die talabwärts gelegenen Siedlungen, war immer besonders veredelt, wo zwischen den schlummernden Giebelchen nämlich Laternen weihevoll aufschienen.

*

Sahar hatte es nicht leicht, in einem Alter nach Deutschland zu kommen, in dem man sich lieber eine beständigere Vertrautheit gewünscht hätte. Als Heranwachsende war es ihr nicht selten schrecklich, sich einer neuen Welt anzupassen, ihr zu antworten, ihr beizutreten – Kabul zitterte noch zu sehr in ihr nach.

Alle drei Mädchen wurden umgehend eingeschult und verbanden sich so sehr rasch mit dem schwäbischen Alltag. Die Welten trafen in den Mädchen niemals als Gegengift zueinander auf, sondern als Geschenke einer Gegensätzlichkeit, die sie früh erkannten.

Die Anwesenheit des Unterschiedes an sich will erst einmal erlebt sein! Daraus erhebt sich dann ganz notwendigerweise die Einsicht einer *unterschiedlichen Menschlichkeit*, wie sie uns im Buche vorangehend bereits Jakob Benta offenbarte.

Wir nähern uns durchaus in unserer fühlenden Bewandtnis, aber wir entfernen uns dort wieder, wo wir aus unserer Empfindung ein Verständnis formen wollen. Da endet der *Sinn* und beginnt das *Gelächter* der Kulturen. Jene beiden großen Welten des *Orient* und des *Okzident*, die wahren, prallen Gottheiten unserer Kulturen!

Eines der Wintergedichte, die Rafat Hussaini im Exil verfasste, beleuchtet diesen filigranen Moment der Unterscheidung:

Reisender
Bruder des verwirrten Windes

Dein Blick hoch wie die Gipfel
Erzählst du nicht
Dem Wind, dem Feuer und dem Regen
Von der Tiefe deines Schmerzes
Vom Zorn des Weges und dem Zucken

Vom Warten
Vom Sein

Davon, dass das Tal unerreichbar?
Davon, dass die Welle zerbricht?

Erzählst du es mir nicht?

Wie gut wäre es

Gäbe es eine Zärtlichkeit
   Vom Gleichklang eines Herzens !

Dein reiner Schmerz
   Möge er geringer werden.

Von meinem Land der Märtyrer sprich nicht mehr …

Die verschneite kleine Anhöhe, die von allen nur Buckel genannt wurde und die zu ebenjener Straße, zu jenem Hause führte, in dem sie lebten, war sehr steil. Diese Senkrechte einer mühevollen Begehung sollte zur Metapher des Exils der Eltern werden.

Die Geschichte von zerstörten Geschichten erweist sich als unschätzbar niederreißend in ihrem Umstand. Und ich habe alle Gründe für den Grund eines solch unheilbaren Sturzes vorweg gegeben:

Es ist die Verwöhntheit des Herzens, die Gewöhnung an Verheißung.

Verheißend waren die sinnlich geschliffenen Gebirgsspitzen, verheißend waren die tauenden Kabuler Morgen, verheißend waren die Verfügbarkeiten des Glücks, verheißend war die zweifelferne Hingabe an das Leben.

Die Moral der Mächtigsten ist immer die Erinnerung.

*

Fahl nur glimmt Afghanistan in seinen gegenwärtigen Verheißungen auf. Allein würden sie jetzt zurückkehren, wäre es längst nicht mehr das Land ihrer Väter und Großväter, sondern eine Stätte dritter Menschen, dritter Stimmung, dritter Kultur.

Der einstige Grundsatz eines überwältigenden und tapferen Orients, der sich die Qualität großer ästhetischer Melodien angeeignet hatte, ist umgeschrieben.

Das Leben selbst war den Eltern, Rafat und Malalai, folglich nur ein Vorspiel gewesen, das sich breit und wolkenlos eröffnet hatte. Das aber nun die Mündung zum fortan bestehenden Müßiggang einer verschwenderischen Einsamkeit erreichte.

Zum Mosaik ward alles Ganze und zum Bruchstück jeder Sinn. Weshalb verleugnen, weshalb verbergen, warum verbiegen — wenn es doch so aufrichtig in ihnen weint, wenn es doch so deutlich sich dem ersetzten Wort entzieht, weil es einfach nicht ersetzen mag, weil es einfach nicht verstellen kann — was einmal zu viel Entzücken gab.

Weshalb nicht ins Geschaukel der Trübsal einkehren, wenn es die einzige Form ist, die ihnen in ihrem Leid *gemäß* und *ganz* erscheint?

Wenn an die Stelle des Glücks das Unglück tritt, wenn der einzige Ersatz der Freude *Klage* ist und in der ganzen Vollständigkeit übernommen wird — so soll's recht sein. Das sich schleppend hochziehende Gefühl trauriger, verbrannter Gedanken — ist im Grunde nur mit einem Sturz zu vergleichen. Demselben und weitaus schlimmeren Sturz noch, den Jakob Benta zu Beginn unserer Geschichte erlitt. Jakob hatte diese Prüfung jedoch immer in dem großen Umfang seiner Möglichkeiten erlebt. Unser afghanischer Dichter aber und seine sommersprossige Frau verfügten nicht mehr über die Wahl einer Entscheidung.

Sie mussten das *Urteil* leben, nicht nur eine Enttäuschung.

*

Süddeutsche Winter besitzen eine sehr verschwenderische Romantik. Das Werk von Schneeflocken im Perlmuttspiegel der Landschaft heißt *Sanftheit*.

Alles unterliegt den Stunden, verrauscht ...

Die dunkelgrünen Haine und Wälder bauschen sich auf, steigen hoch hinaus in ihrem beschneiten Geschmeide aus Blatt und Ast.

Die schweigenden Dächer lösen sich dann schwanenbleich auf.

Und im Vergehen der Zeit frage ich, entgeht dem Vater und entgeht der Mutter etwa, dass die Parolen ihrer Opferliebe sie in der ganzen Aura, in der ganzen Schwebe einer großen Genauigkeit erstrahlen lassen?

Entgeht ihnen beiden, dass sie im Fortbestand der rührenden Reiskörner, die sich in einem kleinen Flacon zwischen letzten Belegen eines erdrückten Sinnes befinden – das Erbe einer afghanischen Kunstbotschaft an die Welt hüten?

Entgeht ihnen der so episch erbrachte Flügelschlag ihrer totgeglaubten Schwingen?

Ihr Nachkommen einer fleischlichen Bürgerlichkeit, jener alt-afghanischen Bürgerlichkeit als *Tor* der hohen Söhne und Töchter, will sagen, ihr Handelnden ausgefüllter Wirklichkeiten, ihr Triumphierende des Unglücks – lasset mich in der Verneigung verweilen – verehrend, lang und still.

Und mit dem Atem zweier Himmel auf meinen bunt schwankenden Wegen ... ewig euch besingen.

Ich danke Werner Spies.